Katherine Rundell, geboren 1987, wuchs in London, Zimbabwe und Brüssel auf. 2008 bekam sie ein Forschungsstipendium am All Souls College, Oxford. Neben »Zu Hause redet das Gras« ist bei Carlsen von ihr auch »Sophie auf den Dächern« erschienen.

Katherine Rundell

zu hause redet das gras

Aus dem Englischen von Henning Ahrens

CARLSEN

Für meine Eltern

Veröffentlicht im Carlsen Verlag
August 2015
Originalcopyright © 2011 by Katherine Rundell
Originalverlag: Faber and Faber Limited, London
Originaltitel: "The Girl Savage"
Copyright © der deutschsprachigen Ausgaben:
2012, 2015 Carlsen Verlag GmbH, Hamburg
Umschlagbilder: shutterstock.com/© ostill, shutterstock.com/
© ducu59us, shutterstock.com/© Plateresca, shutterstock.com/
© hippo, shutterstock.com/© LAR01JoKa
Umschlaggestaltung und –typografie: formlabor
Corporate Design Taschenbuch: bell étage
Druck und Bindung: CPI books GmbH, Leck
ISBN: 978-3-551-31420-8
Printed in Germany

CARLSEN-Newsletter: Tolle Lesetipps kostenlos per E-Mail!
Unsere Bücher gibt es überall im Buchhandel und auf carlsen.de.

Manche Häuser hatten Glas in allen Fenstern und Schlösser in den Türen. Das wusste Wilhelmina.

Das Farmhaus, in dem sie lebte, war kein solches Haus. Wenn es einen Haustürschlüssel gab, hatte sie ihn nie gesehen. Vermutlich war er von den Ziegen gefressen worden, die immer wieder in die Küche kamen. Das Haus stand am Ende des längsten aller Feldwege in der heißesten Ecke Simbabwes. Wilhelminas Schlafzimmerfenster war eine quadratische Öffnung in der Wand. Während der Regenzeit nähte sie Plastiktüten zusammen, die sie in den Rahmen spannte. Während der Hitzeperiode wehte Staub herein.

Vor einigen Jahren hatte sich ein Besucher der Farm bei Wilhelmina nach ihrem Fenster erkundigt.

»Dein Vater kann sich doch bestimmt eine Fensterscheibe leisten.«

»Ich mag Staub und Regen«, hatte sie erwidert. Aus Staub und Regen wurde Matsch. Und Matsch bot jede Menge Möglichkeiten.

Dieser rötliche Staub bedeckte all die unbefestigten Feldwege der Farm, auf denen Captain Browne, der Besitzer, täglich unterwegs war. Ebenso wie William Silver, der Verwalter der Farm. Und Wilhelmina, sein einziges Kind, die jeden Tag auf ihnen ausritt.

Wilhelmina war ein besserer Reiter als jeder Junge auf der Farm. Wenn man das Reiten vor dem Laufen lernte, war das in etwa so, als würde man unter Wasser aus einer Colaflasche trinken oder kopfüber in einem Baobab-Baum hängen – es war verwirrend und berauschend. Das hatte Wilhelminas Vater immer gewusst, und deshalb huschte sie von Anfang an unter Pferden durch, rutschte auf Pferdeäpfeln aus, und wenn sie von Pferdebremsen gestochen wurde, riss sie an ihren langen dunklen Haaren. Die Stallburschen, die am Rande der Farm in den Strohdachhütten wohnten, weinten nie, wenn sie gestochen wurden, sondern fluchten höchstens lachend und lässig auf Shona: *Ach, booraguma!* Wilhelmina war überzeugt, dass sie aus dem gleichen Holz geschnitzt war wie diese Burschen. Außerdem war sie schneller als jeder gleichaltrige Junge. Und sie war noch viel mehr. Wenn die Farmarbeiter abends über sie sprachen, mussten sie ein »und« an das andere reihen, um ihr Wesen in Worte zu fassen: Will war dickköpfig, *sha*, und nervend und ungestüm und ehrlich und aufrichtig.

Will hockte im Morgenlicht des späten Oktobers auf dem Fußboden und rührte in einem Topf mit Methylalkohol und Wasser. Wenn man die Füße mit diesem Gemisch einrieb, wurde die Haut so zäh wie lebendige Schuhsohlen.

Im großen Wohnzimmer standen sechs bunt zusammengewürfelte Stühle, aber Will saß lieber auf dem Boden. Dort hatte sie mehr Raum. Zwischen Wills Augen war viel Raum, und zwischen ihren Zehen war viel Raum. Überhaupt zeichnete sie sich besonders durch Weiträumigkeit aus. Sie wusste, dass sie auch so sprach – mit ausgedehnten Pausen und so langsam wie an afrikanischen Nachmittagen üblich.

Will hörte Huftritte und hungriges Wiehern. Das war William Silver, der von seinem frühmorgendlichen Ritt über die Ländereien der Farm zurückkehrte. In diesem Teil von Simbabwe standen alle zeitig auf. Die meiste Arbeit musste vor dem Mittag getan sein, und der Oktober war der heißeste Monat überhaupt. Die Straßen schmolzen zu einer Teersuppe, in der Vögel stecken blieben.

Will spürte, dass die Wohnzimmertür geöffnet wurde, noch bevor sie dies sah. Das bärtige Gesicht ihres Vaters erschien. Sie freute sich unbändig über seine Rückkehr und sprang schnell und geschmeidig und mit einem Satz auf. Sie warf sich in seine Arme und schlang die Beine um seine Hüften. »Dad!«

»Guten Morgen, Wildkatze.«

Will drückte ihr Gesicht gegen den Nacken ihres Vaters. »Guten Morgen, Dad«, sagte sie gedämpft. In Gegenwart von Männern war Will meist angespannt, weil sie eine Mischung aus Bewunderung und Argwohn in ihr weckten, und sie hielt immer ein paar Schritte Abstand. Sie gab fremden Männern ungern die Hand und verabscheute es, ihre Haut zu spüren. Aber bei ihrem Dad war das anders.

»Wolltest du heute nicht einen Ausflug machen?«, fragte William.

»Ja, bald. Aber ich wollte dich noch sehen, Dad. Ich habe dich vermisst.« Will hatte die letzte Nacht im Baumhaus verbracht, in der Weite der Nacht und an der frischen Luft, und bei der Heimkehr ihres Vaters hatte sie schon geschlafen. Manchmal bekamen sie einander tagelang nicht zu Gesicht, doch sie fand, dass das Wiedersehen dann noch beglückender und prickelnder war. »Aber jetzt …« – sie ließ sich fallen – »… jetzt kann ich los, ja. Ich habe Shumba noch nicht gefüttert, und Simon wartet sicher schon auf mich.« Sie drehte sich in der Tür noch einmal um, weil sie etwas sagen wollte, das ausdrückte, wie sehr sie ihren Vater liebte. Und sie liebte ihn abgöttisch.

»*Faranuka*, Dad!« *Faranuka*. Will sprach gut Shona, und *Faranuka* hieß so viel wie »sei glücklich«.

Simon wartete tatsächlich schon. Er war Wills bester Freund, obwohl die beiden eigentlich wie Feuer und Wasser waren: Sie war eine kantige streunerhafte Weiße, er ein großer und behänder farbiger Junge. Es war keine Liebe auf den ersten Blick gewesen. Als Simon mit dem Zug angekommen war, um auf der Farm zu arbeiten, hatte Will ihn nur einmal angeschaut und mit der Gewissheit einer Sechsjährigen verkündet, dass sie ihn nicht möge, nein, denn er sei ein »Waschlappen«. Das lag an Simons großen

Babyaugen mit den absurd langen Wimpern. Sie wirkten wie sanfte und vertrauensvolle Teiche voller Tränen, die nur darauf zu warten schienen, endlich zu fließen.

Aber Will begriff schon bald, dass Simon lebhaft, ungestüm und großartig und alles in allem ein Beweis dafür war, wie sehr der erste Eindruck täuschen konnte. Ja, sie wusste inzwischen, dass Simon ein Wirbelwind von Junge und die Geißel der Ställe war. Sein raues Lachen war viel zu tief für sein Alter, und er war so langgliederig und zappelig, dass er immer wieder Tassen oder Teller zerbrach. Auf Grund seiner Abneigung gegen die Blechbadewanne und seiner Vorliebe für den weichen, sappschenden Matsch Simbabwes roch er unverkennbar. Will fand, dass er nach Staub, Pflanzensaft und Pökelfleisch duftete.

Simon wiederum fand, dass Will nach Staub, Pflanzensaft und Pfefferminz duftete.

Weil die beiden so grundlegende Gemeinsamkeiten hatten – vor allem den Duft nach Pflanzensaft, aber auch die großen Augen und ungelenken Gliedmaßen –, war es unvermeidlich, dass sie sich mit sieben sozusagen ineinander verliebten und nach ein paar Jahren nicht nur enge Freunde, sondern unverbrüchlich miteinander verbunden waren.

Simon hatte Will beigebracht, ihr Pferd noch kurz vor der Farm zu einem Galopp anzuspornen und zu schreien: »Hey! Hey-ja! Na *los*, du Schnecke!« Außerdem hatte er ihr beigebracht, sich unter den Pferdehals zu schwingen und kopfüber zu reiten. Dann waren ihre Haare voller Staub, und die Wangen drückten gegen ihre Augen.

Sie lehrten einander ihre Sprache. Er lernte Englisch, wie es in Simbabwe gesprochen wurde, sie die Grundlagen seines Chikorekore-Shona, wobei sie vor Anstrengung die Zunge durch die Lippen schob. Sie zeigte ihm, wie man minutenlang unter Wasser schwimmen konnte. Der Trick bestand darin, langsam einzuatmen. Man durfte es nicht hastig tun, sondern geduldig und mit gespitzten Lippen, als würde man durch einen Strohhalm trinken. Ihre Füße wurden dunkelbraun und hornig, weil sie immer barfuß über die Felder lief, und unter den Nägeln saß Dreck.

Simon wohnte seit dem letzten Dezember mit seinem Bruder Tedias in den Lehmziegelhütten am Rand der Two Tree Hill Farm. Der Name, hatte Captain Browne gesagt, während er mit tabakgrünen Fingern eine Zigarette gedreht hatte, sei ein schlechter Scherz. Auf dem Two Tree Hill standen nämlich Hunderte von Bäumen, so viele, dass man den Hügel kaum noch sah. Genau genommen, hatte er erklärt, müsse die Farm einfach Tree Farm heißen. Oder Tree-Tree-Tree-Tree-Tree-Farm.

Ha, ha, Captain Browne.

Aber es gab natürlich auch Lichtungen mit braunem Gras und schimmernder Hitze und Ameisenhaufen, und über eine solche lief Will gerade. Sie ließ die Hacken gegen ihren Hintern knallen und trällerte vor sich hin. Sobald sie in Rufweite von Simons Lehmziegelhütte war, stieß sie ihren besten Shona-Ruf aus.

»*Ee-weh!*« Auf dieser Farm hallte ein Ruf mehr als eine Feldlänge weiter als anderswo, denn es war windstill, und außer dem Pick-up gab es keine Autos. Selbst ein leises Geräusch war unglaublich weit zu hören. »Simon! Simon! Bist du da, Simon?«

Simon bohrte stilvoll in der Nase. Er saß im Schatten des braunen Strohdachs vor der Hütte und trank Cola aus einer Flasche. Tedias stupste ihn mit dem großen Zeh und sagte auf Shona: »*Uchaenda.* Ab mit dir zur kleinen Herrin.«

Die »kleine Herrin« war ein alter Witz. Denn zwischen der typischen herrischen, keifenden Farmersfrau und Wills milder und freundlicher Art bestand ein himmelweiter Unterschied.

Simon warf Will genervt einen Kieselstein vor die Füße. »Will!«, fauchte er. »Wo hast du gesteckt? Ich dachte schon, du kommst nicht mehr. Du bist so eine Schnecke, Mann.« Das stimmte nicht, aber er sagte es trotzdem. »Du bist wie eine Raupe ohne Beine. Ich wollte gerade ohne dich los, du Närrin.« »Närrin« war Simons Abwandlung von »Herrin«. Beide fanden, dass es der Wahrheit näher kam.

»Oh, entschuldige. Tut mir leid, Simon. Wirklich. Leid-leid«, sagte Will, ohne sich weiter zu erklären.

Sie sah zu Tedias auf, den sie innig liebte. Er war ein Held, groß und narbig und angenehm still. Will musste die Augen verengen, weil die Sonne sehr grell vom grenzenlosen Blau des Himmels schien.

»*Mangwanani*, Tedias.« Sie machte einen kleinen Knicks wie vor den Gästen des Captains. *Mangwanani* hieß guten Morgen. Ihren Simon musste sie nicht begrüßen, aber der träge, massige Tedias mit seiner bloßen Brust und seiner Freundlichkeit gegenüber Hunden hatte Respekt verdient.

»*Mangwanani*, Will.« Wie alle Männer auf der Farm sprach er ihren Namen wie »*Viel*« aus. Ihr Vater hatte das aufgegriffen und nannte sie zum Spaß »Vielfraß«, »Viel-zu-viel« und manchmal auch »Vielou«. »*Marara sei*, Viel? Hast du geschlafen?«

Es gab eine feststehende Antwort darauf, aber Will stellte verärgert fest, dass sie sie vergessen hatte. Auf Shona gab es bestimmte Redewendungen, von denen sie viele noch nicht kannte, und nun bebte sie; sie hatte zu große Wissenslücken, und es gab Feinheiten, die nicht greifbar, Dinge, die ihr unbekannt waren, weil sie sie noch nicht gelernt hatte. Sie erwiderte: »*Ndarara* … äh … *ndarara kana mararawo.*« Ich habe gut geschlafen, wenn du gut geschlafen hast.

Tedias schien anerkennend zu nicken. Will betrachtete sein träges und behäbiges Lächeln und dachte, dass man bei anderen Leuten nie ganz sicher sein konnte – das war eine grundlegende Lebensregel und eine Sache, *deren* man sich sicher sein konnte.

»*Ndarara*, Will«, sagte Tedias. »Ja, ich habe geschlafen.«

Will merkte, dass Simon genug von den Förmlichkeiten hatte. Er trank seine Cola aus, rülpste und wischte sich den Mund mit dem Handrücken ab, warf die Flasche vor sich auf den Pfad und dribbelte dann mit ihr auf und ab. »Na los, Will, du Wildkatze, du nervenzerrende Närrin.« Er hüpfte rückwärts und landete bei jedem »los« auf den Füßen: »Na-los-na-los-na-*los*, Mädchen.«

Will blieb in der Sonne stehen und versuchte, nicht zu lächeln. Denn sie ließ sich von niemandem etwas befehlen. Sie hockte sich hin, setzte ihre trotzigste und stolzeste Miene auf und malte mit einem langen Stock ein »W« in den Dreck. Ein Käfer krabbelte vom Stock auf ihren Arm, und sie hielt still und genoss das Kitzeln seiner dünnen pechschwarzen Beinchen. Sein Rücken war dunkelgrün und hatte einen bläulich türkisfarbenen Schimmer. Sie gab ihm einen sehr sanften Kuss. Wenn das Glück eine Farbe hatte, dann war es die Farbe dieses Käfers, dachte Will.

Da pfiff jemand. Will grinste, denn Simons Pfiffe waren so vollendet, dass sie für eine große Bandbreite von Gefühlen stehen konnten: Schrecken, Glück, glühende Bewunderung, Warnung. Dieser Pfiff bedeutete: »Ich warte.« Vielleicht schwang auch etwas wie »Und ich bin hungrig!« darin mit. Sie hatten einen kurzen Überfall auf den Mangobaum und ein Picknick am Felsenteich geplant. Will war klar, dass sie losmusste.

Aber es fiel Will schwer, sich von all den kleinen Dingen – Libellen, Ohrenkneifern, abgepellter Rinde an Stöcken, warmem Regen oder den herrlichen Locken hinter den Ohren der Hunde – nicht immer wieder ablenken zu lassen. Will hatte sich oft gefragt, ob es anderen Menschen genauso erging, hatte es aber nie wirklich erklären können – dieses Gefühl der Fülle und Tiefe.

Simon pfiff noch einmal. Will konnte hören, dass es ihm jetzt ernst war. Sie sprang auf, spornte ein eingebildetes Pferd mit ihrem kehligen »Hey-jey!« an und flitzte an ihm vorbei. Will war schnell, und darauf war sie stolz. Sie rannte gebeugt, und ihre sonnengebräunte Haut hob sich vom weißblauen Himmel und vom gelbgrünen Gras ab. »Mir nach, Simon!«, rief sie, ohne zu verraten, wohin es ging.

Simon sprintete hinterher. In dieser Stimmung war sie uneinholbar. Sie war wie ein Buschfeuer, dessen Funke überspringen konnte und das jeden zur Verzweiflung trieb.

Sie lief meilenweit, wenn ihr danach war.

Während er seine langen Beine auswarf, rief er: »Seht euch die kleine Närrin an! Seht euch diesen Dreck an! Ach, habt Mitleid mit eurem armen Pferdeburschen – sein kleines Mädchen spielt verrückt!«

ZWEI

Simon stapfte über den Vlei, einen ausgetrockneten See. Er zog einen Stock im Staub hinter sich her. Will war gestern wortlos verschwunden; sie war während einer besonders schönen Verfolgungsjagd zu Pferd einfach abgebogen, über einen Stapel Feuerholz gesprungen und abgetaucht. Wenn man mit ihr befreundet war, musste man immer in Kauf nehmen, dass man Stunden und Tage – einmal war es sogar eine ganze Woche gewesen – allein war und auf ihre Rückkehr wartete. Sie stromerte währenddessen durch den Busch, sang leise vor sich hin, aß Obst und erzählte den Aloesträuchern und Vögeln Geschichten. Sie war eine komische Person, und das war nicht zu ändern. Aber ohne sie langweilte sich Simon. Ja, er war sogar zu Tode gelangweilt, denn es machte keinen Spaß, allein Rolle rückwärts zu üben oder die Arbeiter auf den Feldern aufzuspüren; außerdem fehlte ihm jemand, der mit ihm Bananen aus dem Küchengarten stahl. Simon trat nach einem Mistkäfer, der seinen Weg kreuzte. Er seufzte, trat ein zweites Mal und seufzte dann noch tiefer.

Da gellte ein Schrei über den Vlei, und gleich darauf flogen die Vögel mit einer panischen, manischen Kakofonie der Angst von den Bäumen auf. Dann erklang es wieder – ein Jaulen schlimmster Qual, das in der Windstille hallte, gegen Simons Haut prallte und ihm eine Gänsehaut verursachte. Da er kein Feigling war, folgte er dem Schrei, rannte mit langen Schritten und ohne Rücksicht auf sich selbst weiter, sprang über Grasbüschel, trat auf einen Dorn und japste schmerzerfüllt, bis er endlich den Baum erreichte, von dem aus die Schreie der Vögel die Luft durchschnitten. Er schmeckte eine schreckliche, nie gekannte Angst im Mund …

Es war nicht Will. Natürlich nicht. Als Simon dies erleichtert feststellte, verdoppelte er trotz seiner Seitenstiche das Tempo und rannte keuchend weiter. Schließlich erblickte er mehrere Jungen. Er keuchte wieder, jetzt angewidert, denn sie quälten einen Affen – rissen an seinen Armen, zerrten seine Beine widernatürlich und schmerzhaft gerade und schnaubten dabei vor schnodderigem Vergnügen.

Das war reine Grausamkeit. Und da Simon seit vielen Jahren mit Will befreundet war, wusste er, wie man mit Grausamkeit umzugehen hatte. Er straffte kampfbereit alle Muskeln, ballte die Fäuste, krümmte die Zehen und winkelte die Ellbogen an. Aber er sprach mit sanfter Stimme: »Was – zum Teufel – tut – ihr – da?«

Die Jungen ließen von dem Affen ab, erschreckt durch das unvermittelte Auftauchen Simons, der ihnen mit wutverzerrtem Gesicht gegenüberstand.

»Aufhören! Hört sofort damit auf.« Simons Stimme war fest. Er hob eine Faust. »*Sofort.*«

Der größte Junge, der Schnürschuhe trug und vermutlich ein reiches Stadtkind war, verlagerte beklommen sein Gewicht.

»Wir spielen doch nur«, höhnte er dann und musterte seinen großen, dünnen, verstaubten Gegner. »Außerdem geht dich das einen feuchten Kehricht an, Farmjunge.«

»Nein. Oh, nein. Da liegst du falsch.« Simon blähte seine Nasenflügel auf. »Es geht mich etwas an, *Stadtjunge*.« Sie maßen einander mit Blicken. Die Abneigung gegen den jeweils anderen stand ihnen ins Gesicht geschrieben, und sie steigerten sich in einen schweren, rhythmischen Atem hinein. »Wenn ich nur ein Farmjunge bin – und damit du es genau weißt: Ich bin ein *Pferdebursche* und kümmere mich um den Stall von Mr Browne –, fürchtest du dich bestimmt nicht vor einem Kampf, ja?« In seiner Wut spannte Simon unbewusst die Muskeln an.

Der ein oder zwei Jahre ältere Junge war gedrungen und muskulös und hatte die Statur eines Boxers. Er zischte halb eingeschüchtert und halb genervt und warf den Affen in die Arme des hinter ihm stehenden Jungen. Das Tier kreischte in seiner Todesangst schrill auf und wollte sich entwinden.

»Dumm. Du bist dumm. *Penga*. Du bist nur ein dummer Pferdebursche. Und ich weiß ganz genau, dass du nicht mit mir kämpfen willst.«

»Doch. Das will ich.«

Die zwei Jungen gingen gleichzeitig aufeinander los und prallten mitten im Sprung zusammen. Da der fremde

Junge stämmiger war, warf er Simon mit einem Stoß um, nagelte ihn auf der heißen Erde fest und drückte sein Gesicht in den Staub. Er schnappte sich den Affen und ließ ihn provozierend über Simon baumeln. »Jetzt bekommst du dein Fett weg, Pferdebursche.«

Da krachte es im Unterholz, ein Pferd bäumte sich auf, und ein erstickter Schrei ertönte.

»Ich habe alles gesehen – hey, du Mistkerl!«

Ein dumpfer Laut, als Füße auf dem Boden landeten.

»Mistkerl! Ich habe alles gesehen! Wie kannst du es wagen?«

Eine kleine braune Faust traf den siegreichen Jungen gegen die Wange, und ein brauner Fuß stieß ihm die Beine unter dem stämmigen Oberkörper weg.

»Mistkerl! Du Mistkerl!«

Der Junge sah auf. Über ihm ragte ein kleines weißes Mädchen mit großem Mund, buschigen Augenbrauen und braunen Augen auf, die ihn wütend anfunkelten. Sie drückte den Affen mit einem Arm gegen ihre Brust.

»Ich trete dich nicht.« Ihre Stimme war erstickt, schrill und zornbebend. »Ich trete keine Hunde. Also trete ich dich nicht.« Will holte Luft. Sie hatte keine Angst vor gereizten Pferden und wusste, wie man mit Schlangen, Ratten und Pavianen umging. Der Umgang mit Menschen war schwieriger. »So etwas darf man nicht tun«, schimpfte sie. »Man darf keine Lebewesen zerreißen! Du Mistkerl …« Sie war so wütend wie noch nie, sie schwitzte und bekam kaum noch Luft, zischte aber: »Die Affen …

Wie kannst du es wagen … Sie sind gut, und sie sind verletzlich, und sie sind golden.«

»Golden?« Obwohl der Junge im Staub lag, zog er ein verblüfftes Gesicht.

»Ja. Golden. Kostbar. Du … du bist …« Will fehlten die Worte, und deshalb senkte sie den Kopf und spuckte dem Jungen zielgenau auf die Stirn. »Anders als du.«

Im nächsten Moment saß Will wieder auf Shumba. Sie ritt ohne Sattel. Nicht mehr lange, dann würde sie ihren Sieg auskosten, aber jetzt hätte sie am liebsten geweint. Der Affe winselte in ihrem Schoß, und sie leckte an einem Finger und glättete sein zerrauftes Fell. Es war wunderschön: grau und samtweich. Sie sagte: »Hey, Simon. Kommst du?«

»Gleich«, erwiderte Simon. »Reite schon vor. Wir treffen uns beim Baumhaus, ja?«

Shumba war ohne Halfter schwer zu wenden, und weil es schrecklich und lächerlich gewesen wäre, jetzt vom Pferd zu fallen, galoppierte Will einfach geradeaus. In dieser Richtung ging es dummerweise nicht nach Hause, aber da der Junge am Boden lag und der gerettete Affe, den sie mit einer Hand hielt, unter ihrem Hemd kauerte, verflog ihr Zorn langsam, so langsam, dass sie es spüren konnte. Sie hatte das Gefühl, Beton in den Adern gehabt zu haben; jetzt strömte wieder Blut hindurch.

Der schnatternde Affe zerkratzte ihre Haut. Sie flüsterte mit ihm, zuerst in einem leisen Kauderwelsch (denn was sollte sie einem verängstigten Affen schon sagen?), aber als er sich nicht beruhigte, murmelte sie: »Ruhig, Äffchen; ruhig, Hübscher; ruhig, du Guter.« Schließlich wurde er vom regelmäßigen Trab des Pferdes eingelullt, und Will lauschte den Huftritten und dem Rauschen des einen Meter hohen Grases. In Afrika redete das Gras, und nun flüsterte es: »Ruhig, Hübscher; ruhig, Hübscher!« Will würde sich später um ihre Kratzer und die anderen Blessuren kümmern, jetzt zählte nur, dass sie die Siegerin war, und allein mit dem Affen. Sie genoss die Wärme des festen Pferderückens und des jungen Affen, und der Weg schien nur aus Sonnenschein zu bestehen.

Simon stand da und sah zu, wie Will davongaloppierte. Dann drehte er sich zögernd zu dem am Boden liegenden Jungen um. Er hielt ihm eine Hand hin.

»Vertragen wir uns?«

Schweigen. Schließlich nickte der Junge, ohne zu lächeln. »Ja, vertragen wir uns.«

»Hier. Gib mir deine Hand.« Simon zog ihn auf die Beine. Sie standen einander gegenüber. Simon kratzte sich an einer verschorften Stelle am Kinn. Der Junge pulte etwas aus den Zähnen und rollte es zwischen den Fingern.

»Das war nur Spaß«, sagte er.

Schweigen.

»Ich hätte sie besiegen können. Aber ich kämpfe nicht gegen Mädchen.« Dann fügte er mit widerwilliger Bewunderung hinzu: »Trotzdem werden wir die Paviane ab jetzt in Ruhe lassen.«

Simon grinste. »Du hättest sie nicht besiegen können. Dieses Mädchen ist verrückt. Und sie hat Pferdekräfte.«

Der Junge schnaubte und schnippte den zur Kugel geformten Essensrest, den er aus seinen Zähnen gepult hatte, in einen Dornbusch.

»Ja. Aber sie ist und bleibt ein Mädchen.«

»Nein, Mann. Sie ist anders, glaub mir. Wie Feuer. Sie ist eine Wildkatze.«

DREI

Will war gut im Feuermachen. Darauf war sie stolz. Denn das Feuer war so eigentümlich – ähnlich wie Wasser, fand sie. Hätte man keinen Namen dafür und hätte man es nicht täglich entfacht, dann hätte es einen zutiefst verblüfft und erstaunt und zum Lachen gebracht. Will versuchte, Simon dieses einzigartige Wunder nahezubringen, aber er schien nicht besonders empfänglich dafür zu sein.

»Nein, sieh doch. Sieh genau hin.« Sie pustete in das Feuer und stupste Simon mit einem Stock. »Schau nur, Simon – wie ein lebendiges Wesen, obwohl es das doch gar nicht ist. Die Flammen zucken auch bei Windstille. Siehst du das?« Sie pustete kräftiger, und Funken stoben. »Findest du nicht auch, dass es wie ein Wunder ist, Simon?«

»Ja. Kann sein. Irgendwie schon.« Simon war offenbar nicht ganz überzeugt. Er wünschte sich, dass das Feuer schneller in Gang kam. Sie hatten es am Fuß des Baumhauses entfacht. Dort konnte es zwar nicht vom Wind geschürt werden, aber sie waren ungestört, und das war ein großer Vorteil. Früher hatten sie in der nach Brot duftenden Küche gekocht, aber irgendwann hatten sie die Wand in Brand gesetzt (Simon gab Will die Schuld daran; Will meinte, sie seien beide schuld gewesen), weil sie Zwerghuhneier in zu heißem Öl gebraten hatten. Die Wand war immer noch schwarz, und Will setzte immer noch ihr beschämtestes Lächeln auf, wenn sie daran vorbeikam.

Seitdem musste Will ihr Essen im Freien oder zwischen Baumwurzeln kochen, aber das machte sowieso mehr Spaß. So konnte sie Mahlzeiten zubereiten, die herrlich nach Rauch und Blättern und Eiern und Tieren und Afrika schmeckten.

Simon räkelte sich und schnupperte am Rauch. »Ich glaube, wir können loslegen.«

»Sei nicht so ungeduldig, Simon«, sagte Will. Ein starkes Stück, wie Simon fand, denn sie war viel ungeduldiger als er. »Das Feuer ist hungrig. Wir müssen mehr Holz nachlegen.«

»Richtiger ist, dass *ich* hungrig bin. Es brennt jetzt gut genug. Du bist so blind wie ein Chongololo ... Autsch!«

Will hatte ihm eine der Stachelbeeren an den Kopf geworfen, die neben ihr auf einem Haufen lagen.

»Hey! Das war mein Auge, du verrücktes Mädchen.« Er wollte es ihr mit einer Stachelbeere von seinem eigenen Haufen heimzahlen, aber Will fing sie mit dem Mund auf – »Ha-ha!« – und jubelte daraufhin innerlich vor Vergnügen. So musste das Leben sein: Schnappen, schlucken, jubeln. Als sie grinste, sah er Stachelbeersamen zwischen ihren Zähnen. »Na gut«, sagte sie. »Du hast ja Recht. Ich glaube, wir können loslegen.«

Sie schnitten die Bananenschalen mit scharfkantigen Feuersteinsplittern auf. Kezia zerrte schnatternd an der Staude, die Will hielt. Sie hatte nur eine Woche gebraucht, um dem Affen beizubringen, unter ihrem Hemd zu schlafen, auf ihrer Schulter zu sitzen und an ihren Haaren zu kauen. Es waren die besten Bananen, die es auf der Farm gab, und Will wollte Kezias Klugheit damit feiern.

Simon streute Salz und Pfeffer auf die grünen Bananen. Dann rieb er mit einem feuchten Finger braunen Zucker in die reifen, gelben. Will leerte ihre Taschen aus. Sie suchte einen dicken Umschlag, den sie an diesem Morgen eingesteckt hatte. Ein Haarband, ein Pfefferminzbonbon, eine Kugel aus Staub und Hundehaaren, eine Masasaschote, eine Schleuder, noch mehr undefinierbare Tierhaare, eine welke Jacarandablüte kamen zum Vorschein.

»Hier! Das ist für dich, Simon.«

Sie sah gespannt zu, wie Simon in den Umschlag schaute. Er enthielt ein dickes Stück Weißbrot und zwei quadratische Stückchen Pfefferminzschokolade. Der Umschlag war groß und fest und hatte juristisch aussehende Papiere enthalten, aber Will war der Meinung gewesen, dass er seine Pflicht erfüllt hatte, und sie hatte ihn triumphierend mitgenommen. Sie ahnte nicht, dass Captain Browne genau in diesem Moment wie besessen danach suchte; andererseits wäre sie nie auf die Idee gekommen, darum zu bitten, denn für Papier brauchte man keine

Erlaubnis. Die einzigen Dinge, die sie nicht einfach so mitnehmen durfte, waren Geld – mit dem sie hier, im Freien, sowieso nichts anfangen konnte –, das Saatgetreide oder das Wasser der Männer im Lager. Sie hätte sich in Grund und Boden geschämt, wenn sie etwas davon genommen hätte. Aber davon abgesehen genoss sie jede Narrenfreiheit.

Simons Augen leuchteten. »Hervorragend! Schokolade. Ach, *Ndatenda hangu*! Ich liebe Pfefferminz.«

Simon zupfte ein Blatt von einem Zweig, der neugierig über seine Schulter ragte, und tat die Schokolade darauf, als wäre es ein Teller.

»Platz da, Wildkatze. Du bist mir im Weg.«

»Geht nicht! Deine Riesenlatschen bedrängen mich.«

»*Meine* Riesenlatschen! Deine sind ja noch größer.«

Das stimmte. Will grinste. Ihre Füße waren unglaublich groß. Sie rutschte zur Seite, während Simon, der konzentriert auf seine Zunge biss, die Schokolade zu Pulver zerstieß und auf die Bananen sprenkelte.

»So. Sieht gut aus, Will. Findest du nicht auch?«

Es sah fast unerträglich lecker aus: brauner Zucker und braune Schokolade auf weichem, faserigem Bananengelb. Will lief das Wasser im Mund zusammen, und als Simon ihr eine Banane reichte, zog sich ihr Magen erwartungsvoll zusammen. Sie wickelte die Frucht mit gieriger Eile in Aluminiumfolie. Ihre Finger waren lang und braun, und die Leute sagten immer, dass sie nicht zu den Proportionen ihres kleinen Körpers passten.

»Fertig!«

Simon nickte zustimmend. »Ja. Willst du sie ins Feuer tun?«

Man musste einen gewissen Mut aufbringen, um die Bananen in die Glut zu legen, und deshalb war diese Gelegenheit immer gut für einen Wettstreit.

»Gemeinsam«, sagte Will. »Bei drei. Okay?«

»Okay. Aber nicht schummeln, Will. Ja? Okay? Nicht schummeln. Bei drei. Eins …« Simon leckte seine Hände ab, um sie vor den Flammen zu schützen.

»Zwei …«

Beide schummelten und warteten »drei« nicht ab. So war es immer. Sie schoben die in Alufolie verpackten Bananen tief in die flockige Glut und lachten dabei. Will riss ihre verbrannten Finger zurück und biss sich auf die Lippe, um nicht zu jaulen. Simon dagegen machte viel Trara um seine kleine Verbrennung und zischte durch zusammengebissene Zähne: »*Ona!* Sieh nur, Will! *Aish!* Aua!« Will musste lachen. Das war typisch für Simon, und wenn man Mitleid mit ihm hatte, jammerte er nur umso mehr. Das Beste an der Sache war das Warten; sie saßen mit dem Kinn auf den Knien da, während die Bananen verheißungsvoll zischten. Das war ein rundum gutes, ja ein wunderbares Gefühl.

Sie teilten das Brot geschwisterlich in der Mitte. Simon stieß Will mit einem Zeh an.

»Du hast mehr als ich.« Er wollte mit einem seiner langen Arme nach Wills Stück greifen.

Will versteckte ihr Brot hinter ihrem Rücken. Sie riss die Augen in gespieltem Zorn weit auf. »Stimmt ja gar nicht!«

»Doch.«

»Nein!« Dieses Ritual war Will genauso vertraut wie das Essen an sich.

»Doch!«

»*Nein!*« Sie fielen gleichzeitig übereinander her. Will versuchte, Simon in Nase und Ohren zu kneifen, aber Simon war im Vorteil, denn er konnte sie an den Haaren ziehen, und während sie sich wand und trat und Simon in den Knöchel zu beißen versuchte, überlegte sie einen atemlosen Augenblick lang, ob sie ihre Haare nicht besser abschneiden sollte; dann wäre das Kämpfen leichter.

Captain Browne hatte ihnen einmal zugeschaut und sie dann mit seinen streitenden Terriern verglichen. Aber das traf es nicht, denn Will und Simon waren schneller und beweglicher als die Hunde; ein Vergleich mit jungen Leoparden wäre viel passender gewesen.

Will hatte die Oberhand gewonnen und nagelte Simon mit einem Knie auf dem Boden fest.

»Schon gut, schon gut«, keuchte Simon. »Du hast nicht mehr als ich. Runter von mir, du Verrückte. Du wiegst so viel wie ein trächtiges Flusspferd.«

»Na gut.« Will war rot im Gesicht, aber sie hatte gesiegt und war glücklich. Sie legte sich auf den Rücken und sah zum Himmel auf. »Wenn du möchtest, können wir tauschen.«

»Nee. Um ehrlich zu sein …« – Simon grinste, und Will fand sein Grinsen fies, ja *fies*, und ihre Nase juckte vor Zuneigung – »… glaube ich, dass mein Stück größer ist.« Und er stopfte sich das ganze Brot auf einmal in den Mund, ohne den Dreck abzuwischen.

VIER

Will merkte erst, wie sehr sie ihr Wildkatzenleben liebte, als es in Gefahr geriet.

Drei Tage nach dem Brand des Baumhauses hielt eine ganze Autokolonne auf dem Hof. Das war ungewöhnlich, denn der Captain bekam selten Besuch. Wie man sich erzählte, hatte er gern seine Ruhe hinter den zerbröckelnden Mauern des alten Farmhauses. Außerdem furzten seine Promenadenmischungen beim Tee. Trotzdem stiegen jetzt fünf Farmer aus fünf Autos und traten nach den Hunden, die um ihre Beine scharwenzelten. Sie erläuterten den Grund für ihr Kommen.

Captain Browne läutete grimmig amüsiert die Kuhglocke, auf der das Wort »Diener« eingraviert war.

»Ja, Boss?« Lazarus erschien barfuß. Sein Hemd war falsch zugeknöpft. Wenn sie allein waren, arbeiteten alle Männer, auch William Silver, mit nacktem Oberkörper.

»Ah, Lazarus.« Captain Browne tastete verstohlen nach dem Taschentuch. Er benutzte die Kuhglocke nur, wenn andere Farmer da waren, und nun hatte er den Staub eines ganzen Jahres an den Fingern. »Hol bitte Will, Lazarus.«

Und als dieser zögerte, fügte er hinzu: »*Beide* Wills. Beeil dich, Lazarus.«

William kam als Erster. Er trug ein Tablett mit Bier und sah die Farmer höflich, aber fragend an.

Der Captain lächelte unter seinem Schnurrbart. »Offenbar ist deine junge Wildkatze unerlaubt auf jede Farm im Umkreis von zwanzig Meilen vorgedrungen, Will. Diese Herren sind der Meinung, dass wir ihr eine zu lange Leine lassen.«

»Unerlaubt?« William biss innen auf seine Wangen, um sich ein Lächeln zu verkneifen. »Verstehe. Wir müssen mit Will darüber reden. Sie müsste gleich hier sein ...« Die Männer standen unbehaglich im Halbkreis, hielten die Getränke und saugten zischend Luft ein. Dann knallte eine Tür, und Will stürmte herein. Sie wollte sich in die Arme ihres Vaters werfen, um sein zerfurchtes Gesicht zu küssen – erstarrte beim Anblick der Fremden aber mitten im Sprung.

Die Farmer waren sonnenverbrannt und stiernackig, bierbäuchig und wurstfingrig, grob und klobig. Barsch, aber fair, hieß es. Manchmal waren sie einfach nur barsch. Einer von ihnen, der dickste, der absurderweise eine Rolex trug, hatte zwei Kinder an der Hand. Will merkte, dass die Kinder sie anstarrten – ihre abgeschnittene Jeans, deren Hintern grün vom Gras war; die lange Narbe auf einem ihrer Knie, die sie beim Sturz von einem Baum in einen Akazienstrauch davongetragen hatte; ihre großen Füße, ihre langen Finger und Augenbrauen, ihren breiten Mund. Sie senkte den Blick.

»*Das* ist also Lilibets Mädchen, William?« Der Dicke sprach leise und heiser. Alle Tabakfarmer klangen gleich – es war der Klang der fünfzig Zigaretten, die sie täglich rauchten, und Wills Vater bezeichnete ihre Stimmen als »staubbraun«. »Sie ist ihrer Mutter wie aus dem Gesicht geschnitten. Findest du nicht auch, Wilhelmina?«

»Oh«, sagte Will. »Äh.« Sie setzte noch einmal an. »Ja … ich …«

Mehr konnte sie beim besten Willen nicht dazu sagen, denn sie hatte keine echte Erinnerung an ihre Mutter, sondern nur ein vages Bild. Dazu kam, dass es auf der Farm keinen Spiegel gab. Außerdem hatte sie sowieso keine Lust zu reden; sie stand still und keuchend da. Sie hatte nicht hereinkommen wollen, sondern wäre lieber draußen bei Simon und Peter geblieben; sie hätten Verstecken oder ihre ganz eigene Art von Polo spielen können, bei der sie entwendete Besen und unreife Zitronen benutzten, die sie mit den Zähnen von den Bäumen gepflückt hatte. Aber nun saß sie in der Falle …

Der Mann zog die Augenbrauen hoch. »Wie gesagt, Charles. William. So kann es nicht weitergehen. Unerlaubtes Betreten kann ich nicht dulden, William. Und – noch wichtiger, ja – das Mädchen braucht ihresgleichen.« Das entsprach dem Kodex der weißen Farmer: *Weiße Mädchen brauchen weiße Mädchen.*

»Was?« Wills Stirnrunzeln ließ Nase und Stirn verschmelzen. Was sollte das? Das war doch dumm; das war genau die Art von starrer Konvention, die keinen Platz auf ihrer Farm, in ihrer Welt hatte. Sie bemühte sich um Höflichkeit, war aber wütend. »Ich finde es gut, wie es ist. Danke, Sir. Wirklich. Ernsthaft. Mir geht es bestens.« Sie konnte sich beim letzten Wort, »bestens«, eine gewisse Schärfe nicht verkneifen. Die Männer wichen einen Schritt zurück und rieben verdutzt über ihr Kinn.

Dann lächelten sie gezwungen und setzten eine unbeholfene Oh-was-für-ein-süßes-Mädchen-Miene auf. Will fand, dass sie lächerlich aussahen. Der Wortführer – Adam Madison, der größte Landbesitzer diesseits von Mutare – schien sehr betroffen zu sein.

»Ja, das glaubst du vielleicht, meine Kleine.« Dann sprach er weiter, und zwar über ihren Kopf hinweg. Das passte ihr gar nicht. »Sieh dir das Mädchen doch mal an, William. Ihr fehlt alles, was eine Frau auszeichnet, Mann. Sie hat nicht einmal …«

Obwohl Will wusste, dass man in Simbabwe als Mädchen die Erwachsenen auf keinen Fall unterbrechen durfte, konnte sie sich nicht beherrschen und mischte sich stirnrunzelnd, aber vehement ein. Denn sie konnte eindeutig nachweisen, dass sie alles hatte, was ein Mädchen brauchte.

»Das stimmt nicht – ich habe *alles*, Sir. Ich habe sogar mehr als alles, nicht wahr, Dad? Ich habe zehn Zwerghühner, die überall im Haus Eier legen, und ich habe die Jungen – Simon und Peter und außerdem Penga und Learnmore – vor allem aber Simon – und außerdem ist da Kezia, mein Äffchen – und Shumba, mein Pferd – und ich habe mehr Obst, als wir je essen könnten, und ich habe Bücher und Farben, und der Captain hat gesagt, ich darf meine Zimmerdecke mit Vögeln bemalen, wenn ich eine Leiter finde, und ich habe einen eigenen Mangobaum namens Marmaduke, und ich habe ...« – das war ein gut gehütetes Geheimnis, aber nun platzte es aus ihr heraus, obwohl sie Simon versprochen hatte, es für sich zu behalten – »... ich habe in der Scheune ein Nest mit drei kleinen Felsenkaninchen, und ich werde sie mit Rosinen und *naajies* und *sadza* füttern und ihnen beibringen, auf meinen Schultern zu sitzen.« Will fühlte sich plötzlich sicher und siegreich, denn nach dieser Aufzählung konnte niemand mehr etwas gegen ihre Welt einwenden.

William schaute auf seine Tochter hinab. Er musste sich ein Lachen verkneifen. Sein Blick glitt von den beiden Kindern, die sich an die Ärmel des Farmers klammerten, zu dem neben ihm stehenden, gut einen Meter dreißig großen Mädchen mit der schimmernden, braun gebrannten Haut. *Sie braucht ihresgleichen.* Madisons Tochter trug einen blütenweißen Tennisrock und Kunstlederschuhe. William fand, dass ihr kunstlederartiges Gesicht gut zu diesen Schuhen passte. Unterhalb ihrer Locken sah sie recht gewöhnlich aus. Der gut zwei Jahre ältere Junge betrachtete sein Spiegelbild in der Fensterscheibe, zog Grimassen und strich sein Haar glatt. Neben den beiden wirkte seine Will dreckig und abgerissen, und der Kratzer auf ihrem Bein schrie regelrecht nach einem Desinfektionsmittel. Ihr breiter Mund stand im scharfen Kontrast zu ihrem zierlichen Kinn und verlieh ihrem Gesicht etwas Unausgewogenes. William hielt seine Tochter für das schönste Geschöpf auf Erden, ja sogar für das wunderschönste Geschöpf aller Zeiten. Aber sie war ganz eindeutig ein anderer Typ als die kleine, in Rosa und Weiß gehüllte Prinzessin des Farmers.

Den anderen Männern schien etwas Ähnliches durch den Kopf zu gehen, denn sie brachen plötzlich in schallendes, herzhaftes Lachen aus.

»Nah, William! Du hast Recht!«, riefen sie, obwohl er nichts gesagt hatte.

»Ach. Lasst sie doch.«

»Soll sie bei den Pferdeburschen bleiben.«

»Ja, ja!« Madison verschluckte sich fast an seiner eigenen, glucksenden Heiterkeit. »Sorg dafür, dass sie sich nicht mehr auf meinem Land herumtreibt, denn sonst versohle ich ihr den Hintern. Aber du hast Recht: Im Haus wäre ein solches Mädchen wie ein Elefant im Porzellanladen.«

Bald darauf stand der monatliche Festtag auf der Farm an. Dann machten alle Männer frei und entfachten Feuer vor ihren Hütten, und man führte Kunststücke vor und tanzte in traditioneller Kleidung. Dann wurde so richtig gefeiert, und es gab Braten und Frauen. Da Will den Farmern nur um Haaresbreite entkommen war, hatte sie einen guten Grund zum Feiern. Sie wachte in aller Frühe auf, draußen war es noch dunkel, und sprang aus dem Bett. Sie schlich durch die Vordertür aus dem Haus (denn die Hintertür quietschte) und lief leichtfüßig los, um Shumba zu holen und die Pferdeburschen zu wecken. Der Festtag bedeutete, dass die Felder leer waren; das Gelände lag offen vor ihr.

»Simon. *Simon!* Peter! Aufwachen! Heute ist es so weit. Heute! Wach auf, Simon.« Sie krabbelte zu der auf dem Boden liegenden Matratze und hielt ihm die Nase zu.

Simon rang um Atem und erwachte strampelnd und japsend.

»Ach! Lass das, du verrücktes Mädchen.« Als er sah, dass draußen die Dämmerung anbrach, fragte er: »Ist heute der Festtag, Will?«

»Ja! Heute! Heute, *heute!*« Heute würde es unbegrenzt Zeit, unbegrenzt Sonne und unbegrenzt Essen geben. Will sprang auf, packte ihre Fußknöchel und schlug einen Salto. »*Heute!*«

An einem solchen Tag, wenn Stille auf den Feldern herrschte und die Pferde wie von allein liefen, hatten sie überall freie Bahn und konnten über die Wasserfässer für das Vieh und über die Steinmauern springen.

Will, die auf Shumba voranritt, rief über die Schulter: »*Fago moto*, Jungs!« Das hieß »Gebt Zunder!« oder »Los geht's!« oder »Schneller!«. Sie spürte, wie sich ihre Lunge im Takt ihres Herzens bewegte, und sie war auf einmal wie berauscht von diesem Tag und so glücklich, dass sie fast geplatzt wäre. »*Fago-fago-moTO!*«

Simon spornte sein Pferd ohne Vorwarnung zu einem

Galopp an – »Selbst *fago moto*, Mädchen!« –, und sie presch-
ten über den Vlei, gefährlich schnell, aber nie schnell
genug.

»Schneller! Los, Shumba, schneller!« Will schüttelte
sich den Schweiß aus den Augen. Sie konnte nicht ruhig
bleiben, wenn der Wind wie jetzt in ihren Ohren pfiff. »Na
los, Peter! Na los, Simon! Calypso kann doch sicher noch
einen Zahn zulegen!«

Will ließ die Zügel los. Der schnelle Ritt im Sonnenschein war euphorisierend, und sie brannte darauf, es
den anderen zu zeigen. Also kletterte sie mit genau über-
legten, wackelnden Bewegungen auf Shumbas breiten Rücken. Sie jubelte, spürte die frische Morgenluft im Mund,
und dann stieß sie den Ruf der Pferdeburschen aus: »Ai-
ai-aiyah!«

Der eine Pferdelänge hinter ihr reitende Simon erwiderte: »Ai-ai-aiya!«

Peter, der sich ängstlich auf seinen braunen Klepper
duckte und keinen Sinn für die rasende Schönheit des
Tages hatte, riss den Mund in seiner Panik weit auf: »Pass
auf, du Idiotin!«

Will schwankte wieder – dieses Mal ungewollt – und
lachte. »Tue ich doch, Peter, tue ich doch. Oh, Peter, ich
weiß, dass du ein Engel bist, aber du bist auch ein Trottel,
Peter. Schau her!«

Angesichts seines ehrfürchtigen Blicks und berauscht
von ihrem Balanceakt und dem Wind, der feine Speichel-
fäden über ihre Wangen peitschte, breitete Will die Arme

aus und drehte eine Pirouette. Shumba suchte sich genau diesen Moment aus, um durch ein Kaninchenloch zu stolpern, und Will stürzte mit einem weit über den Vlei hallenden Krachen in das hohe Gras.

»Woah!« Simon zügelte Calypso, wobei er sich an der Mähne festhielt. Er war starr vor Schreck, als er das Pferd herumriss. »Will? *Will?*«

Peter hatte nicht gleich anhalten können. Er zerrte am Zügel und wäre fast über den Kopf des Kleppers geflogen. Dann trabte er zurück, und die zwei Jungen warteten. Sie wussten nicht, was zu tun war – durften sie lachen oder mussten sie einen Verband anlegen?

»Will? Ist alles gut?«

»Alles gut, Will? Will …?«

Eine Antwort blieb aus. Im Gras ertönten nur gedämpftes Keuchen und halblautes Schimpfen – aber Will war eine *Kämpfernatur*, und darauf war sie stolz. Nun versuchte sie, sich im grünen Gras zu orientieren. Wo war oben und wo unten? Schließlich kam sie auf die Beine, zitternd und von Grassamen bedeckt.

»Ja«, keuchte sie. »Natürlich ist alles gut. Natürlich!«

In Wahrheit wusste sie nicht genau, was mit ihrer Brust los war. Einer ihrer Ellbogen war aufgeschlagen und blutete, und sie atmete, lachte und weinte zugleich. Trotzdem griff sie in Shumbas Mähne und schwang sich wieder auf den Rücken des Pferdes, umschloss seine stämmigen Flanken mit den Beinen und leckte über ihre Lippen: »Alles gut! Ja! Alles gut, alles gut!« Dann galoppierte Will in den

Busch, immer noch mit schwirrendem Kopf und tief über Shumbas Nacken gebeugt.

Die hinterherpreschenden Jungen hörten ihren Gesang im Wind.

Will lächelte immer beim Singen; ihre Mundwinkel dehnten sich bis zu den Ohren, und ihre Augenfarbe veränderte sich zu einem Bernsteingelb, in dem es golden funkelte. Das war Wills Welt, und diese Welt war ihre ganze Freude.

FÜNF

Um Wills Welt von ihrer schönsten Seite zu erleben, musste man bei Sonnenuntergang hinausgehen. Dann wurde man zwar von den Moskitoschwärmen gepiesackt, aber zur Belohnung sangen die Kröten, und die Luft schmeckte nach Abenteuer. Die Männer nannten das die afrikanische Hexenstunde. Das stimmte, wie Will fand, die ihren Blick über den Kreis der Pferdeburschen und die auf dem Boden verstreuten, gerösteten Maiskolben schweifen ließ. In diesem Licht wirkte alles fremd. Sogar die Männer, die das letzte Bier des nun zwei Tage zurückliegenden Festtags tranken, sahen stärker und wilder aus als sonst. Die Welt schien aus erwartungsvoller Stille zu bestehen. Will zog die Knie unter ihr Kinn und schnupperte. Ihre Knie rochen genau wie die Luft – nach Rauch und Erde. Hatte es je einen glücklicheren Menschen gegeben als sie?

Ihre Gedanken wurden von lautem Lärm unterbrochen. Das war Simon, der erst zu dieser späten Stunde vom Ausmisten der Pferdeställe zurückkehrte, sich durch die anderen Jungen drängelte, stolperte und fluchte, jemandem einen Stock gegen den Kopf warf, einem anderen den Maiskolben stahl und sich neben Will auf den Boden fallen ließ. Sie grinste. Simon hatte noch nie etwas leise getan.

»*Manheru*, hey!« Er griff nach den neben ihr liegenden Stachelbeeren und stopfte sich eine ganze Handvoll in den Mund.

»*Manheru!*« Will beugte sich zu ihm hin. »Halt still.«

»Warum?«

»Eine Zecke.« Sie zog an dem schwarzen Insekt, das sich in seinem Arm festgebissen hatte, und konnte es ganz entfernen. »Der Kopf muss dranbleiben – wie bei dieser. Siehst du?« Sie hielt sie dem zwei Jahre jüngeren Hektor hin, der großen Respekt vor ihr hatte. »Wenn er in deiner Haut bleibt, bist du erledigt, ja. Dann bekommst du Schaum vor dem Mund und stirbst.« Sie setzte ihr huldvollstes Lächeln auf. »Im Ernst.« Dann biss sie auf die Zecke. Blut lief über ihre Lippen.

»Bäh! Das ist ekelhaft, Will! Jetzt bekommst du die Tollwut«, warnte Peter.

Angesichts der entsetzten Gesichter der Jungen musste Will grinsen. Sie küsste ihren Handrücken und hinterließ eine Art Lippenstiftabdruck. »Das macht mir nichts.«

Simon lachte. »Nee, Will ist immun – gegen *alles*.«

Will zog eine Grimasse wie ein tollwütiger Hund. Hektor verdrehte die Augen und sabberte. »Ich habe Tollwut! Schaut her! Sieh mich an, Will! Ich habe auch Tollwut!«

Captain Browne verbot wenig, aber das Zerbeißen von Zecken hatte er strengstens untersagt.

»Sie beißen mich doch zuerst«, hatte Will erwidert und versucht, mürrisch dreinzuschauen. »Und ...« – das war gewagt – »... ich wette, Sie haben als Kind auch Zecken zerbissen. Stimmt es oder habe ich Recht, Sir?«

»Häh?«, hatte der Captain geknurrt wie ein Löwe mit verstopfter Nase und ihr mit dem Gehstock eins hinten auf die Beine gegeben. »Häh? Was hast du gesagt?« Der Captain war nur taub, wenn es ihm in den Kram passte. »Hau ab und spiel mit deinen Jungen.« Als sie um die Ecke gebogen war, hatte sie sein schnaubendes Lachen gehört. Das war der Tag gewesen, an dem ihr bewusst geworden war, dass man dem Captain gegenüber rotzfrech sein konnte – man konnte auch stumm sein oder Dummheiten von sich geben, man konnte unbeholfen und dreckig sein und sich kratzen, solange man ihn gernhatte. Eine wertvolle Erkenntnis.

Die anderen Verbote des Captains galten dem Spielen neben dem Komposthaufen, weil es dort Skorpione und ein paar der kleineren Schlangen gab – Will und Simon spielten trotzdem dort und wurden prompt gebissen, allerdings nur von einer Grasschlange, die nicht gefährlicher war als eine Wespe –, und dem Verzehr der roten Beeren, die vor der Veranda wuchsen. Will hatte sie einmal probiert und dann nie wieder, weil sie danach den schlimmsten Durchfall ihres Lebens bekommen hatte. »Ich dachte schon, ich müsste sterben – aber es wäre schrecklich gewesen, auf Klo zu sterben, und deshalb bin ich in den Busch gegangen, ja, ganz ohne Hosen ... und es war so schön, und es gab Ducker-Antilopen am Fluss, und es war so still … Ich glaube, die Schönheit hat mich geheilt, ja.« Das Tragen ungebügelter Kleider war am strengsten verboten. Das galt auch für Westen und sogar für *Strümpfe*. Das Bügeln war der einzige Schutz gegen die Putsi-Fliege, die ihre Eier in feuchten Kleidern ablegte und sich in Arme und Beine fraß, ohne dass man dies merkte.

Will war nicht scharf darauf, dass Fliegen Eier unter ihrer Haut ablegten. Also hatte sie am nächsten Nachmittag das schwere Bügelbrett nach draußen geschleppt. Es war gegen ihre Schienbeine geknallt, und sie hatte geflucht, aber sie hatte es die Treppe hinaufgewuchtet und auf der Veranda aufgestellt, wo sie die Strümpfe ihres Vaters an der frischen Luft gebügelt hatte.

Ihre eigenen Kleider waren schon fertig gewesen: Jeans, von der Sonne zu Graublau ausgebleicht; vom vielen Tragen ausgeleierte T-Shirts; bunt gemusterte Shorts, mit unbeholfenen Stichen selbst zusammengeflickt, und ein khakifarbenes Hemd, das sie aus den Hosen ihres Vaters genäht hatte. Es gab auch Kleider, die Captain Browne als Geschenke aus der Stadt mitgebracht hatte. Die meisten waren in einem Haus ohne Spiegel wertlos. Außerdem waren sie zu eng und hatten hinten Schleifen, aber Will konnte immerhin die Bänder abschneiden und ihr Haar damit zurückbinden, und bei einem viel zu rüschigen Kleid hatte sie Ärmel und Hals zugenäht, um es beim Klauen von Bananen als Sack verwenden zu können. Eigentlich hätte Will einen Hut tragen müssen – man hatte ihr erzählt, dass die Kinder in Harare breitkrempige Stoffhüte oder Kappen im amerikanischen Stil aufsetzten –, aber weil die Pferdeburschen darauf verzichteten, verzichtete sie auch darauf. Außerdem lief sie barfuß, während ihr Vater Schuhe und Strümpfe trug. Will selbst hatte keine Angst vor Putsi-Fliegen, aber sie wollte auf keinen Fall, dass sich Würmer in die Füße ihres Vaters fraßen. Dazu liebte sie ihn viel zu sehr. Sie hätte nicht erklären können, warum, aber in seiner Gegenwart war sie immer ruhig und gelassen.

Nun hörte sie, wie er zur Hintertür hereinkam. Diese bestand wie die Stalltür aus zwei Teilen. Der untere Teil quietschte, und Will verhinderte mit großer Dickköpfigkeit, dass er geölt wurde, weil sie ihren Vater rechtzeitig hören musste, um ihn begrüßen zu können. Alle, die auf der Farm von Captain Browne arbeiteten, – sogar der Captain selbst – hatten insgeheim Angst vor Will, und deshalb quietschte die Tür noch immer.

Sie wusste genau, was ihr Vater tun würde, denn dies war der einzige Teil des Tages, der immer gleich verlief. Er würde erhitzt und müde (müde, weil er den lieben, langen Tag eine Arbeit machte, in der er *unschlagbar* gut war, wie sie dachte, und in ihrem Bauch rumorte ein Gefühl glücklichen Stolzes) ein Bier aus dem Kühlschrank holen, die Flasche mit den Fingern öffnen und den Kopf unter den Wasserhahn des großen Blechwaschbeckens halten.

»Hallo? Bist du da, Viel-zu-viel?«, rief er.

Will war bewusst, dass er nicht wie andere Väter war. Er war größer und mutiger. Sie stieß ihren lauten Eulenruf aus, damit er wusste, dass sie auf der Veranda beim Avocadobaum war. (Der Ruf eines Wiedehopfs bedeutete, dass sie sich in ihrem Schlafzimmer aufhielt; und ein Papageienschrei verwies auf den Felsenteich.)

Ihr Vater tat alles mit großer Leidenschaft. Er stürmte mit Löwengebrüll durch das Moskitonetz und packte Will bei der Taille, und dann wirbelten sie über die Veranda, bis ihnen der Kopf schwirrte. Sie verloren fast das Gleichgewicht, Tropfen sprühten von Williams Gesicht, das Bügeleisen wackelte gefährlich, und die Hunde sprangen aufgeregt bellend umher und kratzten mit den Tatzen an Wills hin und her fliegenden Knöcheln, und William lachte tief und fröhlich – so lachte er nur mit Will, und das wusste sie und liebte ihn dafür noch mehr –, und Hunderte Vögel stoben kreischend aus dem Avocadobaum auf. Will glühte.

»Guter Tag, Dad, hey?«, fragte sie, als sie wieder auf den Beinen stand und das Bügeleisen vom Boden aufhob.

»Guter Tag. Ein langer Tag … aber ein guter Tag.« Er sprach, wie es den afrikanischen Abenden angemessen war, langsam und mit langen Pausen. »Lazarus hat erzählt, dass eine Ziege Zwillinge geworfen hat. Ein Junges ist zu klein … ein Winzling. Ich habe ihm gesagt, er soll es Tedias geben, und Tedi kann es dir geben, und du wirst dich darum kümmern, ja?«

»Ja. Natürlich.« Sie sah ihren Vater an, und auf ihrem Gesicht breitete sich das liebestrunkene Lächeln aus, das nur für ihn bestimmt war. »Das wäre herrlich, Dad. Wir könnten das Kleine *Nguruve* nennen, um ihm Mut zu machen.«

Nguruve war Shona für Schwein; und *Shumba* bedeutete Löwe; der Terrierwelpe des Captains hieß *Bumhi*, nach der heißblütigsten Wildhundrasse; und Will wurde Wildkatze genannt. »Jeder Mensch hat ein gemischtes Wesen«, hatte sie Simon erzählt. Eigentlich hatte sie damit sagen wollen, dass niemand nur gut oder nur grausam war, aber Simon hatte erwidert: »Ja. Du hast Augenbrauen groß wie *Chongololos*.« Er hatte ihrer Meinung nach etwas von einem Krokodil, einem Leoparden und einem Pferd.

Und als hätte ihr Vater ihre letzten Gedanken gelesen, sagte er: »Ich habe Simon dabei ertappt, wie er während der Arbeit im Gemüsebeet einen Kopfstand gemacht hat. Ich habe ihm einen Kohl über die Rübe gezogen.«

Will lachte. Das konnte sie sich gut vorstellen.

»Und Lucian Mazarotti ist aus Harare zurückgekehrt.«

»Oh! Geht es ihm besser?« Lucian hatte Cholera gehabt.

»Viel besser. Er ist gesund und kräftig wie ein Löwe. So stark wie du, kleine Vielfraß. Er hat sechs Säcke mit Maisporridge mitgebracht, ein Fass Öl und ein Bullenkalb für seine Färse, die er wie ein Huhn hinten auf dem Lastwagen angebunden hatte. Ja …« – ihr Vater lächelte breit und zufrieden und noch träger, als er sprach – »… er ist wohlauf. Seine Haut glänzt wieder wie die eines Gottes.«

»Gut! Wie schön. Gut!« Will hatte das Gefühl, vor Freude platzen zu müssen. Lucian gehörte das Land am Rand der Two Tree Farm. Er war Wills Held. Auf der Farm gab es hellsichtige Leute, die mit einem angeborenen Gespür für Wasser und mit Hilfe zweier Stöcke Bohrlöcher ausfindig machen konnten, und Will war überzeugt, dass Lucian Vergleichbares bei Menschen entdecken konnte. Er schien das Gute aus dem harten, unbeackerten Kern der menschlichen Seele schürfen zu können. Er hatte ihr das Schwimmen beigebracht; er hatte einen Finger unter ihr Rückgrat gehalten, als sie zum ersten Mal eine Brücke probiert hatte; er hatte sie aufgehoben, wenn sie vom Pferd gefallen war; und er war großzügig mit seinem Essen. Wenn die Männer auf dem Feld arbeiteten, stimmte Lucian immer als Erster ein Lied an. »Das ist gut, Dad.« Sie hätte gern gesagt: »Bestell ihm liebe Grüße«, aber das wäre Lucian peinlich gewesen.

»Und ... Cynthia Vincy ist am West Edge vorbeigefahren«, sagte William. »Schon wieder.«

»Oh.« Eine Silbe konnte vieles ausdrücken, und diese klang resigniert. Aber sie klang auch nach einem Fluch, nach dem Gestank vermodernder Pflanzen, nach belustigtem Argwohn, nach angeknabberten Fingernägeln.

Captain Browne hatte Cynthia Vincy während seines letzten Aufenthalts in Harare kennengelernt. Sie war eine Witwe, und sie war viel jünger und natürlich viel hübscher als der Captain. Sie hatte nichts mit den typisch männlichen und lederhäutigen Farmersfrauen gemeinsam.

Cynthia Vincy war elegant gekleidet, hatte einen ausgeprägten Unterkiefer und lange Beine und war sich ihrer Macht über Männer bewusst. Sie war umwerfend.

Will hatte sofort gemerkt, dass ihr der Captain – eigentlich streng und etwas unnahbar – verfallen war: Hals über Kopf, trunken und tief und wie ein tapsiges Kätzchen. Cynthia Vincy schien dies zu wissen, denn in letzter Zeit fuhr sie oft auf der Straße am Rand der Farm vorbei. Sie hielt nie an, wenn Wills Vater da war, denn sie hatte eine tiefe Abneigung gegen seinen wachsamen Blick und seine raue, wuchtige Gestalt entwickelt. Aber wenn der Captain mit den anderen Männern allein war, stieg sie aus und bat um seine Meinung zu einem Problem, wobei sie flötend und zwitschernd Bewunderung heuchelte. Laut William war sie so falsch wie eine Plastikblume, wie eine Klimaanlage im Vergleich mit dem ehrlichen Wind, wie Margarine im Vergleich mit Butter, falsch wie *Hokuspokus*. »Sie fragt ihn nach Tabak – nach Banalitäten wie Lagerung oder Erntezeit, und dabei macht sie große Augen und nickt mit offenem Mund, ja –, aber sie *kennt* sich mit Tabak aus. Ihr Mann war Tabakfarmer, Herrgott noch mal.«

Will hatte Cynthia nie aus der Nähe gesehen, aber sie hasste sie trotzdem, instinktiv und leidenschaftlich. Während Will darüber nachdachte, legte sie das Bügeleisen ab, fuhr mit den Fingern durch ihre Haare, packte sie bei den Wurzeln, zog an ihrer struppigen Mähne und schnitt eine Grimasse.

»Will!« Ihr Vater lachte. Er stand auf, gab ihr einen Kuss

auf die Stirn und griff nach dem Bügeleisen. »Du brennst ein Loch in meine Socke, Viel-zu-viel.« Er steckte einen Finger durch das Loch und wackelte damit. »Was soll ich jetzt mit der Socke tun? Ich werde sie als Handschuh tragen müssen, Wirrkopf.«

»Oh! Entschuldige bitte, Dad.« Wills Ängste verflogen so rasch, wie sie gekommen waren. Alles würde gut werden. »Entschuldige-entschuldige.« Sie spuckte auf das Bügeleisen, das zischte, als wollte es einen Strich unter die Sache ziehen. »Komm, Papa. Los, los«, sagte sie.

Sie ergriff ihn beim Ärmel, krallte ihre Finger fest hinein und schnupperte seinen Geruch nach Erde und Öl. Dann führte sie ihn hinaus in die Abendluft, wobei sie der Dämmerung Kinn und Bauch entgegenreckte.

An diesem Abend kam Wills Vater in ihr Zimmer, um ihr eine gute Nacht zu wünschen. Das tat er selten. Er löste die zusammengeknoteten Bänder der Vorhänge und betastete den Stoff. Es war Sackleinen – wie die meisten Vorhänge, die Will kannte –, das Wills Mutter mit Feuerlilien bestickt hatte, der Nationalblume Simbabwes. Lilibet hatte die Dinge mit ihrer Nadel verzaubert. Wenn Will die zart geäderten roten Blütenblätter betastete, fühlten sie sich echt an, und wenn sich die Vorhänge im Wind bauschten, schien es, als würden die Blumen aufblühen.

Will wusste, dass ihr Vater manchmal hereinkam, wenn sie eigentlich schon hätte schlafen sollen, um die Vorhänge zu berühren, sein schlafendes afrikanisches Kind zu betrachten und ihren Duft einzuatmen. Dann öffnete sie die Augen nur ein winziges bisschen – wenn ihm der Glaube half, dass sie schlief, wollte sie ihn nicht enttäuschen –, aber im Licht, das aus dem Flur ins Zimmer fiel, hatte sie den Eindruck, dass er die starken Schultern hängen ließ, und sie spürte Wellen von Trauer und beschützender Liebe. Eigentlich brauchte sie überhaupt keinen Schutz, und sie konnte ihn auch nicht immer annehmen.

Wenn er sich zum Gehen wandte, flüsterte er jedes Mal: »Meine süße, über alles geliebte Lil.«

So hatte ihre Mutter sie genannt: Will, Lil, Lilly – all das war austauschbar – oder »Hell«, wenn sie besonders anstrengend gewesen war. Der Name ihrer Mutter hatte auch Lil gelautet; Lilly, Lilibet, Elizabeth.

SECHS

William und Lilibet – Will und Lil – hatten sehr jung geheiratet.

William Silver war in England zur Welt gekommen, aber in Simbabwe aufgewachsen. Er schätzte die englischen Hügel, aber das englische Wetter schätzte er nicht. »Ständig grauer Nieselregen«, erzählte er Will. »Bei uns hieß es immer nur *Pisswetter.*« Er sang häufig ganz unbewusst in einem tiefen Bassbariton vor sich hin, was ihn jedes Mal beschämte. Laut den Frauen in Harare, die er auf der Straße keines zweiten Blickes würdigte, war er so »lauter wie der helle Tag«. Er hatte eine große Nase und große Ohren und einen großen Mund und große Hände und Füße. Trotzdem waren sie alle hinter ihm her, stellten ihm nach mit ihren strahlend weißen Zähnen und lackierten Fingernägeln. Denn William war immer höflich und nie grob, und außerdem ließ er sich nicht in Streitigkeiten verwickeln. »Ich würde ein Auge auf ihn haben«, ließen die Frauen einander bei ihren Teepartys wissen.

Aber William wollte nicht, dass jemand *ein Auge* auf ihn hatte. Er richtete sein Augenmerk lieber auf das Leben, wollte nach innen, nach außen und zur Seite schauen. Und als er sich als junger Mann auf diese Weise umgeschaut und eine nahende Frauenschar mit glatter, straffer Haut und vielen Lederhandtaschen erblickt hatte, war er zuerst vor Schreck erstarrt und dann an Bord eines Schiffes nach England gegangen. Dort war er Elizabeth begegnet, die keine glatte Haut hatte und deren Atem scharf und süß nach Reineclauden und Lilien duftete.

William Silver schickte ein Telegramm an Charles Browne: »Habe Frau gefunden.« Farmer waren an Armut gewöhnt, und deshalb sparte William an allem, sogar an dem Wort »eine«.

Browne saß auf der Veranda und betrachtete seine geliebten Bäume, als ihm das Telegramm gereicht wurde. »Danke, Lazarus.« Er las es und nickte und legte es dann, ohne sich umzudrehen, auf das polierte Silbertablett, das Lazarus neben seine Schulter hielt. Seine Miene erstarrte. »Mr Silver bringt eine Frau mit nach Hause, Lazarus. Es wird eine Madam geben.«

»Eine Madam?« Lazarus klang zweifelnd. Dann fügte er sehr förmlich hinzu: »Verstehe. Eine Madam. Ja, Boss.«

»Sagst du es bitte den Männern, Lazarus?«

»Ja, Boss.«

»Eine Frau, Lazarus.«

»Ja, Boss.«

»Eine Frau im Haus! Da werden wir uns ganz schön umstellen müssen, was, Lazarus?«

»O ja, Boss.«

»Lazarus ...«, sagte der Captain und räusperte sich mühsam.

»Ja, Boss?«

Browne drehte sich knarrend auf dem Stuhl um, rieb seine alten Augen, unter denen sich Tränensäcke wölbten, und betrachtete sein Haus mit einem ganz neuen Blick. Von der Veranda, die das Haupthaus auf ganzer Länge säumte, hatte man einen herrlichen Ausblick auf die Farm, aber die Fenster wirkten auf einmal viel dreckiger, die Farbe viel abgeblätterter, und die Begonien schwankten viel zu protzig vor den Fenstern. Er fand daran nichts auszusetzen, aber ...

»Alles ganz verstaubt, Lazarus.«

»Ja, Boss. Tut mir leid, Boss.«

»Ach, nicht doch! Du kannst nichts dafür, Lazarus. Aber – sieh dir das an ...« Browne gestattete sich einen rührseligen letzten Schauder der Trauer um die Zeit, die nun ein Ende nehmen sollte, jene Zeit, in der es nur ihn und seine Männer gegeben hatte – und es war ein Schauder, der seine Knochen im Leib rasseln ließ. Dann setzte er sich auf seinem Stuhl kerzengerade hin, schüttelte den alten Soldatenschädel und ergänzte: »Das ist nichts für eine Frau.«

Daraufhin begann der große Hausputz. Während der zwei Wochen vor der Ankunft von Elizabeth Silver putzten und schrubbten Browne und seine Männer, angeführt von dem ewig stirnrunzelnden Lazarus, als würden sie die Königin von England oder den Häuptling von Mashonaland erwarten (die beiden waren nach Brownes Meinung mehr oder weniger gleichrangig) und keine schüchterne, aber zuversichtlich in die Zukunft schauende junge Frau.

Der Captain zerbrach sich bis spät in die Nacht den Kopf über Stoffe und quälte sich wegen der Wäsche. Er versuchte verzweifelt, die Rätsel von Salatbesteck und Fischgabel zu ergründen. Er kaufte einen gebrauchten Ratgeber mit dem Titel *Tischmanieren leicht gemacht*, den er schließlich in einem Wutanfall ins Feuer warf: »Was für ein altmodischer, dämlicher, erbsenzählender, verfluchter *Mist!*« Er wanderte im Mondschein durch die Schlafzimmer, berührte dies und das und leierte wie ein Schuljunge, der unbedingt noch etwas auswendig lernen muss, folgende Liste herunter: »Oberbett, ja. Zierkissen, Nackenrolle, Tagesdecke … ja …« Er nahm die auf dem Frisiertisch ausgebreiteten Feinheiten der Damentoilette angstbebend in Augenschein und murmelte: »Kampfercreme, Zahncreme mit Pfefferminzaroma, Zahnbürste, Pfirsichseife, Talkumpuder … Fehlt auch nichts? Ist *alles* da? Und reicht es? Reicht es jetzt *endlich?*«

Aber als Silver mit seiner Frau erschien, genügte ein Blick, um zu wissen, dass all das überflüssig gewesen war. Sie stieß die Autotür noch im Fahren auf, sprang heraus, landete wie eine Katze auf allen vieren und rannte barfuß die Auffahrt hinauf. Sie warf ihre Arme um den Hals des alten Mannes, riss ihre Füße hoch und schwang sich wie ein Kind hin und her. Es war, als hätte sie ihn ihr ganzes Leben gekannt.

»Sie sind Captain Browne. Ich bin Mrs Silver.« Ihre
Stimme klang in seinen Ohren wie Wasser, das im Sonnen-
schein über Kieselsteine floss. Außerdem fand er, dass
sie viel zu jung für eine verheiratete Frau wirkte. Und ob-
wohl er all das für sich behielt, schien sie etwas von seinen
Gedanken zu ahnen, denn sie fügte lachend hinzu: »Aber
Sie müssen mich Lilibet nennen. Sie dürfen mich *erst* mit
›Missus‹ anreden, wenn ich fünfzig bin.« Sie holte tief
Luft. »Wie gut, Sie leibhaftig zu sehen. Allerdings bin ich
Ihnen gegenüber im Vorteil, Captain, denn ich kenne Sie
schon in jeder anderen Hinsicht – außer in Fleisch und
Blut, meine ich.« Sie betrachtete die nikotinfleckige Haut
des Captains, seine Falten und Adern, als würde sie sich
verzweifelt danach sehnen, sie zu küssen. »Denn auf der
ganzen Reise gab es nur ein Thema, und zwar Sie. Deshalb
liebe ich Sie jetzt schon. Sie müssen aber noch etwas warten, bis Sie mich lieben können.«

Er bückte sich wortlos und gab ihr einen Handkuss. Sie
irrte sich. Denn er liebte sie von diesem Augenblick an.

Wochen später sah Browne zu, wie sie selbst gekochte
Suppe aus einem Blechtopf verteilte. (Diesen Topf hatte
er vor ihrer Ankunft in weiser, aber irriger Voraussicht als
Weinkühler gekauft, doch er fand, dass er so viel besser
genutzt wurde.) Seltsamerweise wurde sie von den Männern auf der Farm für schön gehalten, was nicht stimmte.
Auf jeden Fall nicht ganz, denn ihre Stirn war oft rot, ihre
Zähne waren nicht gerade und ihre Gesichtszüge zu groß
für ihren Kopf. Dazu kam, dass sie nicht zu bremsen war.

Sie schien das Leben so ungeheuer aufregend zu finden, dass sie überall hinrannte und als Folge stets von Kratzern und Schrammen übersät war. Ja, sie habe Schrammen, sagten die Männer, aber sie kenne keine Angst. Sie sei für große Abenteuer bestimmt.

Lilibet Silver, meinten sie, wisse vieles. Sie wusste, wie man die Morgenzeitung zu einem Hut für den Captain faltete; sie wusste, wie man das Auto des Captains mit Teppichen und Pfannendeckeln flickte; sie wusste, wie man die wild auf den Feldern lebenden Rohrratten einfing und zubereitete. Sie wusste, wie man Glasperlen zu Armbändern auffädelte, die an ihren dünnen Armen immer halb nach oben rutschten und die sie jeder Fremden schenkte, deren Gesicht ihr gefiel. Sie wusste, wie man Gedichte so vortrug, dass die hinter ihren Teetassen verborgenen Zuhörer nur mühsam die Tränen zurückhalten konnten, wie sie ihre Haare mit der rostigen Küchenschere schneiden musste, wie man die Forellen im See beim Schwimmen überholte, wie man von einem über das Wasser ragenden Ast einen Kopfsprung machte, wie man Kaffee mit Zichorie versetzte und Roibuschtee kochte. Außerdem konnte sie sich in jeden Mann verlieben, dem sie begegnete, und Wills Vater trotzdem mühelos treu bleiben.

Lilibet wusste mit einem improvisierten Spaten zu graben, und sie kannte die Tage, die für die Arbeit im Gemüsegarten in Frage kamen. Sie hatte ein Händchen für Pflanzen. Einen knappen Monat nach ihrer Ankunft erblühten die staubigen Blumenbeete im Ziergarten wieder zu üppigem Leben. Überall gab es Vögel, überall Eidechsen. Lilibet konnte so lange reglos dasitzen, bis sich Libellen und Bienen auf ihrem Hals und ihren Schultern niederließen. Es sei nie zu spät, sagte sie immer, um etwas Lebendiges aus dem Schlummer zu wecken, und ein Garten war das Lebendigste überhaupt. Nach zwei Monaten wuchs Jasmin an jeder Mauer, und vor der Veranda standen Feuerlilien. Lilibet konnte Rosenbüsche zum Blühen bringen, die jahrelang nicht einmal Knospen getrieben hatten. Und nach Wilhelminas Geburt kannte sie genau den richtigen Knoten, um das Baby mit einem roten Tuch auf ihren Rücken zu binden.

Ja, Lilibet wusste vieles, aber sie vergaß, dass sie wie alle Neuankömmlinge in Afrika Malariatabletten nehmen musste; und sie wusste auch nicht, wie man sich ausruhte und erholte. Die fünfjährige Will stolperte eines Tages in das Schlafzimmer ihrer Mutter und erblickte ihren Vater, der seine Hände in das Sackleinen der Vorhänge krallte, während ihm Tränen über die Wangen liefen. Sein Mund stand weit offen, ohne dass ein Ton herausdrang, und Tränen tropften auf seine Zunge. Draußen vor dem Fenster war eine Pfütze Erbrochenes.

Weder Vater noch Tochter brachten ein Wort hervor. Das war der Tag, an dem sich ein Schweigen auf die beiden hinabsenkte, und dieses Schweigen schweißte sie zusammen. Damals hatte Will das Gefühl gehabt, viel zu klein für ein so tiefes Leid zu sein, aber sie hatte auch gewusst, dass sie im Eiltempo wachsen musste, um damit umgehen zu können.

SIEBEN

Vielleicht ist eine Anfälligkeit für Malaria ähnlich ansteckend wie eine Anfälligkeit für Liebe. Will glaubte das
jedenfalls. Sieben Jahre nach dem Tod seiner Frau wurde
William Silver von einem Fieber befallen. Am nächsten
Tag brach er auf dem festgestampften Lehmboden des
Stalls zusammen und wurde von Lazarus zu Bett gebracht,
der sich plötzlich als unduldsam, streng und mütterlich
erwies. »Du hättest etwas *sagen* müssen«, schimpfte er,
während er Wasser aus einem Krug auf ein Tuch kippte.
»Wer kümmert sich jetzt um die Farm? Du musst *ruhen*, bis
der Captain mit dem Arzt kommt. Nicht bewegen!« Will
sah zu, wie er die Stirn ihres Vaters mit seinen dicken Fingern abtupfte; so sanft hatte sie ihn noch nie erlebt. »Du
musst *gesund* werden, Mr Silver.« Gesund werden, ja, und
die Sache besser machen als *sie* – Will konnte sehen, wie
diese unausgesprochenen Worte in der Luft vibrierten.

Aber Captain Browne holte nicht den Arzt. Als Will
dem kleinen Mazda des Arztes auf der Einfahrt entgegen-
laufen wollte, sah sie nur den alten Pick-up des Captains,
dessen Motor das Klagelied der Ochsenfrösche und Gras-
hüpfer übertönte. Will glaubte, den schmalen Kopf einer

Frau durch die Abgase erkennen zu können, die die Abendluft trübten. Sie blieb stehen und balancierte auf einem nackten Fuß. Ihr war plötzlich übel, und sie sah erstaunt auf ihre zitternde Hand hinab, als ein hochhackiger Schuh und ein kantiger Knöchel vom Beifahrersitz geschoben wurden; eine lange, muskulöse Wade, langsam gefolgt von dem Hals und dem Kopf einer Frau, bei der es sich nur um Cynthia Vincy handeln konnte.

Captain Browne lächelte nervös. »Will, dies ist Cynthia. Cynthia, dies ist Will; Wilhelmina, um genau zu sein. Du bist natürlich wegen des anderen Will hier … Ich meine – diese Will wird sicher auch sehr erleichtert sein … Damit will ich sagen …« Die hochgezogenen Augenbrauen der Frau schienen ihn in immer tiefere Verwirrung zu stürzen, und er setzte noch einmal an: »Cynthia ist hier, um deinem Vater zu helfen, Will. Sie ist ausgebildete Krankenschwester.«

Cynthia lächelte Will an. Das Lächeln verdarb ihre makellose Pose, denn es war so kantig wie ein Briefkasten. Da Cynthia sich dessen bewusst war, lächelte sie selten.

»Nach allem, was Charlie mir erzählt hat, scheint es nichts Ernstes zu sein«, sagte Miss Vincy. (Charlie!, dachte Will entsetzt. Sie nannte ihn *Charlie!* Der Captain wurde nur von einem Menschen mit Charlie angeredet, und zwar von ihrem Vater; sie selbst nannte ihn immer Sir oder Captain. Charlie!)

»Diese heftigen Anfälle sind meist ungefährlich. Ernst sind nur die chronischen Fälle. Ich habe Charlie gesagt, dass er sich die Arztkosten sparen kann. Zieh kein so mürrisches Gesicht, meine Süße! Es geht nur um Geld. Kinder sollten sich deswegen keine Sorgen machen.«

»*Oh*.« Will starrte Cynthias geschminktes Puppengesicht an und verstand plötzlich, warum sie diese Frau verabscheute. Ja, sie hasste sie zu Recht. Sie war falsch.

»Wir werden dafür sorgen, dass er in null Komma nichts wieder auf die Beine kommt, nicht wahr?«, sagte Cynthia und setzte eine Miene auf, die sie wohl als *fähige Krankenschwester* ausweisen sollte. Aber ihre Worte waren sinnlos, fand Will. So etwas wie »null Komma nichts« gab es nicht. Sie versuchte, ihre Stimme zu senken, damit sie nur vom Captain gehört wurde: »Ich glaube ... Hey, Captain ... ich glaube nicht ...« Ihre Zunge kam ihr auf einmal riesig vor, und sie setzte noch einmal an: »Glauben Sie wirklich, dass Dad – mein Vater – diese ...« – sie hätte am liebsten »diese *Plastikpuppe*« gesagt – »... diese Miss Vincy als Pflegerin haben möchte?« Und sie fügte noch hinzu: »Sir?«

Cynthia lächelte Will gekünstelt an. »Ich weiß, wie du dich fühlst, Will. Aber ich versichere dir, dass ich in *jeder* Hinsicht mit dieser Situation umgehen kann. Außerdem gibt es in einem Haus vieles, was nur eine Frau tun kann.« Sie sah Captain Browne an und ergänzte: »Damit die Männer es gemütlich haben. Meinst du nicht auch, Will?«

Nein, Will meinte das nicht, und es kostete sie alle Kraft, den Drang zu unterdrücken, diese Frau zu schlagen, ihr die Hunde auf den Hals zu hetzen oder an ihrem ele ganten Kleid mit dem schicken Gürtel zu reißen. Ihr ganzer Körper schrie: Nein, nein, nein! Wir möchten es nicht gemütlich haben, hau ab, wir wollen, dass alles so bleibt, wie es ist: Es geht uns gut, wir sind glücklich. Ja, wir sind rundum glücklich ...

Aber der Captain sah sie so flehentlich an, und er wirkte so klapperig und schien so verzweifelt auf ihre Zustimmung zu hoffen, dass Will keinen einzigen Muskel rühren konnte. Sie konnte nur ihren Hals bewegen, und sie nickte.

»Ja«, sagte sie.

»Ja was?«, fragte Cynthia Vincy.

Was? Was? Will starrte ratlos die Moskitostiche auf ihrem Arm und ihre schlammigen Füße mit den langen Zehen an. »Ja, Ma'am?«

»Ja, Ma'am! So ist es *gut*, Will! Ich mag diese altmodischen Förmlichkeiten. Du nicht auch, Charlie?«

Und Captain Browne, der Wills niedergeschlagenen Blick und den Sinn ihrer Worte sehr wohl zu deuten wusste, stand zerknirscht da und lächelte gespenstisch. Dann führte er die Frau in das Dunkel des Krankenzimmers.

Das war der erste Tag. Am dritten Tag (der zu Wills Verwirrung so sonnenhell und jasminduftend war, als würde kein Vater im Fieberwahn hinter Vorhängen aus Sackleinen liegen) wurde die Anwesenheit Cynthias allmählich spürbar. Simon saß auf der Steinmauer, die den Ziergarten des Captains umgab, und rief nach Will. Er krümmte sich vor Wut und Lachen und konnte sein Gleichgewicht kaum halten.

»Sie ist *verrückt*, Will«, sagte er. »Und zwar auf die ganz üble Art. Tedias ist ihr zuerst begegnet. Sie nennt ihn Thomas; sie meint, dass sie Tedias nicht *aussprechen* kann.« Simon verdeutlichte mit einer Geste, was er davon hielt. »Also dachte ich: Na schön, jetzt werfe ich mal einen Blick auf die Madam des Captains. Ich bin in Windeseile von den Feldern zur Farm gerannt, und ich konnte nicht bremsen, und sie pflückte gerade Blumen, und da bin ich mit ihr zusammengestoßen – bumm! Da ist sie richtig ausgerastet, schlimmer als eine wütende Hornisse! Und sie ist riesig, Will! Oh, Mann. Dieses Riesenweib ist eine echte *zisikana*! Sie hat gesagt, wenn sie mich noch einmal im privaten Garten erwischt – privaten Garten, Will, als würde er ihr gehören oder so –, holt sie den Boss – so müssen wir den Captain jetzt alle nennen –, damit er mir den Hintern versohlt. Und dann? Ja, dann hat sie gelächelt und mir befohlen, meinen *kleinen Freunden* zu sagen, dass das auch für sie gilt. Das habe ich Peter erzählt, und er hat vorgeschlagen, ein paar Mambas in ihr Bett zu tun, aber ich weiß nicht, wie wir sie fangen sollen …«

Simon hatte seine Geschichte heruntergerattert, dabei wild gestikuliert und seinen Zusammenstoß nachgespielt – zackbumm! –, aber auf Will wirkte er missmutiger und bedrückter als sonst.

Er zog eine Grimasse. »Ich mag sie nicht, Will. Ich … hoffe, du verträgst dich mit ihr. Und auch dein Baba, dein

Dad. Ich muss eine Weile auf der anderen Seite der Mauer bleiben, ja – aber vergiss nicht: Wenn es Ärger gibt, holen wir Tedias und Peter und alle anderen, und dann reißen wir den Zaun um und hetzen ihr die Hyänen auf den Hals. Ja? Gut? Also – keine Bange, kleine Närrin.« Aber Simons Draufgängertum schien einen Dämpfer bekommen zu haben, und er runzelte die Stirn, schniefte und versuchte zu grinsen. Dann trollte er sich wie ein Besiegter, und Will blieb nur das Bild eines unbehaglich auf der Mauer hockenden Jungen, der sich auf einmal mit neuen, unbekannten Vorschriften herumschlagen musste.

Am vierten Tag merkte Will, dass sich im Haus Angst breitmachte. Um Mitternacht traf der Arzt in seinem Mazda ein und blieb bis zum folgenden Nachmittag. Nach seiner Abfahrt lief Will sofort zu ihrem Vater. Sie hatte Cannas, Rosen und Gräser dabei, einen Blumenstrauß aus dem Busch, aber Cynthia hatte die Tür von innen versperrt. Will pochte gegen das schwere, dunkle Holz.

»Hallo? Darf ich reinkommen? Ja? Hallo? Papa? Dad? Bitte lassen Sie mich rein, hey! Miss Vincy, Ma'am, bitte, ich muss rein, bitte, ich *muss* rein. Mein Dad braucht mich.«

Auf der anderen Seite der Tür steigerte sich Cynthia in einen Anfall rechtschaffener Erbostheit hinein. *Dad braucht mich*. Das war ein trauriger Irrtum. Wie sollte ein kleines Mädchen, das noch nicht einmal in der Pubertät war, wissen, was ein kranker Mann brauchte? Miss Vincy zog die Tür ein kleines bisschen auf. Will fand es unfassbar, dass braune Augen so kalt dreinschauen konnten.

»*Will!*«, zischte Cynthia. »Dein Vater schläft. Aber nicht mehr lange, wenn du weiter so lärmst. Und wenn er nicht schläft, erholt er sich nicht. Und du wirst schuld daran sein.« Das hatte sie eigentlich nicht sagen wollen, aber es entfuhr ihr. Es waren giftige Worte, Schlangenworte. »Willst du ihn umbringen, Wilhelmina?«

Am fünften Tag stand auch Cynthia vor verschlossener Tür. Sie drückte ihr Ohr gegen das Schlüsselloch und hörte, wie der Captain mit Silver redete. Der Captain klang heiser, sein Atem war rau.

»Natürlich hüte ich sie wie meinen Augapfel, Will. Das weißt du doch. Dieses Mädchen … ist mein Sonnenschein.«

William Silver lachte schwach. »Ich dachte, davon hättest du hier sowieso schon genug, Charlie«, sagte er.

Der Captain schluckte. »Sie ist wie die Sonne, und sie ist wie Erde und Wasser«, sagte er. »Außerdem kennt sie keine Angst. Damals hat mich diese Hyäne angefallen, weißt du noch? Erinnerst du dich an das viele Blut? Das Geschrei? Jedes andere Kind hätte Reißaus genommen, William. Kein anderes Mädchen hätte so gehandelt wie sie – sie hat meine Wunde gewaschen und verbunden und dabei vor sich hin gesungen. Sie ist … Wenn ich eine Tochter hätte, William, die auch nur ansatzweise so mutig und stark wäre wie deine, würde ich glücklich sterben.«

In Silvers Stimme schwang Freude mit. »Ach, Charlie, ich sterbe glücklich.« Es trat ein kurzes Schweigen ein, weil

William um Atem rang. »Aber, Charles … ich wünschte, ich hätte länger … Ich hätte gern dafür gesorgt, dass sie eine Mutter oder ein Zuhause hat … oder eine Zukunft … oder …«

»Still! Das ist doch Unsinn, hey? Ja? Ach, William, mein Junge, Bill, *Will*, was redest du da? Solange ich diese Farm besitze, wird deine Tochter hier ein Zuhause haben, und ich hoffe, sie bis zu meinem Tod zu besitzen. Und was eine Mutter betrifft …« Seine Stimme wurde leiser. Cynthia drückte ihr Ohr so fest gegen das Schlüsselloch, dass ein Abdruck auf ihrer Wange zurückblieb. Sie bildete sich ein, ein gemurmeltes »… Miss Vincy …« zu hören. Aber vielleicht war es nur der schleimige Husten eines hässlichen, alten Mannes.

Der Captain hob wieder die Stimme. Er klang aufgesetzt forsch. »Lazarus hat nach dir gefragt, William. Ich habe ihm gesagt, dass er dich nachher besuchen kann. Die Tabakpflanzen sehen gut aus, ja, und heute früh hat eine Kuh gekalbt. Lucian hat erzählt …«

Cynthia Vincy interessierte sich nicht für den Betrieb. Sie schlich davon.

Am siebten Tag saß Will am Ufer des Felsenteiches, schichtete Steine zu Pyramiden auf und ließ ihre Füße ins Wasser baumeln. Captain Browne, der auf der Suche nach ihr war, rief ihren Namen mit so schwacher Stimme, dass nicht einmal ein Echo zu hören war. Er war magerer denn je, und seine Haut schien viel zu weit geworden zu sein. Will fiel auf, dass sie schlaff von seinem stoppelbärtigen, seit einer Woche nicht mehr rasierten Kinn hing.

Er hockte sich neben sie.

»Wie geht's, Will?«

»Gut, Captain. Gut. Danke.« Will log, und sie wusste, dass sie eine schlechte Lügnerin war. »Und wie geht es Ihnen, Sir?«

»Nicht schlecht. Ja, nicht schlecht, Will.« Er holte tief Atem und betrachtete eindringlich die neben ihm sitzende kleine, angespannte und ehrliche Gestalt. Ihre Handgelenke sahen aus wie mit Haut umwickeltes Glas, überaus zerbrechlich. Die braunen Augen in ihrem schmalen Gesicht waren babyrund, und sie hatte die Kleider seit einer Woche nicht gewechselt, weil sie das unwichtig fand. Sie passten sowieso nicht mehr richtig, denn Will hatte auch abgenommen; sie zitterte seit sieben Nächten im Dunkeln, wartete, hoffte und betete inbrünstig – murmelte Kaskaden halb bewusster Worte: »Bitte, lieber Gott, bitte, lieber Gott, ich brauche dich jetzt, lieber Gott, bitte.« Sie betete darum, dass ihr Vater die Tür öffnen, in ihr Zimmer schauen, ihren Namen flüstern möge. Aber er kam nicht.

Der Captain legte eine Hand auf Wills Knie. »Hör zu, meine kleine Viel-zu-viel. Dein Vater … er hat nicht nur einen kurzen Anfall. William ist krank. Schwer krank. Todkrank, um genau zu sein.« Der Captain sah Will unter seinen buschigen Augenbrauen zutiefst bedrückt an. »Verstehst du, wie ich das meine, Will?«, fragte er.

Ja, Will verstand. Und es war, als würden Farm und Bäume und Teich plötzlich in Flammen stehen.

»Ja«, sagte sie. »Ich verstehe.« Und während sie dies sagte, fühlte sie sich so müde, angespannt und klein, dass es eine Erleichterung gewesen wäre, ohnmächtig, schlafend oder tot zu Boden zu sinken. Aber man konnte sich nicht aussuchen, wann man ohnmächtig wurde.

»Geht es dir gut, mein Küken?« Der Captain hatte sie noch nie so bleich erlebt.

Will wollte nicken, konnte den Kopf aber nicht bewegen. In ihren Ohren pfiff es, aber sonst herrschte eine unheimliche Stille: Keine Grille zirpte. Sie wollte etwas sagen, weil sie sich vor dieser neuartigen Stille fürchtete, sie wollte sagen: »Ja, alles gut. Wird schon werden. Wir schaffen das, Sir.« Oder einfach nur: »Ja, Captain Browne.« Aber die Wörter blieben ihr im Hals stecken, und sie hatte das Gefühl, sich erbrechen zu müssen, und deshalb konnte sie nur murmeln, erstickt und mit zusammengepressten Lippen. Sie berührte sein Knie und rannte dann blitzschnell weg, stolperte über einen Spaten und lief aus dem Ziergarten ins Freie, um sich hinter einem Busch zu übergeben.

Zehn Minuten später fand sie der zufällig vorbeikommende Lazarus. Sie hockte auf den Fersen, schluchzte rüttelnd, brüllte und tobte, und Ströme von Tränen liefen über ihr staubiges Gesicht. Lazarus hob sie auf, wortlos, aber mit beruhigenden Lauten, und trug sie auf seinen starken Armen an sein Feuer, und dort weinte sie stundenlang, als wäre ihr Vater schon tot.

Aus diesem Grund war Will wieder besser bei Kräften, als es endgültig Abschied zu nehmen galt. Dieses Mal waren weder Verzweiflung noch fremde Ärzte zugelassen; nur ihre unbeholfene, leidenschaftliche Liebe zu ihrem Vater war mit im dunklen Zimmer. Sie küsste seine beängstigend schmalen Hände, seine Wangen, Stirn und Kinn, Lippen und Augen; Augen, die halb geschlossen waren und sehr müde wirkten.

»Ab jetzt musst du auf dich selbst aufpassen, mein Küken«, flüsterte William Silver. »Aber das kannst du ja, oder?«

Will starrte angestrengt seine Hand an. Der Schmerz in ihrer Nase und unter ihrem Gaumen kündigte Tränen an. *Nicht weinen*, befahl sie sich wütend. *Keine Tränen. Kein Trara. Nur Liebe. Keine Tränen.*

»Ja, Dad«, sagte sie leise. »Ich passe auf mich auf.«

»Und sei brav, mein Mädchen. Sei immer gut. Und tapfer. Und glücklich. Kopf hoch, mein Küken, ja?«

»Ja, Dad. Natürlich.« Ihre Stimme bebte, und sie leckte eine einsame Träne von ihrer Oberlippe. Sie schmeckte nach Salz und Liebe.

»Gut und tapfer und glücklich, kleine Viel-zu-viel. Ja?«

»Ja«, sagte Will. Ihr Vater zupfte an ihrem Arm, und sie beugte sich über ihn. Er drückte ihr einen langen Kuss auf die Stirn.

»Ja …«, hauchte William Silver.

Danach sprachen sie nicht mehr. Es gab nichts mehr zu sagen. Will kniete am Kopfende des Bettes, eine Hand auf der nackten Brust ihres Vaters. Sie ließ sie dort liegen und spürte seinen Herzschlag. Stunde um Stunde. Vielleicht auch nur für Minuten. Es war seltsam, dachte sie, aber sie hatte kein Zeitgefühl mehr. Vielleicht hatte die Zeitlosigkeit des Todes im Zimmer Einzug gehalten. Schließlich schlossen sich die Augen ihres Vaters, entweder weil er eingeschlafen, oder weil er gestorben war. Sie wusste es nicht genau, und sie stand auf, ging hinaus und schloss die Tür hinter sich. Sie nahm den Rucksack, den sie mit Dörrfleisch, Fladenbrot und rohem Mais gefüllt hatte, und kletterte über die Küchentür, damit sie nicht quietschte – sie hätte das Quietschen nicht ertragen –, schwang sich dann auf den ungesattelten Shumba und ritt in den Busch hinaus.

ACHT

Eine Woche später kehrte Will zurück. Sie war gefasst und ruhig und fest entschlossen, sich zu Ehren ihres verstorbenen Vaters von ihrer besten Seite zu zeigen.

Und sie war dünner denn je, so dünn, dass sie fast ihr eigenes Knochenmark riechen konnte, und sie war sehr hungrig.

Sie streichelte Kezia, die aufgeregt kreischend angerannt kam, um sie zu begrüßen. »*Essen*, Kezia!«, sagte sie, als sie auf dem Pfad zum Haus liefen. »Komm, wir holen uns etwas zu essen. Was soll es sein? Rosinen? Brot? Käse?«

Doch alles war wie verwandelt. Will blieb mit großen Augen stehen. Das Haus war in einem strahlenden Gelb gestrichen worden, vor den Fenstern hingen Spitzengardinen, und die Stachelbeersträucher, die dicht an dicht vor der Küchentür gewachsen waren, hatte man zu einer ordentlichen Reihe zusammengestutzt. Und als Will die schwere Eisentür der Speisekammer öffnen wollte, stellte sie fest, dass sie verriegelt war. Das war das Schlimmste, zumal es bedeutete, dass sie um den Schlüssel bitten musste. Und dafür musste sie in das mit Gardinen versehene Wohnzimmer gehen, das zuvor, ohne Gardinen, ihr eigenes Wohnzimmer gewesen war. Dort hatte sie während der Regenzeit Schutz gesucht. Dort hatte sie mit ihrem Vater gespielt. Sie hatten einander mit Stachelbeeren und Trauben beworfen und sie mit dem Mund aufgefangen – und einmal, als sie einen Kopfstand gemacht hatte, war es ihrem Vater wie durch ein Wunder gelungen, eine Rosine in ihre Nase fallen zu lassen. Bei dieser Erinnerung schwoll Wills Nase vor Liebe an; ihr leerer Magen zog sich noch mehr zusammen, und das Haus kam ihr noch fremder vor.

Als Will sich dem Zimmer näherte – jenem Zimmer, das sie früher immer aufgesucht hatte, um dort ein paar glückliche Stunden zu verbringen –, hörte sie hohe und spitze Stimmen. Sie blieb zögernd vor der Tür stehen, ihre langen, braunen Finger schwebten über der Klinke. Sie bestand aus zisaeliertem und blank poliertem Silber und ersetzte den alten Messingknauf, der abgefallen war, wenn man zu kräftig daran gedreht hatte. Sie spürte, dass sie eine Gänsehaut bekam – alles war so *neu* –, und anstatt das Zimmer zu betreten, hockte sie sich auf den Boden und spähte durch den Spalt unter der Tür.

»Oh, Hilfe. Oh, helft mir«, flüsterte Will Silver.

Zwanzig Füße in zwanzig hochhackigen Schuhen waren elegant über dem Knöchel gekreuzt, und vierzig Stuhlbeine standen im Halbkreis vor dem leeren Kamin.

Will musste eintreten. Sie hatte den ganzen Tag nichts gegessen, und ihr Magen pochte im Gleichtakt mit ihrem

Herzen, klatschte gegen die inneren Organe, und es war zu spät, um auf den Bananenbaum neben den Hundezwingern zu klettern. Will hatte großen Respekt vor der Dunkelheit und den Schlangen, die nachts unterwegs waren.

Die Klinke ließ sich nur schwer hinunterdrücken. Zwanzig Augen richteten sich auf sie. Will schlotterte am ganzen Körper, und sie war sich ihrer verfilzten, hinter dem Kopf zusammengebundenen Haare und ihrer schlammverkrusteten Fingernägel noch nie so bewusst gewesen.

Sie sah sich mit gesenktem Kopf um. Das Zimmer war ihr vollkommen fremd. Es war schmerzhaft sauber. Will suchte in der hintersten Ecke nach ihrer Spinnwebsammlung, aber man hatte sie entfernt. Die Stühle waren neu mit mattgrünem Satin bezogen. Es war zum Davonlaufen hässlich. Sie würde um den Schlüssel bitten und sofort wieder verschwinden.

»Miss Vincy?«

»Will.« Miss Vincy wirkte weder froh noch zornig, sondern nur gelangweilt. »Was hast du zu deiner Rechtfertigung zu sagen?«

»Ich … Die Speisekammer ist verriegelt, Ma'am.«

Ein Schweigen trat ein. Cynthia wartete mit gespitzten Lippen und hochgezogenen Augenbrauen.

»Und?«

»Und ich habe den ganzen Tag nichts gegessen.«

»Und?«

»Und ich habe einen Bärenhunger.«

»Und?«

Wartete sie darauf, dass Will auf die Knie fiel und sie anflehte? »Ich verstehe … ich verstehe nicht.«

»Ich warte auf eine Entschuldigung für dein plötzliches Verschwinden, junge Frau. Bildest du dir ein, einfach mir nichts, dir nichts davonreiten zu können?«

Will blinzelte. Für einen Ritt in den Busch musste man sich doch wohl nicht entschuldigen, oder? Bisher war das jedenfalls nicht nötig gewesen.

Eine knochige Frau erhob sich von ihrem Stuhl und bot Will einen Teller mit Sandwiches an, deren Rinde entfernt worden war. »Hier, Schätzchen.«

Sie hatte erwartet, dass das Mädchen dankbar ein Sandwich nehmen würde, aber Will schnappte sich den ganzen Teller und wäre sofort verduftet, wenn nicht eine ungeheuer dicke Frau auf der Türschwelle gestanden und mit schriller Stimme nach dem Hausdiener gerufen hätte. Lazarus war über Nacht von *Sekuru Lazarus*, Onkel Lazarus, zum Hausdiener geworden.

Will wich in eine Zimmerecke zurück, ohne den Teller loszulassen, und schlüpfte hinter die Gardinen. Sie rochen nach Chemikalien und außerdem auf undefinierbare Art neu. Vermutlich war es der Geruch des Geldes, dachte Will. Sie hockte sich hin und stopfte die Sandwiches heißhungrig und wie ein Tier in sich hinein, wobei Gurkenstückchen über ihr Kinn purzelten.

Die Frauen hatten offenbar beschlossen, sie zu ignorieren, denn sie unterhielten sich wieder schrill. Will bekam nur Bruchstücke mit, aber das allein war schon grausam genug, denn sie musste mit anhören, wie das Leben ihres Vaters von Frauen zerpflückt wurde, die hässlich bunten Hühnern glichen.

»William Silver … Hast du ihn gekannt?«

»… natürlich kein Geld …«

»Und nicht gerade ein Bild von Mann …«

»Oh, Jackie, nicht doch!«

»Ich habe da anderes gehört … und allerbeste Manieren …«

»Strohdumm. Kein Verlust.« Das war Cynthias Stimme.

»Mmmm … Aber dein Browne, meine Gute … er ist ein echter Fang …«

»Die Farm ist über eine Million wert.«

»Nein!« Das riefen mehrere Stimmen auf einmal.

»Ja! Er hat gesagt, dass sie hier wie die Wilden gehaust haben, weil ihnen das *gefallen* hat.«

»Cynthia wird dem ein Ende setzen.«

»Und die Kleine?«

»Ein unmögliches Ding, wie ich gehört habe.« (Dies im Flüsterton.)

»Aber fröhlich …«

»Wohl eher frech.«

»Und der Captain – er macht es doch sicher auch nicht mehr lange. Wie alt ist er? Achtzig?«

»Ja, Cynthia scheint für das Dasein als Witwe bestimmt zu sein …«

»Im Busch sterben die Leute jung, Schätzchen!« Die Frauen lachten.

Da wurde die Tür aufgestoßen. Sie knallte gegen die Wand, schwang zurück und drohte die dicke Frau zu treffen, aber sie wich aus. Will lugte hinter der Gardine hervor. Eine finster wirkende Frau stand in der Tür. Sie war schön, und sie war offensichtlich mit Miss Vincy verwandt, denn sie hatte ähnlich kräftige Beine und den gleichen breiten Unterkiefer.

Schweigen trat ein. Die Frau im Türrahmen ignorierte die Gäste und sprach nur die hinten im Zimmer stehende Miss Vincy an. Ihre Stimme war leise und verlangte nach vollkommener Stille.

»So, Cynthia … Die Sache ist geregelt. Der Brief ist gerade eben eingetroffen – deine kleine Göre bricht nach England auf. Falls sie je wieder aus dem Busch zurückkehren sollte. Sie reist nach London. Die Leute in der Agentur in Harare waren sehr hilfreich. Niemand wird sich beschweren können. Die Gebühren sind zwar astronomisch hoch, meine Liebe, aber Geld setzt den Gerüchten ein Ende.« Sie lachte leise und schnurrend. »Und danach, meine süße Schwester … wird alles rundum erfreulich sein.«

Im Zimmer waren weder Begeisterung noch Erleichterung spürbar. Stattdessen trat betretenes Schweigen ein. Eine der Frauen stieß ein kurzes, nervöses Lachen aus, das wie ein zerbrechender Zweig klang.

Miss Vincy seufzte. »Sie ist hinter der Gardine.«

Die finstere Frau eilte mit drei Schritten durch das Zimmer. Will sah, wie ihre Füße näher kamen, und als die Gardine weggerissen wurde, zuckte sie zurück und krümmte sich zusammen, ohne dabei den Teller loszulassen. Das Elend, das sie durchflutete, war so tief, dass es sich durch eine einsame, verschämte Träne Luft machte. *Das darf nicht wahr sein*, dachte sie. Nein, das durfte nicht wahr sein. Was ging hier vor? England! England war ein mythischer Ort, ein fernes Land, über das man sich Geschichten ausdenken konnte, aber sie konnte dort nicht leben – nicht jetzt; nicht ohne ihren Vater, der England verabscheut und erzählt hatte, es sei kalt und dort gebe es nur Geld und Autos. Sie konnte auf keinen Fall *fortgehen!* Sie konnte die Farm und die Bäume und das Gras und Afrika nicht verlassen!

Die Frau zog die Oberlippe einen halben Zentimeter nach oben. »Raus mit dir«, sagte sie verächtlich.

Will stand auf. Ihre Hacken klebten an den Hinterseiten ihrer Oberschenkel. Die Frau hatte harte Gesichtszüge. Waren alle Frauen so?, fragte sie sich. Bis jetzt hatte sie immer nur mit angenehm mürrischen Männern zu tun gehabt. Sie versuchte, ihre Nase vor dem beißenden, synthetischen Parfüm zu verschließen.

»Her mit dem Teller.«

Will stand schon in der Tür, als die Frau dies sagte, und sie starrte den Teller an, überrascht, dass sie ihn noch hielt. Sie sah Cynthia Vincy an und dann die finstere Frau. »Ich werde nicht fortgehen!«, flüsterte sie. Sie war die furchtlose Will; sie war die Will aus dem Buschland, die Will des Windes, die Will, die Wasserfälle hinuntersprang und schneller schwamm als Simon; sie war Simons beste Freundin, und sie war Will, die Tochter von Lilibet und William. Sie drückte Rücken und Knie durch, denn sie war unbewusst gekrümmt und mit hochgezogenen Schultern zur Tür geschlichen. Sie wurde von einer wilden, unbeherrschten Wut gepackt und schleuderte den Teller dicht vor den Füßen der Frau auf den Boden, und er zersprang in zwölf Stücke, die wie aufgescheuchte Vögel durch das Zimmer flogen.

NEUN

Will war noch keine Woche wieder da, als Captain Browne und Cynthia Vincy den Bund der Ehe schlossen. Es geschah mit der unaufhaltsamen Geschmeidigkeit des Schicksals. Alle hatten es erwartet.

Alle, nur Will nicht, denn der Gedanke daran war zu schrecklich. Und noch schrecklicher war, dass Will, seit diese Frau die Sache mit England erwähnt hatte – was hatte man mit ihr vor? –, kaum noch einen klaren Gedanken hatte fassen können. Sie wagte nicht, den Captain zu fragen, weil sie befürchtete, es könnte wahr sein. Der Gedanke daran schwirrte ihr ständig im Kopf herum und suchte nach einem Ausweg. Will, die nie krank gewesen war, bekam nachts plötzlich Kopfschmerzen; was, wie sie dachte, vermutlich daran lag, dass der Gedanke zu entkommen versuchte.

Captain Browne hatte Will die Neuigkeit von der Heirat nicht so geschickt eröffnet wie von ihm erhofft. Er war nervös, und sein Hemd hatte dunkle Schweißflecke.

»Hallo, kleine Wildkatze«, sagte er, und beide zuckten zusammen, weil es der Kosename war, den ihr Vater immer benutzt hatte. Browne wetzte die Scharte hastig aus.

»Will, mein Mädchen. Du magst Miss Vincy doch, oder?«

Das Lügen war inzwischen sinnlos. Will war überzeugt, dass Cynthia Vincy den Tod ihres Vaters dazu benutzt hatte, sich in das Haus einzuschleichen – warum sollte sie nach all den Wochen sonst noch hier sein? Sie war eine *falsche Schlange*, dachte Will wütend, falsch wie *Hokuspokus!* Und sie saugte ihre Unterlippe ein und kniff den Mund zu.

Diese Reaktion hatte etwas so Kindliches, dass sich Captain Browne gezwungen sah, eine ganze Weile schmerzerfüllt die Augen zuzukneifen.

»Komm, Will. Wir gehen ein bisschen spazieren.«

Der Pfad führte sie am Steingarten vorbei, an der gewaltigen Aloe und den prachtvoll bunten Strelitzien, und schließlich auch am Beet mit den Feuerlilien. Will hockte sich hin, um ihren stärker werdenden Duft einzuatmen, aber der Captain stand stocksteif da und starrte die roten Blumen, die sich an den Rändern bräunlich wellten, blind an. Er wusste nicht, warum er so nervös war.

»Will … mein Küken, ich habe da eine … äh … eine Neuigkeit, mein Mädchen …«

»Ja, Captain?«, sagte Will sehr leise. »Ja?« Sie schob die Zunge zwischen die Zähne, weil dies die beste Methode war, um nichts Falsches zu sagen.

Browne schien sie nicht zu hören. »Die Sache ist die, Will – Will, mein Mädchen, hörst du zu, hey? Cynthia

Vincy wird bei uns einziehen. Miss Vincy hat mir gesagt, dass sie meine … Ehefrau werden will.«

Will erstickte fast an ihrer Zunge.

»Und? Was hältst du davon, mein Küken?«

»Oh«, sagte Will. »Oh.« Sie konnte sich selbst kaum hören. »Ihre *Ehefrau*.«

In Wills Ohren klang dieses Wort nach einer Katastrophe. Wie *lächerlich!*, schrie sie in sich hinein; denn unter dem Glanz von Cynthia Vincys Nylonstrümpfen (an sich schon lächerlich bei dieser Hitze) verbargen sich Falschheit, Leere, Aufgeblasenheit. Will öffnete langsam die Augen. Wie war es möglich, dass der Captain dies nicht erkannte? Manchmal war er etwas schwer von Begriff, und er konnte auch streng und zänkisch sein, aber im Grunde seines Herzens war er ehrlich und großzügig. *Ehefrau!* Sie hätte ihn am liebsten angebrüllt und angespuckt. Warum durchschaute er diese Frau nicht?

»Nun, Will? Wie findest du das?«, fragte der Captain. Er lächelte nervös.

Will riss den Mund weit auf, um ein wütendes und atemloses »aber« zu brüllen – doch es blieb ihr im Hals stecken.

»Und Sie machen keine Witze, Captain Browne?«

»Nein, Will.« Und nach einer Pause, in der Will wie wild an ihren langen Wimpern zupfte, fügte er hinzu: »Mehr hast du nicht zu sagen, mein Küken?«

»Ich hoffe, dass Sie immer glücklich sein werden, Sir«, presste Will hervor.

Dann zog sie, ohne nachzudenken und nur um etwas mit den Händen zu tun, eine Feuerlilie mitsamt den Wurzeln aus und hielt sie ihm hin. Er fand, dass sie beklagenswert jung aussah, als sie so dastand, die Blume in der Hand, von deren Wurzeln Erde rieselte.

Will setzte ein schiefes, schmerzhaftes Lächeln auf. »Immer glücklich, Captain Browne. Hey?«

Genau eine Woche später wurde Cynthia Vincy zu Cynthia Browne. Sie hatte ihr elegantes weißes Seidenkleid noch nicht ausgezogen, da ließ sie die Bediensteten schon wissen, dass die Farm verkauft werden sollte. Das frisch vermählte Paar wollte in das zivilisierte Harare, die Hauptstadt, ziehen; dorthin, wo es Straßenlaternen und Klimaanlagen und Asphaltstraßen gab. Mit dieser Entscheidung hatten alle gerechnet.

Ja, alle – nur nicht Captain Browne. Er versuchte seiner lächelnden Frau mit aschfahlem Gesicht zu erklären, dass es ein Doppelmord wäre: ein Mord an dem Land, das ihn und seine fünfzigjährige Erfahrung brauchte, und ein Mord an ihm selbst.

Cynthia lachte nur schnurrend, zärtlich und nachsichtig. Sie hatte diesen Augenblick akribisch geplant. Sie hatte dem Captain nicht wie üblich ein Bier gereicht, sondern einen Gin Tonic für ihn gemixt – ein seltener Luxus –, und danach setzte sie sich auf die Armlehne seines Sessels und legte eine Hand auf seinen Oberschenkel.

»Und was das kleine Mädchen betrifft, Charles …« Sie

verkniff sich ihre eigene Bezeichnung für Will: *dieses auf-sässige Gör.*

Das alte Gesicht des Captains glättete sich und leuch-tete wie von innen heraus. »Meine Will? Ach, sie ist ein gutes Mädchen, Cynthia. Ich wusste schon an dem Tag, als wir beide uns zum ersten Mal begegnet sind, dass du sie wie eine Mutter lieben würdest. Was ist mit meiner Will?«

»*Nun ja*, Charlie. Da du danach fragst ...« Cynthia spielte gekonnt die Frau, die nach gutem Zureden ihre Meinung geändert hatte. Dafür musste sie nur ihre Au-genbrauen ein wenig heben. »Manche Dinge können nur Frauen spüren, und ich habe das Gefühl, dass deine kleine Will – so gern ich sie hierbehalten würde – nicht glücklich mit uns wäre. Jetzt, da ihr Vater ...« – sie legte sich eine Hand auf die Brust – »... verschieden ist. Zu viele traurige Erinnerungen, findest du nicht auch?«

Captain Browne runzelte die Stirn. »O, nein, meine Liebe.«

»*Nein?*«

»Nein, mein Schatz.« Captain Browne beging den glei-chen Fehler wie Tausende Männer vor ihm: Er unter-schätzte das Geschick seiner Gegnerin. Er versuchte, ihre Meinung vom Tisch zu wischen, und wirkte dabei wie eine Karikatur seiner selbst. »O, nein, meine Liebe, Will wird nicht abgeschoben. Nein, nein. Nein! Kommt nicht in Frage. Das Mädchen bleibt bei uns.«

Cynthia legte ihm wieder eine Hand auf den Oberschenkel. »Charlie, mein Guter, ich konnte ja nicht ahnen, dass du so empfindest.«

»Ja, so empfinde ich, Cynthia. Und du musst darauf vertrauen, dass ich es am besten weiß, ja.«

Cynthia wand sich innerlich. Nur einfache Leute beschlossen einen Satz mit »ja«. »Nein, Charles. So einfach ist das nicht. Außerdem hatte ich gehofft ...« – sie spitzte ihre Lippen zum Schmollmund – »... dass dir gefällt, was ich arrangiert habe ... Ich wollte, dass wir unsere Liebe allein genießen ...«

Der Captain starrte ihre undurchdringliche Unschuldsmiene an. In seinem Herzen flackerte Furcht auf. »Was hast du getan?«, fragte er, um dann mit halb erstickter Stimme hinzuzufügen: »Meine Liebste?«

»Da gibt es eine Schule, Charles«, sagte Cynthia, die ihre Stimme zu einem Gurren senkte. »Ein Internat. In England. Eine Schule, die sich bereit erklärt hat, deine süße Will kurzfristig aufzunehmen. Sehr kurzfristig. Sie ist gebürtige Engländerin; sie kommt langsam in die schwierigen Jahre; sie wird dort viel glücklicher sein. Und du wirst jetzt, nachdem ich alles arrangiert habe, sicher nichts dagegen einzuwenden haben, nicht wahr, Charles?«

In Browne rumorten so viele unausgesprochene Einwände, dass er rot anlief.

»*Cynthia.*« Er konnte kaum sprechen. »Cynthia, dieses Kind ... wie konntest du nur ...« Er war jetzt aschfahl und wirkte auf einmal sehr alt. »Wenn du wüsstest ... wüsstest, was sie mir bedeutet ...«

Cynthias Blick wurde immer kühler. Sie hatte die Nase voll von Will; sie hatte die Nase voll von diesem Thema. Kinder waren anstrengend und langweilig. »Dieses Kind hat nichts Besonderes, Charles. Die Schule wird ihr gut-tun. Ich habe sie beobachtet, und du solltest wissen, mein *Lieber*, dass sie nicht gerade ein Genie ist. Sie hat nie eine richtige Schule besucht, nie etwas gelernt – nichts, was Übung verlangen würde. Sie ist faul.«

»Ungezähmt.« Und Captain Browne fügte insgeheim hinzu: *Oh, Gott. Ich hoffe, das geht gut.*

»Sie hat keine Ahnung von Kultur, von Kunst, von Mu-sik …«

»Sie singt, Cynthia. Ich habe sie gehört. Sie klingt wie eine gottverdammte Geige, wenn sie singt.«

»Sie kann kaum zählen. Sie weiß nichts über Geogra-fie, Geschichte …«

»Ja. Aber sie hat jedes Buch gelesen, das in meinem Arbeitszimmer steht.«

»Sehr richtig!« Cynthia änderte nahtlos ihren Kurs. »Also braucht sie neue Bücher, nicht wahr, Charles? Au-ßerdem kann sie weder mit Geld noch mit Messer und Gabel umgehen noch …« – ihr gingen die Argumente aus – »… Blumengestecke binden …«

»Blumengestecke!« Der Captain war plötzlich wieder obenauf, streng, energisch und laut. »Was soll der Unsinn? Warum zum Teufel, *Cynthia*, sollte sie Blumengestecke binden? Nein, Frau. Will kommt mit uns, egal wohin wir ziehen. Du musst den Flug stornieren.«

»Charles!«

»Cynthia. Ich werde das nicht zulassen. Verstehst du?«

Cynthia warf ihre Haare zurück. »Bitte rede mit mir nicht wie mit einem Kind, Charles. Ich wollte es dir damals nicht sagen; ich wollte nicht kleinkariert klingen, denn Männer sind in solchen Fällen notorisch ungerecht, mein Lieber. Aber der Teller, den Will zerschmettert hat – war außerordentlich kostbar.«

»Es war nur ein *Teller*.« Der Captain versuchte, ungerührt dreinzuschauen.

»Nein, mein Lieber.« Cynthia setzte eine geduldige Miene auf. »Er war ein Erbstück. Er war ein Symbol.«

»Du verlangst von mir, das Kind zu verbannen, weil sie einen Teller kaputt gemacht hat?«

»Nein, Charles. Hier geht es um das, wofür der Teller *steht*. Wenn du gesehen hättest, wie sie ihn auf mich geworfen hat! Sie hat sich aufgeführt wie eine Wilde. Sie wird allmählich rachsüchtig, mein Schatz. Der Tod ihres Vaters hat sie zum Schlechten verändert – sie führt sich auf wie ein wildes Tier – und wilde Tiere werden böse. Entweder sie oder ich, Charles.«

»Bitte hör auf, mir zu drohen, Cynthia. Du bist meine Frau, oder nicht?« Der Captain blinzelte verwirrt mit seinen alten Augen.

»Ja, das bin ich, Charles. Und als deine Frau solltest du mich behandeln, wie es sich gehört.«

»Cynthia! Will ist das Liebste in meinem Leben …« – er sah, wie sie den Mund aufriss – »… nach dir. Aber im

Gegensatz zu dir ist sie ein Kind. Sie braucht unseren Schutz.«

»*Nein*, Charles. Sie braucht einen Neuanfang.«

»Das ist doch lächerlich, Cynthia! Ich werde das nicht dulden. Ich werde den Flug selbst stornieren. Und jetzt Schluss damit, wenn ich bitten darf.«

»Wie du willst.« Cynthia ging mit langen Schritten zur Tür und knallte sie hinter sich zu. Ein Gemälde fiel von der Wand. Draußen auf den Feldern begann ein Hund zu jaulen. Captain Browne wollte gerade aufstehen, um ihr zu folgen, als sie wieder eintrat. Sie ließ eine Ledertasche in seinen Schoß fallen.

»Ich meine es ernst, Charles.«

»Was ist das, Cynthia?«

»Na los. Schau hinein, *Liebling*.«

Der Captain öffnete die Tasche mit zitternden Fingern. Sie enthielt einige sorgsam gefaltete Seidenhemden, einen Berg Spitzenunterwäsche und drei schicke Baumwollkleider. Unter den Kleidern befanden sich zwei Paar Schuhe – eines aus rotem Krokoleder, eines schwarz und mit hohen silbernen Absätzen.

»Cynthia … Was ist das? Ich begreife nicht.«

»Das ist mein Notfall-Set, Charles. Ich mache keine leeren Drohungen. Du hast die Wahl. Ich werde diese Farm noch heute Abend verlassen, wenn du wegen dieses Kindes weiter so lächerlich sentimental bist.«

»Cynthia! Bitte. Tu mir das nicht an.«

»Dann stimmst du mir also zu? Was Will betrifft?«

Der Captain schwieg.

»Einfach nur nicken, Charles. Einmal Nicken, und ich werde diese Tasche für immer verschwinden lassen.«

Und Captain Browne nickte – so langsam wie eine uralte Schildkröte oder wie die Sonne abends unterging.

»Oh, *Charlie*!« Cynthia bleckte die Zähne zu einem Lächeln. Sie musste sich zusammenreißen, um ihren Triumph nicht zu zeigen. »Bitte guck nicht so verdrossen, mein liebster Mann! Es muss ja nicht für immer sein. Nach ein oder zwei Jahren in zivilisierter Gesellschaft wird sie ein ganz neues Mädchen sein. Die kleine Will, wie du sie früher kanntest. Ich habe die Broschüre der Schule bekommen. Die Schule hat einen sehr guten Ruf bei den entsprechenden Leuten; sie ist sehr hübsch, sehr sicher. Es gab nur noch einen Platz; die kleine Will kann sich wirklich glücklich schätzen. Ich habe schon geantwortet.« Der samtweiche Unterton weiblicher Drohung schlich sich in ihre Stimme ein, als sie hinzufügte: »Ich wusste, dass du es am Ende gutheißen würdest, Charles. Du heißt es doch gut, nicht wahr?«

Captain Browne kniff die Lippen zu einem schmalen Strich zusammen.

»Oh, Charlie. Liebst du mich noch?«

Captain Browne nickte. Er versuchte zu lächeln, atmete aber sehr gepresst und langsam. Seine Will! Sein Versprechen! Aber. Seine Frau. Will hatte seine Frau angegriffen. Das Leben war oft so ungeheuer schwierig. Er starrte aus dem Fenster, aber statt seiner geliebten Bäume sah er nur verwischtes Grün. Er wurde alt, und zum ersten Mal seit seiner Jugend wurde sein Blick von Tränen getrübt.

ZEHN

Am nächsten Tag setzte der Regen ein. Während des Früh-stücks schien die Luft nur noch aus Wasser zu bestehen, und am Nachmittag waren die Felder so aufgeweicht, dass man bis zu den Waden im Schlamm versank. Da Cyn-thia ihre Schuhe nicht ruinieren wollte, schickte sie Laza-rus hinaus in den Regen, um Will zu holen. Sie solle *sofort*, berichtete er, in den Salon kommen.

»Wohin?« Will sprang von ihrem Baum und schüt-telte sich das Wasser aus den Augen. »Was soll das sein, ein *Salon*? Das gibt es bei uns nicht.«

»Sie meint das Wohnzimmer, Will.« Lazarus schnippte seine Finger gegen die Stirn, um Verrücktheit anzudeuten. »Diese Frau ist durch und durch böse. Sei vorsichtig, ja?«

Aber sie wussten beide, dass Will keine Übung darin hatte, vorsichtig zu sein. Sie war in anderen Dingen ge-übt – im Laufen und Singen –, und sie hatte das bedrü-ckende, ungute Gefühl, dass ihr dies jetzt nicht helfen würde.

»Na endlich, Wilhelmina!« Mrs Cynthia Browne wartete in der Tür und reichte Will einen Briefumschlag. Dabei wandte sie den Blick ab. Will hatte den Eindruck, dass sie sie genauso wenig ansehen mochte wie ein garstiges Insekt.

»Dieser Brief ist letzte Woche gekommen. Du kannst ihn ebenso gut jetzt lesen. Er ist vom Leewood College.« Wills Augen wurden so groß, dass sie ihr ganzes Gesicht auszufüllen schienen. »Das ist eine Schule. In England. Der Captain hat beschlossen, dich so bald wie möglich dorthin zu schicken.«

Will nahm den Brief. Sie hatte keine Lust, mit Mrs Browne zu sprechen, mochte nicht zeigen, wie sehr ihr die Sache zu schaffen machte. Sie spürte, wie die Abneigung heiß in ihrer Brust aufflammte und kurz davor war, aus ihrem Mund zu schießen; aber sie musste noch etwas fragen.

»Warum bekomme ich ihn erst jetzt?«

»Wie bitte?«

»Sie haben gesagt, dass er letzte Woche eingetroffen ist. Sie … Hätte ich ihn nicht gleich bekommen müssen?«

Mrs Browne seufzte, als würde Will sich absichtlich dumm anstellen.

»Nein. Hättest du nicht, Will.«

»Wieso nicht?« Will hatte das Gefühl, als würde ihr Magen zwischen ihren Fußknöcheln hängen. Aber sie würde *nicht* weinen.

»Du hast dein Anrecht darauf verspielt, wie eine Erwachsene behandelt zu werden, meine Liebe, als du im Wohnzimmer mit dem Teller geworfen hast. Du hättest sicher getobt und geschrien, wenn wir es dir sofort mitgeteilt hätten. Deshalb wollten wir warten, bis alles arrangiert ist.«

Wir? Das Wort hallte in Wills Kopf wider, denn es bedeutete, dass Captain Browne bei diesem Plan mitspielte, der es darauf anlegte, ihr das Herz aus der Brust zu reißen und um die halbe Welt zu schleudern. Cynthia Browne war unfähig, ein Geschöpf wie Will zu verstehen. Will hatte nie »getobt und geschrien«, und sie würde es auch jetzt nicht tun. Wenn sie wütend war, wurde sie still und starr – und tödlich.

Will öffnete den Umschlag. Ihr war so elend zu Mute, dass sie nicht mehr richtig sehen konnte. Das Schreiben war kurz und förmlich. Es besagte, dass man Wilhelmina Elizabeth Silver, Mündel von Charles Browne, Eigentümer der Two Tree Hill Farm, als Schülerin am Leewood College angenommen habe, einem privaten Mädcheninternat. Da der Unterricht bereits begonnen habe, erwarte man sie zum nächstmöglichen Zeitpunkt. Dem Brief, der mit *Angela Blake, Direktorin*, unterschrieben war, lag eine Broschüre bei.

Will sah Mrs Browne an; dann den Brief; dann wieder Mrs Browne. Es war ein langer Blick, und er enthielt alles, was Wills Leben ausgemacht hatte, und alles, was es noch hätte ausmachen können, und alles, was es nun ausmachen würde. Es war ein tiefer, voller Blick, der alles einschloss: Wettläufe mit bloßen Füßen im strömenden Regen, Zitronencreme, die direkt aus dem Glas genascht wurde, und nun auch noch Flugzeuge und das kalte England. Dieser Blick saß Cynthia Browne noch Tage später im Nacken. Er hatte sich ihre Erinnerung eingebrannt.

Will mochte die steife Hochglanzbroschüre nicht mit in ihr Baumhaus nehmen. Deshalb saß sie ein paar Schritte entfernt unter einem Masasa-Baum, der etwas Schutz vor dem Regen bot, und brütete gemeinsam mit Simon über den Seiten.

Sie starrten die Broschüre lange an. Schließlich brach Simon das Schweigen. Er fluchte leise. Und als Will nicht reagierte, sagte er noch einmal: »So ein Mist, Will.«

Will rollte sich auf den Bauch und stemmte sich auf die Ellbogen. Aber aus diesem Blickwinkel sahen die Seiten auch nicht besser aus. »Ich weiß.«

»Das ist …« Simon verzog das Gesicht. Will packte ihre Knöchel und zog ihre Füße hinter den Kopf. Dann wiegte sie sich hin und her, um die nervöse Anspannung in ihrer Brust zu mildern.

Das Foto auf der ersten Seite zeigte ein dunkelhaariges Mädchen, das lesend auf einem Sofa saß und irgendwie wachsam lächelte. Auf der zweiten Seite schüttelte dasselbe, zwischen zwei Mitschülerinnen stehende Mädchen die Hand eines hochgewachsenen Mannes mit grauer Haut. Will fand, dass alle verblüffend ordentliche Frisuren hatten.

Unter dem Foto stand: *Leewood-Mädchen bei einem Treffen mit dem Verwaltungsrat des College!*

Will stellte fest, dass die ganze Broschüre so aussah: Jede Seite war von Ausrufezeichen übersät wie von einem Ausschlag. *Die Mädchen putzen ihre gemütlichen Zimmer! Saubere Zimmer, saubere Gedanken!* Und: *Wir lernen mit Feuereifer und wir spielen mit Feuereifer – Leewood-Mädchen bei einem Brettspiel!*

Davon abgesehen gab es kaum Text. Die Bilder der Mädchen schienen alle Wörter ganz unten auf die letzte Seite verdrängt zu haben. Will zog eine angestrengte Grimasse, während sie den Text überflog, der einen unangenehmen Nachgeschmack in ihrem Mund hinterließ.

»Hör dir das an, Simon: ›Die überschaubare Größe von Leewood College sichert nicht nur die Auswahl der erstklassigsten Schülerinnen, sondern auch eine erstklassige Ausbildung. Unsere Schülerinnen, die zu vollendeten und erfolgreichen Frauen erzogen werden, finden in allen Bereichen ihres späteren Lebens Erfüllung.‹ Was soll *das* denn heißen? Und hier: ›Unser Schulsystem dient sowohl der interpersonellen Kompetenz als auch der intrapersonellen Entfaltung. Es fördert gute Manieren, fordert herausragende schulische Leistungen und sorgt vor allem für die Herausbildung einer innerlich gefestigten Persönlichkeit.‹«

Will starrte die Broschüre an und legte ihre Stirn in tiefe Falten.

»Ist das *Englisch?* Simon – ich habe nicht den leisesten Schimmer, was gemeint ist. Aber ich finde … dass es nicht besonders … lustig klingt.«

Simon legte einen Finger auf ein Foto, das ein Mädchen mit langen Zöpfen zeigte.

»Bei dieser musst du aufpassen! Wenn sie sich zu schnell umdreht, schlägt sie dir mit ihren Zöpfen ein Auge aus.«

Will dachte an ihre nassen, dichten und ziemlich verfilzten Haare. Hinten waren sie besonders wirr, und Cynthia hatte dazu gesagt: *Das sieht ja entsetzlich aus, Wilhelmina.* Wills Haare waren nie geschnitten worden. Sie starrte gemeinsam mit Simon die Zöpfe des Mädchens an. Was sollte man dazu sagen?

Simon tippte noch einmal auf das Foto des dunkelhaarigen Mädchens. Er grinste. »Oh, *sha.*« *Sha* hieß so viel wie *Oje* oder *Ach, du lieber Himmel,* nur dass seine Bedeutung noch viel weiter ging – es brachte zum Ausdruck, dass einem die Worte fehlten.

»Für die hier gibt es wirklich keine Worte, ja.« Er holte tief Luft. »Noch bevor man die Worte aussprechen würde, wären sie besiegt.«

Will nickte. *Besiegt* war das passende Wort. Sie wischte sich den Regen aus dem Gesicht. Ich werde mich *nie* geschlagen geben, dachte sie. Will hielt diesen Gedanken fest, verkürzte ihn auf drei Wörter und notierte ihn mit einem eingebildeten Stift hinter ihren Augenlidern: *Nie geschlagen geben.*

»Ich kehre zurück, ja«, sagte sie.

»Natürlich«, erwiderte Simon etwas zu hastig.

Will merkte sofort, wenn er etwas nur aus Höflichkeit sagte. Keiner von beiden kam auf eine Lösung.

»Wenn ich merke, wie schlimm es ist …«

»*Wenn*, Will. Vielleicht ist es ja auch ganz nett, hey? *Sha*, Will – du darfst nicht schon jetzt beschließen, es zu hassen.«

Will schüttelte den Kopf. »Es wird bestimmt schlimm. Denn du wirst nicht da sein, Simon.«

Er gab ihr einen kräftigen Knuff gegen den Arm. »Abwarten, hey? Vielleicht ist es gar nicht so übel. Es gibt immer ein *vielleicht*.«

Will runzelte die Stirn. Dann lächelte sie leise und verpasste ihm einen Tritt. Er trat ihr auf die Zehen. Sie stieß ihm einen Ellbogen in die Rippen, wenn auch behutsam. Er schubste sie vorsichtig in eine Pfütze. Aber sie hatte keine Lust auf einen richtigen Kampf, und deshalb blieb es nur bei Gesten. Dann sagte sie: »Wenn ich merke, wie schlimm es ist – finde ich einen Ausweg. Dann kehre ich zurück. Sie können mich nicht aufhalten, ja. Sie können mich nicht mit Kälberstricken an das Bett fesseln.«

»Hoffentlich.«

»Ja! Und wenn sie mich fesseln, befreie ich mich mit einem Messer.«

Das musste sie noch zu der Liste der Dinge hinzufügen, die sie vor ihrer Abreise zu erledigen hatte: Shumbas Schweif bürsten, die riesigen Disteln im Feuerlilienbeet ausziehen, den Captain zum Lächeln bringen, ein Messer auftreiben, einen Plan schmieden.

Simon drehte die Broschüre um. »So sehen also richtige Mädchen aus.«

Will zwang sich, ihn anzulächeln. »Und was bin ich dann, hey? Irgendein Wurzelgemüse?«

»Nein«, sagte Simon. »Du bist Will.«

Will errötete. Das Papier der Broschüre weichte im Regen auf; Will zerriss sie, spuckte darauf und warf sie in einen Busch. »Komm, Simon«, sagte sie. »Gehen wir.«

ELF

Die nächsten sechs Tage vergingen mit hektischen, freud-
losen Aktivitäten. Da es auf der Farm kein Telefon gab,
musste man immer wieder zu den Madisons, um wegen
des Flugtickets zu telefonieren und die Farm zur Verstei-
gerung zu stellen. Aber vor allem musste Will mit Kleidern für den englischen Winter ausgestattet werden. Sie
hatte keinen Mantel und besaß nur einen einzigen Pullover, dessen Ärmel bis knapp über die Ellbogen reichten.

Cynthia fuhr mit ihr zum Einkaufen. Will fand das
noch schlimmer als erwartet. Sie hatte nicht mitkommen
wollen, weil sie so einen ganzen Tag verlor – und sie hatte
nur noch eine Woche auf der Farm. »Pass auf, Simon«,
hatte sie gesagt. »Es wird schnell gehen, das verspreche
ich dir. Ich bin vor Einbruch der Dunkelheit zurück, ja,
und dann rösten wir Kartoffeln und reiten mit Peter und
den Jungs aus, okay? Ja?«

Sie hatte trotzdem gehofft, dass das Einkaufen eine
neue und aufregende Erfahrung wäre. Stattdessen war es
demütigend. Will stand in ihrem grauen Schlüpfer im
grellen Licht und zitterte, weil die Klimaanlage zu kühl
war. Sie sehnte sich danach, wieder draußen zu sein, hatte

großen Durst, traute sich aber nicht, um etwas zu trinken zu bitten. Cynthia Browne war barsch, pragmatisch und sachlich. Sie sah weder Wilhelmina noch die freundlichen Verkäuferinnen an, sondern zeigte nur mit einem langen, manikürten Finger auf Will und sagte: »Röcke.« Oder: »Strickjacken. Vier. Eine blaue, drei gelbe.« Sie zeigte die ganze Zeit auf Will, die immer wütender wurde und beinahe glaubte, ihre Eltern hätten sie in einem Anfall von Wahnsinn auf den Namen *Schuhe, Größe 39, extra schmal* oder *Weiße Unterwäsche* getauft.

Will wurde in Umkleidekabinen gestoßen und in Blusen und kratzige Pullover gesteckt, in nagelneue Jeans und Nylontops, die ihr elektrische Schläge verpassten. Wie sie Simon später erzählte, waren die Kleider nicht das Problem gewesen, nein, denn sie waren schön und gestärkt und ganz frisch. Sie hätte sich allerdings andere Farben ausgesucht: zum Beispiel ein knalloranges T-Shirt zur hellblauen Jeans – »Um wie der Sonnenaufgang auszusehen, ja. Verstehst du?« –, eine rosa Hose zum grasgrünen Pullover oder eine Latzhose, wie sie die großen, kräftigen Mechaniker bei Tatenda Motors trugen. Aber Cynthia hatte nur spöttisch gelacht: »Das ist etwas für junge *Proleten*, meine Liebe.« Außerdem war Will verblüfft gewesen, weil immer wieder fremde Frauen angekommen waren und sie umschwärmt und als süß und entzückend und hübschen kleinen Schatz bezeichnet hatten.

»Hübscher kleiner Schatz! Du? *Sha*, Will … Diese Frauen kennen dich nicht, so viel ist klar.«

Der Hass kam später. Im Dämmerlicht des Sonnenaufgangs entdeckte Will, dass ihre hölzerne Reisetruhe – *ihre* Truhe, ihr einziger echter, von ihrer Mutter ererbter Besitz – offen vor ihrer Tür stand. Das Vorhängeschloss war aufgebrochen worden, und statt der zusammengefalteten, mit Feuerlilien bestickten Vorhänge enthielt sie ihre neuen Kleider. Die Plastiktüten mit Masasaschoten, die Stöcke für Zwillen und ihre Sammlung getrockneter Mangos waren auch nicht mehr darin. Man hatte alles achtlos auf den Fußboden geworfen.

Will verengte kummervoll die braunen Augen. Dann kochte sie plötzlich vor Zorn, und riss die blöden Kleider, denen sie die Schuld an allem gab, fluchend aus der Truhe. Wie hatten sie es wagen können, die Vorhänge, in denen noch die Liebe ihrer Mutter steckte, zu verdrängen? Die Kleider stanken neu und steif und nach Geschäft, und sie warf sie in das Küchenfeuer. Außerdem verbrannte sie alles, was Cynthia angefasst hatte: die alten Kleider, die der Captain ihr geschenkt hatte, ihr khakifarbenes Hemd und die von Cynthia gewaschene Unterwäsche. Schließlich hatte sie nur noch, was sie am Leib trug – T-Shirt und Shorts. Cynthia würde sie bestimmt schlagen. Will reckte trotzig das Kinn. Es war ihr egal.

Will wurde nicht geschlagen. Cynthia Browne war nur kalt und hart, eisig hart.

»Du musst lernen, dich zu beherrschen, Kind.«

»Sie haben die Truhe *aufgebrochen*!«, schrie Will, die das

Vorhängeschloss gegen ihre Brust drückte. »Sie haben mein Schloss aufgebrochen!«

»Weil – ich – keinen – Schlüssel – hatte.« Cynthia sprach mit Will, als wäre diese taub oder ein besonders begriffsstutziges Kleinkind.

Und die am ganzen Körper zitternde Will, die außer Nebel und Wahnsinn nichts mehr sah, kreischte wie eine Besessene: »*Ich* hatte den Schlüssel! *Ich* hatte den Schlüssel! Es ist *meine* Truhe! Die Truhe meiner Mutter – meiner Mutter – oh, meine Mutter, Mum, Dad, Papa …« Und Will verschluckte sich und verstummte, weil sie auf einmal begriff, dass es keine Worte für das Gefühl des Verlusts oder des Verlorenseins gab. Der Verlust war eine Leere, in der kein lebendiges Wort existierte.

ZWÖLF

Am Tag der Abreise brachen Wills gute Vorsätze in sich zusammen. Sie hatte sich geschworen, die Farm ohne Theater zu verlassen, um dem Captain nicht wehzutun, aber plötzlich konnte sie nicht mehr. Sie rannte weg und versteckte sich – vor Cynthias listigem Triumph und dem hilflosen Bedauern des Captains.

Mrs Browne, die im schicken Khakikleid aus dem Haus kam, um Will zu suchen, sah die Beine des Mädchens im Baobab-Baum baumeln. Sie biss die Zähne zusammen. Wie gut, dass sie diese Beine bald nur noch von hinten sah.

»Will!«

Mist, murmelte Will zu sich selbst. Diese Frau war so falsch wie Hokuspokus. Dann sagte sie laut: »Ja, Ma'am?«

»Ich habe dich überall gesucht, Will! Komm runter! Zeit zum Aufbruch.«

»Ja, Mrs Browne, Ma'am«, sagte Will. Zeit-zum-Aufbruch, sagte ihr Herzschlag. Sie sprang vom Baum. Zeit-zum-Aufbruch.

»*Cynthia*, Will. Ich hatte dich gebeten, mich Cynthia zu nennen.« Cynthia Browne bleckte die Zähne zu einem Lä-

cheln. »Aber das tut jetzt wohl nichts mehr zur Sache.«
Dann betrachtete sie Will genauer, etwas, das sie sonst vermied. »Willst du diese Kleider im Flugzeug tragen?«

»Ja.«

»Shorts? Du willst im Flugzeug dreckige Shorts und Arbeitsstiefel tragen?«

»Ich habe nichts anderes.«

»Und wer ist schuld daran?« Mrs Browne gab sich keine Mühe mehr, Geduld vorzutäuschen. »Was wollte ich gerade sagen? Du hast mich so irritiert, dass ich nicht mehr weiß, was ich sagen wollte … Ach ja. Die Schule sorgt dafür, dass dich ein netter Mensch vom Flughafen abholt. Dein Pass liegt neben der Truhe. Und …« – Mrs Browne schien ihren Ekel lautstark hinunterschlucken zu müssen – »… Lazarus hat eine Bananenstaude für dich bereitgelegt. Du wirst sie bestimmt nicht mit ins Flugzeug nehmen dürfen, aber der Mann will mir einfach nicht glauben, dass man dich in England vernünftig ernähren wird.«

»Oh«, sagte Will. Und: »Ja, Ma'am.«

»Tja … nun heißt es wohl, Abschied zu nehmen, Will.« Cynthia bückte sich und versuchte, sie zu umarmen. Will versteifte die Schultern und verschränkte ihre Hände hinter dem Rücken.

Cynthia zischte verärgert und ließ sie dann los. »Ich muss gestehen, dass ich enttäuscht über deine Haltung bin, Will. Ich fände es zutiefst bedauerlich, wenn du mit der Situation nicht glücklich wärst, weißt du …«

Will glaubte ihr nicht. Sie starrte ihre Füße an. »Alle diese Veränderungen waren für niemanden einfach, Will. Das Leben ...« – Cynthia klang plötzlich schrill – »... ist nicht immer leicht.«

Captain Browne sagte etwas Ähnliches, als er Will zum Abschied zu sich bestellte.

»Das Leben ist nicht nur ein Zuckerschlecken, Will.«

Er war in den vergangenen Monaten gealtert. Sein schmales, lebhaftes Gesicht wirkte verhärmt. Er trug eine neue Hose und neue Schuhe – braune Halbschuhe und nicht die alten Treter aus Rindsleder –, und er schlug immer wieder nervös die Beine übereinander, rieb seine Oberschenkel, fand keine Ruhe.

»Das ist wohl der Abschied, kleine Viel-zu-viel, was?«, sagte er.

Vielleicht las der Captain in diesem Augenblick etwas aus Wills Miene, denn er seufzte tief. Was an sich nicht weiter schlimm war, wie Will dachte; nur hatte Captain Browne nie geseufzt. Sein Kommentar dazu hätte gelautet: *Dramatisch und gefühlsduselig, Mädchen.*

»Mach dir keine Sorgen um mich, mein Mädchen. Du passt auf dich auf, und ich passe auf mich auf, ja?«

Vielleicht lag es auch daran, wie sie sich zu ihm hinneigte und unwillkürlich eine Hand ausstreckte, als wollte sie ihn unbedingt berühren, einen Daumen auf seine müden Augen legen und sein früheres atempfeifendes, lederhäutiges, nicht unterzukriegendes Selbst durch ihre Liebe wiedererwecken. Was auch immer es war, es ließ ihn erbeben, und er seufzte noch einmal.

»Ich schreibe dir, meine Wildkatze. Cynthia meint, dass ich einen Monat warten soll, damit du dich einleben kannst, ja? Aber dann schreibe ich dir. Und du wirst deinem alten Captain auch schreiben, nicht wahr?«

»Ja.« Will versuchte zu lächeln.

»Und pass gut auf dich auf. England ist in Ordnung. Aber dass du mir dort tapfer bleibst, Will, ja? Will?«

»Ja.«

»Gut. Lass dir deinen Schneid nicht abkaufen. Selbst wenn du glaubst, dass ihn niemand zu würdigen weiß, hey? Tapferkeit und Schneid sind nach wie vor wichtig, Will, mein Mädchen. Sehr wichtig …« Er verstummte und sah sich um, als würde er verzweifelt nach Worten suchen.

Da ertönte eine Autohupe. Der Captain strich Will sanft über die Wange. »Gute Reise, kleine Wildkatze. Bleib auf jeden Fall tapfer, ja? Und keine Tränen, hey?«

Will schluckte. Während der letzten Tage schien sie nur eines getan zu haben: Abschied nehmen. Sie hatte herausgefunden, dass stille Abschiede leichter als stürmische waren, denn es gab weniger zu bedauern. Sie nickte. »Keine Tränen, Captain Browne.« Sie stellte sich auf die Zehenspitzen, um seine raue, stoppelbärtige Wange zu küssen. Dann ging Will ohne ein weiteres Wort und ohne einen weiteren Blick auf das alte Gesicht zum wartenden Auto.

Draußen blieb sie so abrupt stehen, dass sie fast gestolpert wäre. Sie war zwei Mal mit dem Auto in die Stadt gefahren, erst zum Einkaufen, dann für ein Passfoto. Will mochte das Foto, denn ihr struppiges Haar ragte hinter ihr auf wie ein Heiligenschein, und sie zog eine wilde Grimasse, weil der fröhliche Fotograf sie immer wieder gebeten hatte, *chongololo* zu sagen. Sie hatten beide Male den rostigen roten Toyota-Pick-up des Captains genommen. Das Auto roch nach Benzin und Sägemehl, und Cynthia Browne hatte zähneknirschend am Steuer gesessen, aber für Will waren diese Fahrten das Beste an den Ausflügen gewesen. Sie hatte gemeinsam mit ein paar Farmarbeitern hinten auf der Ladefläche gehockt und war so durchgerüttelt worden, dass ihre Zähne geklappert hatten. Will hatte sich auf die Fahrt zum Flughafen gefreut. »Das wird meine Letzte Fahrt«, hatte sie zu Simon gesagt – beide hatten die Wörter mit großen Anfangsbuchstaben vor sich gesehen. »Ja, der Wind wird mir um die Ohren pfeifen, und ich werde richtig durchgeschüttelt werden. Das wird mein Abschied von Afrika.«

Aber das Auto, das in der Einfahrt auf sie wartete, war ein monströses und blitzblankes Taxi. Eines jener Autos, die weder Beule noch Dreckspritzer abbekommen durften. In diesem Auto hatte niemand je gesungen oder ein Fenster heruntergekurbelt oder sich hinausgelehnt, um eine Frucht von den Bäumen am Straßenrand zu pflücken. In Wills Brust stieg eine Kälte auf, die ihr verriet, dass sie die Tür zu einer vollkommen anderen Wirklichkeit öffnen würde, wenn sie in dieses Auto stieg. Und die Welt, die man so erreichte, umgeben von Chrom und Leder (es roch nach *Falschheit*, dachte sie; es war ein Geruch, der die Nase übersprang und direkt in das Gehirn drang), konnte keine gute Welt sein. So einfach war die Sache.

Die Jungen hatten sich für einen letzten Gruß versammelt. Will hatte ihre Abschiedsgeschenke schon verteilt. Sie hatte nicht viel geben können; ihr wertvollster Besitz bestand in der Kiste mit Büchern, die keinen der Jungen interessierte. Am Ende hatte sie Simon gezwungen, die Bücher an sich zu nehmen, und ihm strengstens eingeschärft, den Jüngeren das Lesen beizubringen. Lucian Mazarotti schenkte sie Shumbas Sattel und Zaumzeug. Sie hätte ihm auch Shumba geschenkt, wusste aber nicht, ob das noch in ihrer Macht stand. Tedias hatte sie ihren kostbaren grünen Blechbecher und ihre Cricketball-Sammlung überlassen, und für Lazarus hatte sie aus ihrem Bettlaken ein Hemd genäht. Simon, ihrem liebsten Freund, vertraute sie Kezia an, und nun klammerte sich der Affe an seinen Hals und schnatterte nervös. Vielleicht spürte er die Lähmung, die die Kinder überkommen hatte.

Simon hatte Will eine Taschenlampe geschenkt. »Die Batterien taugen nicht viel, hey«, hatte er gesagt. »Das Licht flackert ein bisschen. Aber in England gibt es bestimmt jede Menge Batterien, ja.« Will hatte ein seltsam aufgequollenes Gefühl in der Brust verspürt. Die Taschenlampe gehörte zu seinen kostbarsten Besitztümern, denn sie erlaubte es ihm, nachts Licht zu machen, ohne dass es qualmte.

Als sie auf das Auto zuging, reichte Simon ihr ein kleines, in Zeitungspapier verpacktes und mit Sisalbändern verschnürtes Päckchen. »Das habe ich für dich gebastelt, Will. Ich … äh … ja. Du musst es nicht sofort öffnen.«

Aber Will zerriss schon das Papier. Es enthielt eine kleine, aus Kalkstein gehauene Katze mit Buckel und spitzen Ohren. »Tedias hat mir geholfen. Es ist eine Wildkatze. Weil dich dein Vater immer so genannt hat, ja? Damit du uns nicht vergisst.«

»Okay. Ja«, sagte Will. Sie drückte die Katze gegen ihre Brust. Und nach einer Pause: »Danke, Simon. Ich finde sie schön. Ich … ja. Vielen Dank, hey.«

Simon verzog das Gesicht, und seine Nase bebte, bei dem Versuch, seiner Gefühle Herr zu werden.

»Ich werde dich vermissen, Will.«

»Ich werde dich vermissen, Simon.«

Und als sich Will auf die stinkende Rückbank setzte, beugte er sich durch das offene Fenster und flüsterte mit plötzlicher Wut und so zischend, dass sein Speichel sprühte: »Ich werde dafür sorgen, dass sie fette Kopfschmerzen bekommt, Will. So viel steht fest. Wir werden sie in den Wahnsinn treiben.«

Er ließ eine Hand auf das Autodach klatschen. Der Motor sprang an.

»Nicht den Kopf hängen lassen, kleine Närrin!«

Und Will, die sich aus dem Fenster lehnte, um zu winken, rief: »*Faranuka!* Simon, alter Junge, *Faranuka!* Lazarus, *Faranuka!* Lucian Mazarotti! Peter, Thomas, *Faranuka!*«

Das Auto nahm Fahrt auf, und die Schar barfüßiger Jungen rannte durch den Staub hinterher. Sie pochten auf den Kofferraum, und dann blieben sie zurück, lachend und klagend.

Schließlich ließ das Auto die Farm, Wills sonnendurchflutete Kindheit und die einzige Lebensweise hinter sich, die sie je gekannt hatte.

Faranuka. Das hieß »sei glücklich«. Hatte sie in einer Welt wie der ihren eine andere Wahl?

DREIZEHN

Schon auf den ersten Blick kam Will die Schule düster vor, denn sie fühlte sich elend, und es war regnerisch und kalt.

Sie hatte den Mann übersehen, den man zum Flughafen geschickt hatte, um sie abzuholen, war auf einen Schnürsenkel getreten und an den vielen, erschöpft wirkenden Leuten vorbeigestolpert. Sie mochte niemanden ansprechen, sondern suchte sich eine Ecke, in der sie warten konnte, bis man sie einsammelte. Sie schloss die Augen, zog ihre Oberschenkel gegen die Brust und biss in ein Knie. Ihre Zähne hinterließen Abdrücke in der Haut, aber so hatte sie wenigstens ihre Angst im Griff.

Aber sie hatte das Falsche getan. Jedenfalls sagten das die Stewardess und der Fahrer, die sie eine halbe Stunde später unter einer der langen Bänke entdeckten. Will starrte die beiden schweigend an, während sie mehrmals wie aus einem Mund fragten, was sie sich dabei gedacht habe. Sie klangen wie zwei gereizte Sänger. Der von der Schule geschickte Mann hielt ihr ein Schild vor die Nase. Darauf stand: »*Wilhelmina Silver. Leewood School.*«

»Hast du das Schild nicht gesehen? Sprichst du überhaupt Englisch?«

Will rang um Worte, konnte aber nur auf die Innenseiten ihrer Wangen beißen.

»Ach, mein lieber Herr Gesangverein«, sagte er. »Was sprecht ihr denn in Afrika? Parlez-vous anglais?«

Will nickte, brachte aber keinen Ton hervor. Sie wollte ihm sagen, dass sie *Will* hieß (oder Wildkatze oder Viel-zu-viel, aber sie verkniff es sich). Er hatte sich sowieso abgewandt, um ihr Gepäck zu holen. Sie hätte sich gern entschuldigt, aber sein breiter Rücken entfernte sich rasch, und sie musste rennen, um ihm folgen zu können.

Der Mann blieb wortkarg und spröde, und die Fahrt dauerte endlos lange und war kurvenreich und so schnell, dass Will übel zu werden drohte, noch bevor sie die Hälfte der Strecke zurückgelegt hatten.

Zu Hause waren die Straßen staubige Holperpisten, und deshalb fuhren Traktoren und Pick-ups langsam. Will hatte sie insgeheim immer mit dicken, verwöhnten Damen verglichen, und als sie sich auf entlegeneren Pisten selbst ans Steuer des Pick-ups hatte setzen dürfen, war Staub aufgewirbelt, und der Fahrtwind hatte in ihren Ohren gepfiffen, obwohl sie nie schneller als fünfzig Stundenkilometer gefahren war. Nun zog sie die Beine gegen ihre Brust, schob den Kopf zwischen die Knie und versuchte, nicht an ihren Vater zu denken, der damals lachend und mit einer Hand an der Handbremse auf dem Beifahrersitz gesessen hatte.

Der Fahrer beobachtete sie im Rückspiegel. Aber er sagte nicht mehr als: »Füße vom Sitz, bitte.«

Will hätte nie gedacht, dass ihr Herz so wehtun könnte. Es fühlte sich so wund an wie eine aufgeplatzte Blase. Aber als sich das Auto dem Schultor näherte, stellte sie fest, dass sie sich geirrt hatte. Ihr Herz verkrampfte sich wie eine geballte Faust. Will drückte sich noch tiefer in ihre Ecke und starrte die Schule so lange an, bis ihre Augen trocken wurden und prickelten. Das war pure Hässlichkeit, dachte sie; das war in Beton gegossenes Elend. Alles war grau – das quadratische Hauptgebäude, die Bänke, selbst die Baumrinde, und über der Schule hing der graue Himmel. Alles hatte die Farbe eines alten Fotos. Will versuchte, richtig zu atmen.

Der Mann hielt vor dem größten Gebäude.

»Raus mit dir. So ist es gut. Mach das Leder nicht schmutzig.« Will stolperte beim Aussteigen und zuckte zurück, als er ihr eine Hand entgegenstreckte.

Er betrachtete mit vielsagendem Schweigen den Dreck, den ihre Stiefel im Auto hinterlassen hatten. Zu Hause, dachte Will, wurde Schlamm bewundert und kultiviert: Wasser und Schlamm, Mangobäume und die Sonne – all das bildete eine Einheit.

Sie konnte nirgendwo Kinder entdecken. Der Mann sah auf seine Uhr. »Zwölf Uhr. Sie haben noch Unterricht. Man hat dich schon während der großen Pause erwartet.«

Will erwiderte nichts.

»Na, egal. Ist nicht zu ändern.« Er betrachtete sie neugierig. Welches Kind stand so reglos da? »Warte hier, bis ich das Auto geparkt habe. Setz dich auf die Bank am

Spielplatz. Und nicht von der Stelle rühren. Ich bin gleich zurück.«

Als Will zur Bank ging, setzte Nieselregen ein. Ein grauer Regen. Will musste leise lächeln, als sie daran dachte, wie ihr Vater dies genannt hatte: Pisswetter. Nachdem sie zwei Tage und eine Nacht still gesessen hatte, waren ihre Beine steif und schwer. Sie wiegte sich probehalber in den Fußknöcheln. Sie konnte sie noch bewegen. Dann ging sie langsam auf dem Asphalt auf und ab und atmete die Regenluft ein. Sie war ganz anders als die Luft in Afrika; sie war dicker und roch scharf und wie nach Gummi. Aber es war Luft. Will atmete sie tief ein. Luft war etwas Wunderbares.

Da ihre Beine langsam beweglicher wurden, ging sie schneller. Sie versuchte einen Handstandüberschlag, aber der Beton war hart, und kleine Steinchen bohrten sich in ihre Hände. Also begann sie zu laufen, schlug Purzelbäume und sprang mit ausgebreiteten Armen und Beinen auf und ab, bis ihr wieder warm war. Sie schlug ein Rad, wobei ihr Haar hinter ihr herwehte wie daheim. (Die Schwerkraft funktionierte also noch, dachte sie. Das war immerhin etwas.) Vor dem größten Schulgebäude stand ein kahler Baum. Sie kletterte hinauf und roch die lebendige Rinde. Dann sprang sie wieder herunter und zog die Hacken hinter den Kopf und rollte über den Asphalt, sie machte vor einer Bank einen Kopfstand, bis sie knallrot im Gesicht war. Schließlich fühlten sich ihre Gliedmaßen nicht mehr an wie Stuhlbeine, und ihr Herz schlug wieder.

Über ihr erschienen Gesichter an einem Fenster. Will bemerkte sie nicht; sie schlug am Rand des asphaltierten Spielplatzes ein Rad nach dem anderen, und das immer schneller.

»Wer ist denn *das*?«

»Schau dir das an! Wie macht sie das?«

»Hast du das gesehen, Sam? Ist das die Neue?«

»Sieh nur! Samantha! Hast du das gesehen, Sam?«

Das Mädchen namens Samantha stieß ein kaltes, kurzes Lachen aus. »Na und? Das kann ich auch.«

»*Echt?*«

»Ja, echt.« Samantha pustete auf das Glas.

»Sam! Jetzt können wir nichts mehr sehen!« Ein anderes Mädchen wischte über die beschlagene Scheibe.

»Ich hasse Angeberinnen.« Samantha überragte die anderen um gut einen Kopf. Alle stimmten darin überein, dass sie das schönste Mädchen des Jahrgangs war.

Fast alle. Ein Mädchen sagte: »Aber sie weiß nicht, dass wir sie beobachten.«

»Ach ja?«

»Also kann es keine Angeberei sein, richtig?«

Und die Zwillingsschwester des Mädchens fügte hinzu: »Man kann nicht angeben, wenn man etwas nur für sich selbst tut, so viel steht fest.«

»Halt die Klappe, Hannah.«

»Aber sie hat Recht!«

»Halt die Klappe, Zoe.«

Da kam der Fahrer zurück und sagte etwas zu dem

Mädchen. Sie konnten durch die Fensterscheibe sehen, wie sein Mund sich öffnete und schloss wie der eines Goldfisches; sie sahen, wie er auf seine Armbanduhr tippte, wie seine Schultern sich bei einem tiefen Seufzer hoben und senkten; und sie sahen, wie das Mädchen schuldbewusst auf die Beine kam und ihm folgte, wobei sie Dreck von ihren Händen wischte und still in sich hineinlächelte.

VIERZEHN

Der Fahrer vertraute Will einem abwesend wirkenden Mädchen an, das sie durch dunkle Flure führte. Das Mädchen übergab sie einer Vertrauensschülerin, und wieder ging es durch Flure. Die Vertrauensschülerin übergab sie zwei Mädchen in ihrem Alter. Das Ganze kam ihr vor wie bei dem Gepäckförderband am Flughafen, dachte Will, nur dass sie offenbar niemand einsammeln wollte.

»Das sind Samantha und Louisa.« Die Vertrauensschülerin rümpfte beim Geruch von Wills Haaren die Nase. »Und das hier ist Wilhelmina. Samantha ist die Schülervertreterin eures Jahrgangs. Louisa ist …«

»Ich bin Sams beste Freundin«, unterbrach Louisa. »Und ich bin in diesem Schuljahr für die Ordnung im Klassenzimmer zuständig.«

»*Eine* meiner besten Freundinnen.« Das Mädchen namens Samantha wirkte gelangweilt. Ihre Nasenspitze war leicht nach oben gebogen, und sie hatte schneeweiße Zähne. Beide hatte saubere Gesichter, und ihre Haare waren hinter dem Kopf zusammengebunden – wie Pferdeschwänze, fand Will, nur nicht so *hübsch*. »Und du bist Wilhelmina Silver?«

Die Betonung auf »du bist« klang nicht gerade freundlich, dachte Will.

»Einfach nur Will«, sagte Will. Sie versuchte zu lächeln, aber aus irgendeinem Grund spielten ihre Muskeln nicht mit. »Ich bin Will.« Sie wollte noch einmal sagen: »Hi. *Ja. Ich bin Will. Manheru.*« Aber ihr Gesicht verzog sich zu einer Miene bedrückter Wachsamkeit.

Die Mädchen sahen einander unsicher an. »Entschuldige, aber du bist *wer*?«

»Ich bin …« Will verstummte. Wer war sie? »Niemand nennt mich Wilhelmina. Ich heiße Will, ja. Mein Dad nennt mich auch Viel-zu-viel oder Wildkatze …« Sie hatte sich vertan, denn es musste »nannte« heißen. Will biss die Zähne so fest zusammen, dass sich ihr Kiefer verkrampfte. Sie flüsterte in sich hinein: *Hoh! Hoh! Hör auf zu quasseln. Nur keine Panik.* Ihr Gehirn schien von Verzweiflung und Trauer ausgeschaltet worden zu sein.

Die beiden Mädchen tauschten wieder einen Blick. »Na gut«, sagte das erste Mädchen. »Also Will? Wie der Jungenname?«

»Ja. Will. Wie das Verb, ja?«

»Richtig.« Samanthas Augenbrauen verschwanden hinter ihrem Pony.

Louisa, das andere Mädchen, sagte: »Äh … sind das deine Kleider?«

»Ja.« Das waren ihre Kleider. Will starrte auf ihre Schuhe.

»Wir müssen Schuluniform tragen«, sagte Louisa. Und

dann sagten beide wie aus einem Mund: »Das ist *Vorschrift*.«

»Ja. Gut.« Will fragte sich, warum sie das Wort »Vorschrift« so sehr betonten. Sie merkte, dass ihre Knie wackelten.

»Hast du eine Schuluniform bestellt?«

»Ja. Ich glaube schon. Irgendjemand wird es getan haben.« Will hoffte, dass das stimmte.

»Frierst du nicht? Du trägst ja *Shorts*.« Will hätte nicht sagen können, warum, aber aus Samanthas Mund klang diese Frage wie Hohn.

»Ja. Ich weiß.« Will versuchte ein Lächeln. Die Mädchen erwiderten es nicht. Kein Wunder, denn ihr Lächeln war falsch gewesen, dachte sie, falsch wie *Hokuspokus*, und sie zog eine Grimasse und sah zu Boden.

»Na schön«, sagte das Mädchen namens Samantha. »Du solltest jetzt wohl besser mitkommen.«

Will folgte ihnen durch zwei weitere Flure. Sie schnupperte, um ein Gefühl für diesen Ort zu bekommen – hier roch alles so furchtbar *sauber*. Die Mädchen blieben vor der Glastür eines Büros stehen. Hinter der Scheibe waren ein dicker Teppich, Bücher, Papiere und ein Computer zu sehen. Alles war ordentlich in Regale einsortiert, alles stand im rechten Winkel zueinander.

»Dies ist das Büro von Miss Blake. Miss Blake ist die Schuldirektorin.«

»Ja, ich weiß. Sie hat mir einen Brief geschrieben. Sie hat eine wunderschöne Handschrift.«

»Sie schreibt jedem Mädchen.«

»Oh«, sagte Will.

»Sie ist nicht da.«

»Oh«, sagte Will wieder. Und da die Mädchen zu erwarten schienen, dass sie mehr sagte, fügte sie hinzu: »Ja, das sehe ich.«

»Sie ist erst heute Abend wieder da. Aber Mrs Robinson – ihre Stellvertreterin – kommt gleich. Sie hatte sicher keine Lust mehr zu warten. Weil du spät dran bist, weißt du?«

Will erwiderte nichts, sondern pulte an ihren Fingernägeln. Das Mädchen schürzte die Lippen so missbilligend wie eine Erwachsene – aber im nächsten Moment fühlte Will sich an den kleinen rosa Schließmuskel einer Ziege erinnert, und sie verkniff sich den Drang, auszuspucken.

»Du bist sogar sehr spät dran«, sagte Samantha.

»Ja«, sagte Will. Die Haut um ihre Fingernägel begann zu bluten. »Ich weiß. Der Fahrer musste unterwegs halten.«

»Warum?«

Sie spürte, wie sie errötete. »Mir ist während der Autofahrt übel geworden.« Die Mädchen grinsten schadenfroh. »Es war keine Absicht, ja. Ich tue nicht alles absichtlich.« Der Captain hatte sie immer mit einem Wirbelwind verglichen. Will, der Wind, sagte er; der Wind blies Dinge um, und dabei ging manchmal etwas kaputt. Aber er ließ auch die Drachen fliegen. Der Captain hatte das gesagt, nachdem sie das Marmeladenregal mit siebenundvierzig Einmachgläsern umgeworfen hatte, weil sie daran hochgeklettert war. Er hatte ihr einen Klaps auf den Hinterkopf gegeben, ihr Haar zerrauft und sie dann ziehen lassen. Bei dieser Erinnerung schnürte sich Wills Brust zusammen. Die Einsamkeit raubte ihr den Atem.

»Oh«, sagte Samantha. »Und du konntest keine Spucktüte oder etwas Ähnliches finden?«

»Nein.«

»Hast du gemerkt, dass du dich auf deinen Pullover erbrochen hast?«

»Oh«, sagte Will. »Ja.« Sie hatte es nicht gemerkt. Sie rubbelte verstohlen auf ihrer Brust herum.

Samantha lächelte. Ihr Blick war stechend. Sie war wie aus *Blech*, dachte Will. Oder wie aus Glas. Hätte man sie mit einer Gabel angetippt, dann hätte sie »Ping!« gemacht. »Sieht nicht sehr elegant aus, hm?«

Das wäre Will nie in den Kopf gekommen. Sie sagte: »Nein. Ja. Ich glaube nicht, dass ich dazu bestimmt bin, elegant zu sein.«

Die Mädchen tauschten einen Blick. »Wir suchen jetzt Mrs Robinson.«

Und Louisa befahl, als wäre Will ein Hund: »Warte kurz. Und bleib *hier*.«

Im Weggehen fügte Samantha noch hinzu: »Ach, übrigens, Will – weißt du, dass deine Schuhe total verschlammt sind? Und auch deine Shorts?«

Will starrte sie an. Natürlich wusste sie das. »Ja. Aber das ist doch der Zweck von Stiefeln.«

Sie bemerkte erst jetzt, dass die zwei Mädchen keine

Stiefel, sondern schwarze, glänzende Kunstlederschuhe trugen. Ihr fiel auch erst jetzt auf, wie hübsch die beiden angezogen waren. Sie trugen jede einen kurzen grünen Rock und ein weißes Hemd. Allerdings keines wie ihr Vater, nein. Diese Hemden waren ganz steif, fast wie aus Kunststoff. Außerdem schienen die Mädchen von Kopf bis Fuß zu glänzen: ihre Haut, ihr Haar, ihre kleinen Ohrringe. Und ihre Fingernägel waren rosa wie Kaugummipapier. Die Nägel des Captains waren von grünem Schimmel zerfressen, und Will fragte sich, ob diese Mädchen an einer ähnlichen Krankheit litten. Sie hörte ein verächtliches Schnauben und ein leises Lachen, als die beiden sich entfernten.

»Hast du gemerkt, wie sie *stinkt*?«

Will sank vor der Wand zu Boden und schloss die Augen. Sie presste Haarsträhnen gegen ihr Gesicht und versuchte, nicht so rüttelnd zu atmen. Sie zählte bis hundert; erst auf Englisch, dann auf Shona. Sie war fast fertig, als sie näher kommende Schritte hörte und die Augen öffnete. Vor ihr stand eine Frau mit üppigem Haar und schmalem Lächeln.

»Da bist du ja, meine Liebe!« Die Frau lächelte etwas breiter. »Du bist sicher Wilhelmina Silver.«

Die Frau trug ein weißes, gestärktes und bis zum Hals zugeknöpftes Hemd. Ihr Kopf ragte aus dem Kragen wie ein Ei aus einem Eierbecher. Als Will auf die Beine kam, überlegte sie wie wild, ob sie ihr die Hand geben sollte. Begrüßte man sich hier mit Handschlag? Oder mit einem Kuss? Rieb man die Nasen aneinander?

»Bist du Wilhelmina Silver?«, fragte die Frau. Sie nahm Will genauer in Augenschein, und ihr Lächeln verflog.

»*Ja*«, sagte Will. Sie sprach lauter als beabsichtigt, und Mrs Robinson wich einen Schritt zurück, als würde sie befürchten, im nächsten Moment gebissen oder gekratzt zu werden. »Ja, das bin ich.«

»Oh.« Die Frau lächelte nicht mehr. Wie Will noch merken sollte, ging Mrs Robinson aus Angst vor Falten sehr sparsam mit ihrer Mimik um. Nun musterte sie das verfilzte Haar des jungen Mädchens und den Kratzer auf deren Wange. Will fragte sich, warum Mrs Robinson ihr nicht in die Augen sehen mochte.

»Ah, ja. Gut. Dann mal rein, dann mal rein.« Sie wedelte mit den Händen wie Lazarus, wenn er die Zwerghühner in den Stall scheuchte. »Setz dich, meine Liebe. Nein, bitte gerade sitzen. Gerade. Ja, genau so. Und leg die Füße nicht auf die Polster, wenn es dir nichts ausmacht.«

Es *macht* mir etwas aus, dachte Will – sie fand diese Frau schrecklich –, aber sie setzte sich kerzengerade hin und hielt den Atem an.

»Ich wollte dich gern unter vier Augen sprechen, meine Liebe, bevor ich dich auf das Mittagessen und die anderen Mädchen loslasse. Dein Vormund …« – Mrs Robinson schaute auf einen Zettel – »… Mrs Browne hat in ihrem Brief erwähnt, dass deine Haltung zur Schule möglicherweise zu wünschen übrig lässt.« Mrs Robinson lächelte, wobei sie sich die Mühe ersparte, Stirn und Augen mit einzubeziehen. »Wir wissen, dass du sehr schwere Zeiten hinter dir hast. Das stimmt doch, nicht wahr, meine Kleine?« Sie wartete darauf, dass Will eine Antwort gab. Aber Will hielt weiter den Atem an. »Nicht wahr?«

In Mrs Robinsons Augen wirkte Will bockig. Außerdem war sie zu klein und zu dünn für ihr Alter, und ihre Haare boten einen geradezu grauenhaften Anblick. Mrs Robinson klang einige Grade kälter, als sie hinzusetzte: »Du wirst mit uns zusammenarbeiten und deine Haltung zur Schule sicher ändern, nicht wahr, Wilhelmina?« Will ließ allen Atem auf einmal entweichen und spürte, wie sich ihre Zehen in den Stiefeln krümmten. »Ich weiß, dass du versuchen wirst, dich hier einzufügen. Nicht wahr, Wilhelmina?«

Will biss fest auf ihre Unterlippe. Sie dachte: *Nur Mut, Küken.* Dann schmeckte sie Blut und spürte kalte Luft und fühlte sich verwirrt und unsicher.

»Bitte antworte mir, Wilhelmina. Du wirst dich nach Kräften bemühen, dich hier einzufügen, nicht wahr, meine Liebe?«

Will brachte kein »Ja« über die Lippen. »Einfügen« klang zu sehr nach einem Backstein, der in eine Mauer gesetzt wurde. Stattdessen fragte sie: »Darf ich jetzt meinen Koffer holen. Bitte, ja? Ich brauche dringend meinen Pullover.« Sie streckte ihre Hände mit den blau angelaufenen Fingerspitzen aus. »Mir ist sehr kalt.«

Mrs Robinson holte zischend Luft.

Will fragte leiser: »Darf ich gehen? Ja? Bitte?«

»Ich denke schon. Ja, geh ruhig. Und herzlich willkommen in Leewood, meine Liebe.«

FÜNFZEHN

Eine andere Vertrauensschülerin – ebenso groß und hübsch wie die erste und offenbar genauso gelangweilt von Will – führte sie durch weitere Flure. Dann ging es zwei gewundene Treppen hinauf und danach durch noch mehr Flure. (Diese Gebäude schienen aus labyrinthischen Fluren zu bestehen; wenn man alle aneinanderreihte, dachte Will, würden sie bis halb nach Harare reichen.) Eine dritte Vertrauensschülerin – sie war im Gegensatz zu den ersten beiden stämmig und dunkelhaarig – kam aus der Bibliothek und führte Will zum Wohnheim, einem wuchtigen, rötlichen Gebäude, das Will an die Tabakscheunen zu Hause erinnerte, nur dass es nicht mit Blech, sondern mit Schiefer gedeckt war.

Das Mädchen sagte: »Hier schlafen wir. Die Toiletten sind im Hauptgebäude. Das trainiert die Blase.« Sie lächelte. Will versuchte, ihr Lächeln zu erwidern, merkte aber, dass es ihr nicht gelang, denn das Mädchen seufzte. »Komm mit. Sie haben deinen Koffer unten vor der Haupttreppe abgestellt.« Sie wollte Will bei der Hand nehmen, aber Will schüttelte den Kopf und versteckte ihre zur Faust geballte Hand hinter dem Rücken. Nachdem sie den

Koffer gefunden hatten, holte Will ihren einzigen warmen Pullover heraus, drückte ihn gegen ihre Brust und folgte dem Mädchen zum Speisesaal (noch mehr Flure; noch mehr Putzmittelgestank; noch mehr Mädchen, die sie anstarrten).

»Nimm ein Tablett – da, auf dem Stapel – und hol dir, worauf du Appetit hast. Besteck ist dort drüben. Danach setzt du dich zu deinem Jahrgang. Sie sind dort hinten in der Ecke, siehst du?« Sie schien Will so schnell wie möglich loswerden zu wollen. »Kommst du allein klar? Warum starrst du mich so an? Muss ich mich etwa um dich kümmern?«

Will schüttelte den Kopf. Niemand hatte sich je um sie *kümmern* müssen. Sie zwängte sich durch Gruppen älterer Mädchen, vorbei an einem Wald aus grünen Röcken, und blieb dann wie angewurzelt und mit offenem Mund stehen, denn vor ihr tat sich ein wahres Schlaraffenland auf. Eine schwitzende Frau tat Reis und Fleischsoße auf Teller. Es gab geschältes und in Stückchen geschnittenes Obst, das in einer Sirupsoße schwamm; so etwas hatte Will noch nie gesehen. Zu Hause pflückte man das Obst direkt vom Baum. Peter, der sich immer anstellte, schnitt die schlechten Stellen mit Wills Taschenmesser heraus. Die anderen aßen darum herum oder spuckten sie aus. Will eilte zum entgegengesetzten Ende des Tresens; dort standen Plastikschalen mit dem Aufdruck »fromage frais« – das kam ihr zu riskant vor – und Glasschüsseln mit Schokolade, die zu einer braunen Creme geschlagen worden war. Zu Hause gab es Schokolade nur in dicken Tafeln. Will zögerte, denn diese Creme sah viel zu lecker aus, um essbar zu sein. Sie tauchte einen Finger hinein und flüsterte: »*Sha*.« Die Creme glich einer Schokoladenwolke. Sie tat sich zwei Schälchen davon auf, und als sie noch einmal daran vorbeikam, ein drittes. Sie hatte das Gefühl, kurz vor dem Verhungern zu sein.

Als Will zum Tisch ging, brandete ein Meer von Blicken gegen sie. Sie mochte niemandem in die Augen schauen, aber beim Hinsetzen hörte sie, dass sich Getuschel erhob wie das Rauschen der auflaufenden Flut. Da Will nicht gleichzeitig essen und sich die Ohren zuhalten konnte, legte sie die rechte Hand auf ihren Kopf und aß mit der linken. Eine Welle des Lachens ging durch die Reihen; manche Mädchen japsten.

»Ich muss doch *sehr* bitten, meine Liebe!«

Will sah von ihrem Teller auf. Die am Kopfende des Tisches sitzende Lehrerin hatte schmale, bleiche und verkniffene Nasenflügel. Will machte sich darauf gefasst, die Flucht ergreifen zu müssen. Sie hatte sich offenbar eines schlimmen Vergehens schuldig gemacht.

»Wir essen hier entweder mit Messer und Gabel oder gar nicht, meine Liebe. Wir sind ja keine Wilden mehr«, sagte die Frau. Dann nahm sie Will genauer in Augenschein. »Bist du neu hier, meine Liebe? Wie heißt du? Ich glaube, wir kennen uns noch nicht.«

Will entglitt die Reiskugel, die sie zwischen den Fingern gehalten hatte, und sie versuchte, sie hinter ihrem

Arm zu verstecken, während sie antwortete: »Will. Ich bin Will, ja. Ich …«

»Ach, du meine Güte! Hol einen Lappen und wisch das auf, Will. Und wasch dir bitte Hände und Gesicht, bevor du dich wieder zu uns setzt.«

Will schob ihren Stuhl zurück und kehrte dem unterdrückten Lachen und Gekicher den Rücken.

»Mein Gott! Habt ihr gemerkt, wie sie *riecht*?« Ja, Will wusste, dass sie roch: nach Feuerrauch und Kezia und Gras. Eines der Mädchen verrückte seinen Stuhl, so dass Will fast über ein Stuhlbein gestolpert wäre. Sie verschränkte ihre Finger, um nicht zuzuschlagen, denn sie kämpfte nur gegen Ebenbürtige. Außerdem schämte sie sich so sehr, dass ihre Brust brannte und ihr Gesicht rot angelaufen war.

»Wie eine Wilde. Ob sie beißt? Was meint ihr?«

»Ist *das* die Neue? Ich habe sie zuerst für die Tochter der Putzfrau gehalten.«

»Sie sieht aus, als wäre sie aus einem *Zoo* entflohen.«

»Und ich dachte, Samantha hätte übertrieben!«

»Ich habe es euch doch *gesagt*!« Das war Samantha.

»Habt ihr gesehen, welche Schuhe sie trägt?«

»Sie hat Shorts an. Im Winter!«

»Sie hat vier Portionen Schokoladenpudding gegessen. Unfassbar, oder? Sie wird noch fetter werden als Sofia.«

»Und diese *Haare*! Darin hätte ein Rattennest Platz.«

»Ich wette, sie wäscht sich nicht.«

»Ich wette, sie hat *Läuse*.«

Will versuchte zu laufen, aber ihre Schnürbänder waren offen, und sie kam ins Stolpern.

»Was ist denn los mit ihr?«

»Ob sie verrückt ist? Was glaubt ihr?«

»Ob sie vielleicht gemeingefährlich ist?«

»Seid still. Sie kommt.« Ein Mädchen tat so, als müsste sie würgen.

Will hielt es nicht mehr aus. Sie drückte sich die Hände auf die Ohren und rannte an den letzten Tischen mit Mädchen vorbei auf den Schulhof.

Der Hof war leer, Nieselregen fiel. Will setzte sich auf den harten und eiskalten Asphalt. Sie versuchte, ihre Scham niederzukämpfen, aber sie drang von ihrer Brust bis in die Augen vor. Der Captain hatte stets auf Messer und Gabel bestanden. Ihr Vater nicht. Sie schmeckte Tränen im Mund und schniefte. Die Frau irrte sich. Simon und Lazarus aßen nie mit Messer und Gabel. Sie taten das genauso wenig wie Shumba oder Kezia oder Will.

Der Regen wurde heftiger. Will setzte sich wie in Afrika üblich gegen eine Mauer und legte das Kinn auf die Knie. Ihr Atem ging hastig und flach, ihre Brust fühlte sich an wie ausgehöhlt. Eine solche Angst hatte sie noch nie gehabt – sie war verwirrt, eingeschüchtert, wie vor den Kopf gestoßen. Es war nicht die Angst vor Schlangen, die für einen herrlich verrückten Adrenalinstoß sorgte, und auch nicht die Angst eines scheuenden Pferdes. Nein, es war eine ganz neue Art von Angst.

Will wusste nicht genau, wie lange sie allein im Regen

saß. Sie spürte, dass sie kurz davor war, in einen unguten Schlaf zu versinken, als auf dem Schulhof eine hohe, schrille Sirene ertönte. Will sprang auf wie eine Katze, packte ihre Tasche und bereitete sich darauf vor, die Flucht zu ergreifen, falls Brand oder Flut oder ein Überfall drohten. Die Sirene heulte weiter. Komischerweise waren keine Schreie zu hören.

Da erschien ein Mädchen; eine der Zwillingsschwestern, die Will am anderen Ende des Tisches gesehen hatte. Sie starrte Wills verkrampftes, tropfnasses Gesicht an. »Hallo. Du bist Will, richtig?«

»Ja.« Will verlagerte ihr Gewicht.

»Ich bin Hannah. Du sollst mich zum Matheunterricht begleiten. Es hat schon geklingelt.«

»Oh.« Will öffnete ihre Fäuste. »*Oh.*« Wo sich die Fingernägel in die Handfläche gebohrt hatten, waren dunkelrote Dellen zu sehen.

Hannah sah aus, als wäre ihr etwas peinlich. »Will? Ich möchte nicht unhöflich sein – aber – ist dir klar, dass du Essen im Haar hast?«

»Oh. Ja. Ich weiß«, log Will. Sie hob ihre Hände vor das Gesicht, aber sie war durchnässt, und sie zitterte, und ihre Finger waren taub, und sie hätte ein Drei-Gänge-Menü im Haar haben können, ohne es zu merken. Bei diesem Gedanken musste Will leise lächeln, und weil das Mädchen glaubte, das Lächeln würde ihr gelten, lächelte sie auch und zeigte dabei ihre Zahnspange.

»Willst du deine Haare waschen?«

»Ja, natürlich. Ich wasche mich. Manchmal. Aber jetzt habe ich keine Zeit mehr dafür, oder?«

»Nein. Ich glaube nicht. Aber warte mal. Halt still.« Will sah, wie Hannah eine Bürste aus ihrem Rucksack holte, und wich mit einem leisen Aufschrei zurück. Sie konnte fremde Hände nicht ertragen. Nicht jetzt.

Hannah zog ein erstauntes Gesicht. »Ich wollte dir nicht wehtun!«

Will wusste nicht, was sie tun sollte. Sie sagte: »Oh. Warte – ich wollte nicht …«

Hannah schien ihr nicht böse zu sein. »Schon gut. Geht mich ja nichts an, wenn du dich gern als Wilde bezeichnen lässt.«

Im Klassenraum wurde Will an einen Tisch mit einer Platte aus Furnierholz gesetzt, auf dem ein Buch und ein Stift aus Plastik lagen. Die Lehrerin saß vorn im Raum. Wenn sie den ganzen Tag lesen könnte, ohne mit jemandem reden zu müssen, dachte Will, wäre alles nicht so herzzerreißend schlimm. Sie schöpfte neue Hoffnung und schlug das Buch auf.

Es enthielt nur Zahlensalat.

Will fluchte halblaut vor sich hin. »Oh, *penga*.«

Ihre Sitznachbarin starrte sie an. »Hast du etwas gesagt?«

»Nein. Ich – nein. Nichts, ja.«

»Wirklich nicht?« Das Mädchen drehte sich zu den hinter ihr sitzenden Klassenkameradinnen um und schnitt eine vielsagende Grimasse. »Na gut. Denn wir dürfen während des Unterrichts nicht reden. Nur damit du es weißt.«

Will konnte addieren und subtrahieren, und sie kannte sich auch mit Multiplizieren aus, jedenfalls theoretisch. Aber hier standen Buchstaben zwischen den Zahlen, und das ergab keinen Sinn. Sie zwang sich zur Ruhe. Sie rieb das Papier zwischen ihren Fingern. Aber das half ihr nicht weiter. Sie kratzte mit dem Daumennagel darauf. Sie roch daran. Alles umsonst. Die Sache blieb ihr ein Rätsel.

Der Name des neben ihr sitzenden Mädchens stand oben auf dem Übungsblatt: Joanna. Sie hatte rote Haare und winzige Augen. Sie sah über Wills Arm auf das leere Blatt Papier und lachte.

Will fragte: »Was ist denn?« Sie gestattete sich ein halbes Lächeln. »Ja? Was ist so komisch?«

»Nichts.«

»Was denn?«

»Pah! Du beherrschst ja nicht mal die Grundlagen der Algebra.«

»Oh.« Will schob ihre Hände unter den Hintern. »Das hier ist Algebra?«

»Das hier sind die einfachsten Grundlagen der Algebra. Die richtige Algebra ist erst in der neunten Klasse dran. Kannst du nicht mal ungekürzte Division?«

Will schwieg. Sie wehrte sich mit aller Kraft gegen den Drang, Joanna mit ihrem Stift ins Gesicht zu stechen. Joanna sagte: »Kannst du quadratische Gleichungen? Ich schon.«

»Was soll das sein?«

Joanna grinste. Aber Will stopfte ihr das aufgerollte Übungsheft nicht in die Nase, stattdessen flüsterte sie leise hinter ihren Haaren: »Hey! Wahrhaftigkeit und Mut, mein liebes Herz.« Aber es half nicht.

»Oje!«, sagte Joanna. »Kein Grund zum Heulen. Nur weil du nicht einmal die einfachsten Rechenaufgaben beherrschst.«

»Ich heule nicht«, sagte Will. »Und außerdem kann ich das, ja.« Das war eine Lüge. Ob andere Leute merkten, wenn man log? »Ich weiß, wie das geht.«

Aber im Laufe des Tages wurde Will immer klarer, dass sie nichts wusste. Sie musste während jeder Stunde in der Mitte der ersten Reihe sitzen – »Nur bis du dich eingewöhnt hast, Wilhelmina« –, und ihre jeweilige Sitznachbarin rückte von ihr ab, sah ihre Freundinnen vielsagend an, seufzte und rief schließlich: »Miss Smith!«, oder: »Mrs Robinson!«, oder: »Miss Macintosh! Will kommt mit dem Unterrichtsstoff nicht zurecht.«

Im grauen Nebel dieses ersten Tages lernte Will viel Neues. Sie merkte nicht nur, dass ein Stundenplan kein Plan für eine Stunde war, sondern auch, dass sie keinen Plan von gar nichts hatte; dass Geschichte nicht (wie Lazarus einmal im Brustton der Überzeugung behauptet hatte) aus zahllosen Geschichten bestand, die einen riesigen, fremdartigen und atemberaubend schönen Turm der Gegenwart bildeten; dass das Wissen um Kühe und Schlangenbisse und Geburt und Nabelschnur im Biologieunterricht bedeutungslos war. Sie lernte auch, dass ihre Shorts hier unangebracht waren, dass sie Zigeunerhaare hatte, weder komisch noch klug war und mit ihren dicken Socken und schlammigen Stiefeln wie eine verrückte Landstreicherin aussah.

Man entdeckte Will nach dem Abendessen auf der Toilette, wo sie eine heiße Hähnchenbrust mit den Fingern aß. Samantha rief Joanna und Louisa und Bex herbei. Sie waren sogar hübsch, wenn sie höhnten.

»Ich hasse sie«, flüsterte Will. Wenn die Mädchen in der Nähe waren, sträubten sich die Härchen auf ihren Armen.

SECHZEHN

Nachts war es auch schrecklich.

Am ersten Tag wurde Will von der Schuldirektorin, Miss Blake, persönlich zu ihrem Schlafzimmer geführt – was, ohne dass Will dies gewusst hätte, eine Ehre war. Auf der anderen Seite wurde Will von Mrs Robinson flankiert; wie von einer Gefängnisaufseherin, fand sie.

»Das hier ist dein Zimmer, Will. Und dies ist dein Bett.« Miss Blake hatte dunkle Haare, und ihre Lippen hatten die Farbe von Feuerlilien. Sie war das einzige Bunte in diesem Zimmer, dachte Will. »Ich hoffe, du findest es gemütlich, aber du wirst dich wohl erst an den Geruch der Reinigungsmittel gewöhnen müssen. Ich nehme an, dass ihr in Afrika kein Persil habt. Betten sind wie Schuhe, Will, man muss sie sich durch Benutzung zu eigen machen.«

Will hörte nicht zu, sondern sah sich im Zimmer um. Es war klein und dunkel. Das Fenster war mit Metallstäben gegen Einbrecher gesichert. Irgendwo über ihrem Kopf sprach Mrs Robinson davon, dass um einundzwanzig Uhr das Licht ausgeknipst werden müsse und dass sie sparsam mit Wasser umgehen solle. Das Zimmer roch faulig, dachte Will – nach Eiern und Füßen und ewiger Stubenhockerei. Das war der Geruch von England. Sie zwängte sich zum Fenster durch und warf einen Blick nach draußen: ein Parkplatz, eine Chipstüte und eine sehr dicke Taube. Über zwei oder drei der im Zimmer stehenden Betten hingen ausgeschnittene Zeitschriftenfotos, die Frauen und Männer und blonde Mädchen zeigten. Will berührte eines; alle lächelten wachsam, und ihre Haut sah merkwürdig unecht aus.

»Wilhelmina! Bitte keine fremden Sachen anfassen.« Mrs Robinson klang streng. »Wir brauchen Regeln, Wilhelmina, und gegenseitiger Respekt ist eine der wichtigsten. Komm her und pack deinen Koffer aus. Wie ich sehe, hast du einen gemütlichen Platz in der Ecke.«

Ihr Koffer lag auf dem dritten Bett, über dem man eine Tagesdecke ausgebreitet hatte. Die Farbe der Decke sollte wohl beruhigend wirken. Es war die Farbe eines Rattenschwanzes, fand Will.

Miss Blake stand lächelnd in der Tür. »Du teilst dieses Zimmer mit Samantha und Louisa. Da du ihnen zuerst begegnet bist, war Mrs Robinson der Ansicht, dass es so am einfachsten für dich ist. Lass dir Zeit beim Auspacken. Es gibt keinen Grund zur Eile.«

»Ja.«

»Und sag uns Bescheid, falls du irgendetwas brauchst. Wir freuen uns, dich bei uns zu haben, Will.«

Will wollte etwas erwidern, aber als ihr Kopf endlich klar genug zum Reden war, war Miss Blake schon weg.

Will hielt die hinausgehende Mrs Robinson verzweifelt am Ärmel fest. »Bitte, Ma'am …«

»Ja, Wilhelmina? Du musst mich übrigens nicht mit Ma'am anreden. Nenn mich einfach Mrs Robinson.«

»Ich möchte … Man hat mir auf der Farm versprochen, dass ich schlafen kann, wo ich will, ja? Auch draußen, hat Cynthia Vincy gesagt. Sie hat es *versprochen*. Ich werde … Ich kann nicht …« Will wurde wütend, weil ihr die Worte fehlten. Das Zimmer war so klein, und mit diesen Fenstern kam es ihr vor wie ein Käfig. Es wäre, als würde sie in einem Albtraum schlafen. »Kann ich ein Bett für mich allein bekommen? Draußen? Vielleicht in einem Zelt? Bitte? Ich könnte sogar mit meiner Decke auf einem Baum übernachten. Darf ich? Ich werde nicht in diesem Zimmer schlafen.«

»Wilhelmina! Bitte, meine Liebe, komm zur Besinnung!« Will sah verzweifelt zu, wie Mrs Robinsons Brillengläser vor Heiterkeit beschlugen.

»*Bitte.*«

»Kannst du das hören, Wilhelmina? Es hagelt.«

»Das ist mir egal, ja. Ich kann einen Regenschirm kaufen.«

Mrs Robinson lachte. Ihr Lachen war einzigartig, fand Will, denn sie bewegte dabei keinen einzigen Gesichtsmuskel. »Ich fürchte, das geht nicht, meine Süße.« Sie blieb in der Tür stehen. »Dies ist England, meine Liebe! Dies ist das Land des gesunden Menschenverstands.«

In dieser ersten Nacht hatte Will Albträume. Samantha

und Louisa holten mit Rosenblüten bedruckte Baumwoll-
anzüge unter ihren Kopfkissen hervor. Will sah ihnen aus
ihrer Ecke fasziniert zu.

Bis Samantha sagte: »Was glotzt du so? Hast du keinen
Pyjama?«

»Pyjama?« Will, die sich das T-Shirt über den Kopf zog,
verharrte mitten in der Bewegung.

»Worin hast du denn in Afrika geschlafen?«

»In … in meinem Schlüpfer.« Will spürte, dass sie knallrot anlief.

»Wie ekelhaft«, sagte Samantha.

»Ja. Echt ekelhaft, Will.« Das war Louisa, Samanthas
Echo.

»Hier darfst du nicht im Schlüpfer schlafen. Das ist gegen die Vorschrift.«

»Im Ernst? Bist du sicher?« Will konnte sich nicht daran
erinnern, dass dies auf der an der Tür aufgehängten Liste
stand.

»Ich habe *gesagt*, dass es so ist, oder? So darfst du nicht
schlafen, kapiert? Oder möchtest du, dass ich Klebstoff auf
deine Unterwäsche schmiere?«

Will schwieg. Sie zitterte am ganzen Körper vor Erschöpfung. Dann zog sie ihre feuchten Socken und den
nassen Pullover wieder an. Sie band ihre Stiefel zu und lag
dann reglos auf dem Bett.

»Sag bloß, sie trägt noch ihre *Stiefel*!«

»Ob sie ansteckend ist? Kann man sich mit Irrsinn *infi-
zieren*?«

135

Will hielt sich die Ohren zu. Sie konnte die beiden trotzdem hören.

»Wilde.«

»*Pennerin*. Dreckige kleine Pennerin.«

»Verrückte.«

»Schlampe. Dumme Schlampe. Dreckige Wilde.«

Obwohl die Beschimpfungen ihr Herz trafen, als wären es Dolchstöße, schlief Will ein. Sie träumte, von einem Wolfsrudel gehetzt zu werden; sie floh durch den Busch, in einem mit Rosen bedruckten Pyjama und mit einem affigen Pferdeschwanz.

SIEBZEHN

Jeden Abend hatte Will das Gefühl, den nächsten Tag nicht mehr ertragen zu können. Jeden Tag hatte sie das Gefühl, den nächsten Abend nicht mehr ertragen zu können. Trotzdem weigerte sich ihr Körper unerklärlicherweise, an einem gebrochenen Herzen zu sterben.

Und es wurde und wurde nicht besser. Will heimste täglich neue Rügen ein. Im Unterricht seufzten die Lehrerinnen, sie lächelten und schauten mitleidig drein. Die Mädchen glotzten, kicherten und glotzten wieder. Will wurde bewusst, dass sie noch nie so unter Beobachtung gestanden hatte. Zu Hause war das, was sie tagsüber unternahm, ihr Geheimnis gewesen. Aber hier konnte sie unmöglich allein sein. Und alles, was sie tat, war falsch.

»Setz dich bitte gerade hin, Wilhelmina!«

»Will! Zweite Warnung! Füße vom Stuhl!«

»Bitte kau nicht am Lineal, Will. So ist es brav. Achte bitte das Eigentum der Schule.«

»Dies ist eine Gruppenarbeit, Will.« Miss Blake, die einmal in der Woche Englischunterricht gab, setzte ihr freundlichstes Lächeln auf. »Möchtest du dich nicht beteiligen?« In diesen Tagen brannte die Demütigung heiß in

Wills Brust. Sie hatte das Gefühl, dass Klauen und Schnäbel nach ihr hackten, und runzelte ständig verlegen die Stirn.

Dann wieder hieß es: »Nicht bummeln, Will. Erledige bitte die Aufgabe«, obwohl sie gar nicht wusste, wo sie anfangen sollte. Sie hätte lieber einen Wasserskorpion mit bloßen Händen gefangen, als sich rot vor Scham durch fortgeschrittene Mathematik zu kämpfen. Nach einer Woche wurden die Lehrerinnen ungeduldig. »Lass die Tagträumerei, Will. Der Tisch ist kein Bett.« Und einmal blaffte man sie an: »Guck auf dein eigenes Blatt, Wilhelmina! Dies ist ein Test!« Will errötete schamhaft: weil sie ertappt worden war; weil hinten in der Klasse zischend gelacht wurde; weil die neben ihr sitzende Zwillingsschwester erschrak und einen Arm vor ihr Blatt legte; und weil ihr Vater – und das war das Schlimmste – sie auch gerügt hätte. Sie schob die Hände unter ihren Hintern und flüsterte: *Penga. Penga, booraguma.* Wildkatzen schummeln nicht.

Der Unterricht bei Mrs Robinson war am quälendsten. »Hinsetzen, Will. Du kannst den Klassenraum nicht einfach verlassen, wenn dir danach ist.« Bei Mrs Robinson riss der Geduldsfaden schneller als bei allen anderen Lehrerinnen. »Auf die Toilette? Ist es dringend? Na, dann geh.« Will verlief sich und musste aus dem Fenster eines leeren Klassenraums klettern und sich hinter einen Busch hocken. Und Samantha, die ihr gefolgt war, erzählte alles schadenfroh weiter. Die Mädchen steckten Zettel mit gemeinen Beschimpfungen in Wills Bücher. »Stinkende Wilde. Dreckige Pennerin« stand da in großen Blockbuchstaben.

Außerhalb der Klassenräume war es nicht besser. Nein, im Grunde war es sogar noch schlimmer, fand Will.

Will hatte keine bunte Federmappe aus Plastik, und sie hatte auch kein Geld, um eine zu kaufen. Also schnürte sie Füller, Bleistift und Anspitzer mit einem Gummiband zusammen, ein Anblick, bei dem Samantha mitleidig lächelte und über ihre glitzernden Stifte strich.

Während der Pausen hockte Will mit ihren Büchern in den versteckten Winkeln zwischen Tür und Wänden. Aber sie wurde immer entdeckt. Samantha war die Anführerin; groß und fast unerträglich hübsch, mit rosa Lippen und ebensolchen Wangen und den ersten Ansätzen eines Busens. Schönheit schien hier das wichtigste Kriterium zu sein, um über andere bestimmen zu dürfen. Die Mädchen schnitten ihre Füllerpatronen auf und schmierten die Tinte auf Wills Hände, Kleider und Bücher. »Jetzt *musst* du dich waschen!« Zoe und Hannah, die Zwillinge, beteiligten sich nicht an dieser Schikane, aber sie unternahmen auch nichts dagegen. Will nahm es ihnen nicht übel. Sie ahnte, dass die beiden sehr klug waren, und an dieser Schule lebten die Klugen gefährlich. Angesichts der Drangsalierungen von Samantha und ihrer Mädchentruppe fühlte sich Will, als würde sie ertrinken. Es war sogar noch schlimmer, denn es ging langsamer und war viel schmerzhafter.

Samantha war es auch, die die anderen dazu anstiftete, mit aufgeblähten Nasenlöchern zu schnüffeln, wenn Will an ihnen vorbeilief; sie wichen gegen die Wand zurück und tuschelten und schnaubten verächtlich hinter ihren Haarvorhängen. Die Lehrerinnen riefen ihr aus den Türen der Klassenräume nach: »He, du!« Dann verharrte Will auf einem Bein, und eisige Angst durchlief sie. »Was tust du da? Zieh sofort deine Schuhe an. Wir laufen hier nicht barfuß durch die Flure.«

Dann gab es noch die Aufsichtsschülerinnen mit dem Abzeichen auf der Jacke. »Langsamer!«, brüllten sie. »Das sage ich jetzt zum letzten Mal, kapiert?« Oder sie seufzten bedrückt und sagten: »Du bist zu spät, Will.« Oder: »Wisch das bitte auf, Wilhelmina.« Oder: »Wo ist deine Serviette, Will? Dein Ärmel ist keine Serviette.«

Beim Mittagessen zog sich Will auf die Toiletten zurück. Dort setzte sie sich in die hinterste Kabine und balancierte das Tablett auf ihren Knien. Dem Abendessen konnte sie sich nicht entziehen, weil Mrs Robinson eine Liste führte. An den resopalbeschichteten Esstischen kursierten Gerüchte: Die Neue spuckte einem ins Essen, wenn man nicht hinsah; sie wechselte nie ihre Unterwäsche; sie konnte nicht lesen; sie hatte noch nie ein Klo benutzt; sie wischte ihre Hände an den Haaren ab. Will, mit dem feinen Gehör der Geschöpfe der Wildnis geboren, bekam alles mit. Aber nur das letzte Gerücht stimmte. Daheim in Simbabwe wischte jeder die Hände an den Haaren ab, nur der kahlköpfige Captain nicht – obwohl er manchmal seinen Schnurrbart dazu benutzte. Aber der Captain war Will so lieb und teuer, dass sie nicht über ihn reden mochte.

Also schwieg sie. Und nach den ersten Tagen der Neugier und des Getuschels merkte sie, dass sie von sieben Uhr morgens, wenn die Glocke sie weckte, bis um neun Uhr abends, wenn das Licht ausgeknipst wurde, kein einziges Wort sprechen musste. Will begriff rasch, wie wertvoll das Schweigen war. Sie weinte nicht; es gab keinen Ort, an dem sie dies hätte tun können.

Am Ende der ersten Woche wurde sie von Miss Blake auf dem Dach der Turnhalle aufgespürt, wo sie sich versteckt hatte. Die Schuldirektorin schrie sie nicht an, sondern kletterte in ihren hochhackigen Schuhen zu ihr hinauf und setzte sich neben sie.

»Bitte erklär es mir, Will.«

»Nein.« Will schüttelte den Kopf. »Ich … *sha*. Ich kann nicht.«

»Versuch es wenigstens, Will.«

»Danke, ja. Aber ich kann nicht.« Sie war beeindruckt von Miss Blakes Schönheit, von der ausgeprägten Nase und den blauen Augen. Aus der Nähe betrachtet, hatten sie die Farbe afrikanischer Käfer. Miss Blake hatte sich ihr weißes Hemd beim Klettern schmutzig gemacht.

»Versuch es«, wiederholte Miss Blake. »Manches wird einem klarer, wenn man es anderen erzählt.«

Will rieb ihr Gesicht mit den Handflächen und mischte dabei ihre ganz eigene Art von Zement: Staub, Steinchen und Tränen. »Es liegt … am Klingeln, ja. Am Unterricht. Ich schaffe die Aufgaben nicht. Und dann all die Vorschriften …«

»Ohne Vorschriften geht es nicht, Will. Wie sollen zweihundert Mädchen ohne Vorschriften zusammenleben? Es würde vor der vierten Stunde Tote geben.«

»Aber *sie* sind es doch. Die anderen Mädchen. Sie kommen mir vor … als wären sie besiegt worden, ja. Sie wirken, als hätten sie längst verloren.« Sie versuchte, ihre Stimme zu dämpfen, weil sie nicht noch verzweifelter und wütender klingen wollte. »Und deshalb versuchen sie gar nicht erst, gut oder brav oder lustig oder ehrlich zu sein, ja.« Will blinzelte bedrückt und schloss dann die Augen.

Miss Blake erwiderte nichts darauf. Stattdessen blieb sie neben Will auf dem Betondach sitzen und überhörte die Klingel, die zum Matheunterricht rief.

ACHTZEHN

Will überstand zwei Wochen, ohne die Kleider zu wechseln oder ihre Haare zu waschen. Sie wollte den Duft Afrikas so lange wie möglich bewahren, wusste aber, dass er sich nicht ewig halten würde. An ihrem zweiten Donnerstag wurde sie im Flur von Mrs Robinson angehalten.

»Komm mit.« Sie streckte eine Hand aus, die Will nicht ergriff.

»Deine Schuluniform ist endlich da.« Mrs Robinson hielt ihr ein Päckchen hin. Dann sah sie wieder Will an, deren Kopf nicht einmal bis zum Bücherregal reichte, und runzelte besorgt die Stirn. »Dein Vormund hat uns nur dein Alter, nicht aber deine Körpergröße genannt. Du bist sehr klein, meine Liebe. Ich fürchte, der Rock wird zu lang sein.«

Will war das egal. Sie lächelte still in sich hinein. Wie sollte sich der Captain auch mit Hüftumfang und Faltenröcken auskennen? Nun, da sie darüber nachdachte, war sie erstaunt, dass er überhaupt wusste, wie alt sie war.

»Ich muss allerdings sagen …« – Mrs Robinson lächelte, ohne das Gesicht dabei zu bewegen – »… dass der Brief deines Vormunds sehr charmant war. Sie hat uns alles über dich berichtet, Wilhelmina.«

»Wie bitte?« Will riss den Kopf hoch. »*Sie?*«

»Ganz richtig. Mrs Browne. Du hattest ein *richtig* spannendes Leben, nicht wahr?«

Will saß stumm da. Sie rechnete damit, dass die Frau jeden Moment ihren Kopf tätschelte.

»Wilhelmina, meine Liebe, du musst die Frage einer Lehrerin beantworten. Es steht dir nicht frei zu schweigen.«

»Oh.« Bei dem Gedanken an den Captain hätte Will fast die Stimme versagt. Sie flüsterte: »Entschuldigung.«

»Und?«

»Ich … Was?«

»Ich habe gefragt, ob du ein schönes Leben in Simbabwe hattest.« Mrs Robinson tätschelte nun tatsächlich Wills Kopf. »Du hattest doch ein schönes Leben, oder?«

»Ja.« Will zuckte zurück, griff in ihre Haare, die immer noch nach Afrika rochen, und schnupperte daran.

»Wie war es, Wilhelmina?«

»Schön.« Will biss die Zähne zusammen. »Ich habe es sehr geliebt. Es war gut.«

Die Lehrerin versuchte, Will in den Arm zu nehmen, aber ihre Schultern waren so starr und hart wie eine Stuhllehne. Mrs Robinson seufzte.

»Gut. Hier sind die Sachen. Zwei Röcke, vier Hemden. Bitte sieh zu, dass sie sauber bleiben, Wilhelmina. Ich nehme an, dass du Freizeitkleidung für das Wochenende hast?«

Will gab keine Antwort. Die Wahrheit war, dass sie nur die Kleider besaß, die sie anhatte. Aber dieses Problem würde sich erst am nächsten Samstag stellen. Nun zog sie Rock, Hemd und Baumwollstrumpfhosen an. Letztere hatte sie noch nie getragen. Cynthia Vincy hatte Schubladen voller seidiger Nylonstrumpfhosen, und Will und Simon hatten sich ab und zu welche geborgt, um die gestohlenen Apfelsinen darin zu transportieren. Diese Strumpfhose kratzte, aber sie hielt auch die Kälte ab.

Der Rock reichte bis über die Waden. Will zupfte nervös am viel zu weiten Bund. Wenn der Rock im Unterricht rutschte und die Mädchen lachten, würde sie wohl kämpfen müssen. Auch wenn sie es nicht ertragen würde, während der Pause zur Strafe eingesperrt zu werden.

»Probier die Jacke an.«

Die Jacke war bananenblattgrün und auf der Brusttasche mit dem Schulwappen geschmückt. Will hatte noch nie ein so neues und schickes Kleidungsstück getragen. Als sie in den Spiegel sah, kam sie sich hässlich und fremd vor; dünn und spitz, und außerdem waren ihre Augen ein paar Nummern zu groß für ihren Kopf. Sie versuchte, nicht daran zu denken, was ihr Dad dazu gesagt hätte. Wenn sie einkaufen fuhren, hatte er beim Anblick der schicken Mädchen immer gelacht und gesagt: »Sieh dir den Hut an! Du würdest damit aussehen wie eine Blume in einem Teewärmer, meine Wildkatze.« Und: *»Energiebündel kann man nicht durch Eleganz bändigen.«*

Der Kragen kratzte am Hals, und ihr Gesicht juckte. Das war auch der Grund, wie Will sich wütend einredete, dass ihre Augen feucht wurden. Die Schuhe waren zu klein und viel zu breit. »Du hast die Füße einer Tänzerin«, sagte Mrs Robinson.

Will biss sich auf die Unterlippe. »Elfenfüße«, hatte ihr Vater immer gesagt – also schlüpfte sie mit ihrer neuen Strumpfhose in die Stiefel.

»Sehr hübsch«, sagte Mrs Robinson. »Sehr schön.« Sie übersah Wills ungläubigen Blick. »So wirst du gut zu den anderen passen.«

Die Mädchen, die für das Abendessen anstanden, waren anderer Ansicht.

»Du siehst aus, als wärst du beim Waschen eingelaufen!«

»Finde ich auch. Obwohl man sehen kann, dass sie sich nie wäscht.«

»Sehen? *Riechen*, meinst du wohl.«

Die Biologielehrerin, Miss Boniface (ein unpassender Name, wie Will fand, denn die Frau war klein und dick, hatte große, wuchtige Füße und trug eine eckige Brille), schien diese Meinung zu teilen. Sie hielt Will an, als diese mit ihrem Tablett aus dem Speisesaal zu den Toiletten laufen wollte. »Wie lange bist du jetzt bei uns, Will?«

»Zwei Wochen«, antwortete Will. Es war Donnerstag, also waren es genau zwei Wochen.

»Hast du seit deiner Ankunft in Leewood je deine Haare gewaschen, Will?«

Will starrte auf die Füße von Miss Boniface. »Nein.«

»Guck nicht so traurig, meine Liebe! Niemand wird dich ausschimpfen. Aber bitte sieh zu, dass du heute Abend ein Bad nimmst.« Miss Boniface, die gleich weiterging, hörte das Gelächter nicht, das Will aus der Tür hinterherschallte.

»Stinkende kleine Silver!«

»Dreckige Wilde.«

Als Will abends den Waschraum betrat, wurde sie schon von fünf Mädchen erwartet: Samantha, Louisa und Joanna, Bex und Vicky. Die Wanne im Waschraum war randvoll. Im Raum war es eiskalt.

Will wollte zurückweichen, aber Louisa sauste los und stellte sich ihr in den Weg, schloss und verriegelte die Tür.

Samantha sagte: »Wir sind hier, um dafür zu sorgen, dass du dich ordentlich wäschst.«

»Lasst mich in Ruhe. Bitte.«

»Nein. Wir haben genug davon, dass unser Schlafzimmer nach dir stinkt.«

»Dreckige kleine Wilde.«

»Dreckige *Schlampe*.«

Sie umringten Will.

Will sagte: »Das werdet ihr nicht tun. Das wagt ihr nicht.«

»Glaubst du, wir hätten Angst vor dir? Vor einer Wilden mit Ausschlag auf den Knien?«

»Das werdet ihr nicht wagen. Ich beiße.«

Samantha sagte: »Ab in die Wanne mit dir.« Sie bespritzte Will mit Wasser. »Na los, Zigeunerin.«

Sie waren weit in der Überzahl. Der Raum war zu klein, um auszuweichen. Louisa stieß Will in den Rücken. »Los. Rein mit dir.«

Will wirbelte herum und spuckte Louisa ins Gesicht, aber der Fußboden war glitschig, und sie rutschte aus und landete auf dem Rücken. Die Mädchen stürzten sich auf sie. Obwohl sie strampelte, packten Louisa und Vicky ihre Arme, Bex und Joanna gruben ihre Fingernägel in ihre Beine. Dann warfen sie die angezogene Will in die Badewanne. Sie versuchte, zu beißen und zu treten, aber sie waren zu viert, und im eiskalten Wasser konnte sie nicht richtig atmen, sondern nur keuchen und spucken. »Gemein. Ihr seid *gemein*.«

»Sie riecht immer noch dreckig«, sagte Louisa.

Samantha öffnete eine Flasche Shampoo und leerte sie über Wills Kopf und Stirn aus. »So. Jetzt duftet sie nach Vanille und Kokosnuss.« Sie wischte die Hände an ihrer Jacke ab und drehte sich um. »Gehen wir.«

Will kämpfte nicht mehr. Sie wischte sich das Shampoo aus den Augen. Wegen ihrer Tränen und des Schaums konnte sie nichts mehr sehen.

Samantha drehte sich in der Tür noch einmal um. »Wenn du auch nur daran denkst, uns zu verpetzen, stecken wir Hundekacke in deine Schultasche, kapiert? Und vergiss nicht, das Wasser ablaufen zu lassen, bevor du gehst. Das ist Vorschrift.«

Will wartete, bis ihre Schritte verhallt waren. Dann kletterte sie aus der Wanne, schloss die Tür wieder und zog ihre klitschnasse Schuluniform aus. Sie hatte Shorts und Pullover mitgebracht, um sie nach dem Bad anzuziehen, und weil sie kein Handtuch besaß, hatte sie ihren langen Wollschal zum Abtrocknen dabei. Zu Hause hatte sie sich immer am Felsenteich von der Sonne trocknen lassen. Nun zog sie hustend und zitternd ihre alten Sachen an und setzte sich dann hin, um nachzudenken.

Sie schien auf dem Fußboden des Waschraums eingeschlafen zu sein, denn sie erwachte beim Klang der Schulglocke, die nach dem ersten Schlag noch elf Mal ertönte: Mitternacht. In der Schule herrschte Stille. Will hörte nur die Geräusche des Regens und des kalten Windes und etwas weiter entfernt das Dröhnen der Autos auf der Hauptstraße. Sie schnupperte an ihren Haaren, aber der Duft Afrikas war verflogen.

Sie hüllte sich in ihren Schal und kramte nach den Äpfeln, die sie in die riesigen Taschen ihrer Shorts gesteckt hatte. Sie hatte auch ein Stück Käse dabei, aber es schien in den Tiefen ihrer Hose versunken zu sein. Sie hatte so viel gekämpft und geweint, dass sie sich halb verhungert fühlte. Will wühlte mit zerbissenen Fingerspitzen in ihren Taschen, fand Blätterreste, die Wollhandschuhe ihrer Schuluniform, die Uhr ihres Vaters, Simons Wildkatze, seine Taschenlampe und das Taschenmesser des Captains, alles kaugummiklebrig und bedeckt mit Bleistiftspänen, bis sie auf etwas stieß, das sich wie Käse anfühlte, weich und warm und etwas glitschig, aber eindeutig essbar.

»*Ndatenda hangu*«, flüsterte Will. »*Ja!*« Sie spürte, wie sich ihre Brust zusammenzog. Es gab noch ein paar gute Dinge auf der Welt. Und Käse war eines davon.

Will holte das Kuddelmuddel so vorsichtig wie möglich aus der Tasche, aber ihre Finger waren steif vor Kälte, und sie schnitt sich an der Klinge des Taschenmessers. Sie riss ihre Hand fluchend weg, und das Messer knallte auf eine Fliese, die sofort einen Sprung bekam.

Das Geräusch hallte beängstigend laut durch den Flur.

Will hielt den Atem an. Sehr weit weg wurde eine Tür geöffnet und geschlossen. Will wurde von kalter Angst gepackt. Sie redete sich ein, immer noch zu Bett gehen zu können. Sie war schneller als jede Lehrerin. Aber ihre Beine wollten sich nicht zur Tür bewegen. Stattdessen kletterte sie mit der zwischen die Zähne geklemmten Taschenlampe auf die Fensterbank. Das Fenster klemmte. Will wuchtete es mit den Händen hoch. Sie drückte mit Schultern, Knien und Füßen, ja sogar mit dem Kopf dagegen. Das Fenster sprang mit einem Knall auf. Will erstarrte und kauerte sich auf die Fensterbank, weil ganz in der Nähe jemand aufgeregt keuchte. Es dauerte ein paar Sekunden, bis Will begriff, dass es ihr eigener Atem war.

Der Waschraum befand sich im ersten Stock, aber im Dunkeln wirkte es viel höher. Schritte näherten sich der Tür. Will fiel und sprang zugleich in die Finsternis. Ihr linker Fuß blieb an der Fensterbank hängen, und sie riss sich blindlings herum und landete mit einem dumpfen Knall auf dem Rücken.

Der Fuß tat stechend weh. Sie krümmte sich zusammen, biss auf ihre Fingerknöchel und zwang sich, nicht zu weinen.

»Sei still«, flüsterte sie sich selbst zu. »Immerhin spürst

du ihn noch.« Was bedeutete, dass ihr Fuß noch dran war. Will stand schwankend auf und drückte sich im Schatten gegen die Mauer. Soweit sie es im Mondschein erkennen konnte, war sie noch ganz; sie hatte sich beim Sprung die Fingerknöchel aufgeschürft und sich auf die Zunge gebissen, aber sie war frei – wie durch ein Wunder endlich. Sie wollte schon schreien und kreischen und herumspringen und so laut jubeln wie die Pferdeburschen, als sie Miss Blakes Stimme über sich hörte.

»Hier ist niemand. Schau in den Klassenräumen nach.«

»Das habe ich schon getan, Angela.«

»Sieh noch einmal nach. Ich gehe zum Kunstraum.«

Will wartete, bis wieder Stille eingetreten war. Dann keuchte sie: »*Penga!* Stell dich nicht so dumm an, Will.« Sie hätte alles verderben können. Sie fluchte leise – sie war so *blöd* –, bis Tränen in Hals und Nase juckten. Dann flüsterte sie: »Mut, hey. Aufrichtigkeit und Mut, ja.«

Sie lief langsam an der Hauptstraße entlang. Eine Sternschnuppe sauste über den Himmel. Will jubelte wortlos und beschleunigte ihre Schritte. Über ihr führten die Sterne einen Kriegstanz auf. Sie stolperte erst auf dem Bürgersteig, dann über ihre eigenen Schuhe. Als sie wieder aufstand, stellte sie zu ihrer Überraschung fest, dass sie vor Kälte und Schmerz und Nervosität zitterte. Sie wand den Schal sechs Mal um ihren Hals. Sie zog ihren Pullover hoch bis zum Kinn. Dann ging Will langsam und mit vorsichtigeren Schritten in die Nacht hinein.

NEUNZEHN

Will balancierte im Sonnenschein auf einem Bein auf dem Bürgersteig. Sie sah ein Tor und hinter Glasscheiben sitzende Leute, die das englische Kleingeld entgegennahmen. Hier gab es mehr Menschen, als sie in ihrem ganzen bisherigen Leben gesehen hatte. Autos – sie hätte nie gedacht, dass es so viele gab – sausten so schnell vorbei, dass ihr Kopf schwirrte. Auf der anderen Straßenseite stiegen Menschenmassen aus roten Bussen, Männer und Frauen, alle im schwarzen Anzug, alle mit ausdruckslosem Gesicht.

Will war fünf oder sechs Stunden gelaufen. Sie hatte sich anhand der an Bushaltestellen aufgehängten Karten orientiert. Sie wollte nur eines: die Schule auf dem schnellsten Weg so weit wie möglich hinter sich lassen. Sie hatte sich verirrt und war im Dunkeln immer wieder gegen Hindernisse gerannt, und dann hatte sie eine gute Stunde auf der Bank einer überdachten Bushaltestelle geschlafen. Schließlich hatte sie Schüler gesehen, die im Gänsemarsch dahintrabten – aber wohin? Ihr Ziel war nicht die Schule, das konnte sie an ihren aufgeregten Gesichtern erkennen, und sie war ihnen mit sechs Schritten Abstand

gefolgt. Und nun stand sie im grellen Schein der Winter-
sonne auf einem Bein unter einem Schild.

London Zoo.

Will fühlte sich entschieden besser – ja sogar ungeheu-
erlich und unfassbar viel besser, wie sie merkte –, so viel
besser, dass sie hinter ihren Haaren leise vor sich hin sang.
Außerdem hatte sie einen Bärenhunger. Sie hatte den ersten Apfel um Mitternacht gegessen und den zweiten um
zwei Uhr früh und den dritten und vierten zusammen mit
dem Käse als behelfsmäßiges Frühstück, nachdem sie an
der Bushaltestelle aufgewacht war. Aus dem Zoo drangen
Gerüche nach heißer Schokolade und Sandwiches mit
gebratenem Speck zu ihr herüber. Es fiel ihr leicht, sich
in den Strom der Kinder einzureihen und in den Zoo zu
gelangen; so leicht, wie sie Shumba zwischen das Vieh
hatte lenken können. Im Grunde war es sogar noch leichter, denn sie musste keines der Kinder mit dem Lasso ein-
fangen.

Will war noch nie in einem Zoo gewesen. Sie hatte
allerdings davon gehört und fand die Vorstellung schrecklich. Überall gab es Gitter – es war genau wie in Leewood.
Trotzdem musste Will widerwillig zugeben, dass die Tiere
glänzendes Fell hatten und gut genährt aussahen. Im Gegensatz zu ihr selbst. Ihr Magen begann wieder zu rumo-
ren und gegen seine Leere zu protestieren. Sie verdrängte
ihren Hunger und ging weiter, wobei sie alles genau in
Augenschein nahm. Es gab Büsche, die als Versteck dienen konnten; und es gab Bänke, die vielleicht später von

Nutzen wären. Es gab ein Gehege mit Impala-Antilopen, die ihre Köpfe in der Sonne hin und her schwangen. Sie wirkten so glücklich wie Simon und sie am frühen Morgen, wenn die Luft nach Bougainvillea und Roibuschtee duftete. Es gab riesige Käfige mit singenden, kunterbunten Vögeln.

Aber manches hatte man in diesem Zoo falsch gemacht, dachte sie. Kein Affe, der noch einen Funken Selbstachtung besaß, würde an einem Metallgestell hinaufklettern. Und die Paviane aßen die falschen Bananen. Diese hier waren fest und knallgelb. Die Paviane daheim futterten immer nur die schwarzen, fleckigen Bananen, zur Not auch die braunen. Einmal hatte eine Schar halbwüchsiger Paviane eine Staude mit braunen Bananen, einen Käse, so groß wie Wills Fuß, und einen Krug Apfelwein vom Tisch auf der Veranda stibitzt. Danach waren sie tagelang betrunken und schnatternd durch das Farmhaus geirrt, stets auf der Hut vor Lazarus' Besen.

Will stand lange vor dem Gehege der Paviane, knetete glücklich ihre Haare und lachte fast wie berauscht. Als der Wind zu heftig wurde, kehrte sie zu den Warzenschweinen zurück, die sich in einem Gehege mit Schutzdach befanden. Sie hatte Warzenschweine immer sehr gemocht, denn ihrer Meinung nach waren sie der Beweis dafür, dass die Welt nicht nur schwierig und beängstigend war, sondern durchaus einen Sinn für Humor hatte. Sie blieb vor dem Gehege stehen und grinste beim Anblick der wie Pendel hin und her fliegenden Pinselschwänze.

»Dad?« Ein dickliches, kleines Mädchen, vielleicht zwei Jahre jünger als Will, war stehen geblieben und zeigte mit ihrem Hamburger auf die Rotte der Warzenschweine. »Warum tun sie das, Dad? Warum ragen ihre Schwänze in die Luft? Wollen sie sich gegenseitig Zeichen geben?«

Will wartete auf die Antwort des Vaters. Er wirkte gehetzt und verkniffen und kämpfte mit einer Decke und einem im Buggy sitzenden Kleinkind. Das Kind schien den Kampf zu gewinnen.

Er sagte: »Keine Ahnung, mein Schatz. Schau mal auf das Schild.«

Will grinste das Mädchen über die Griffe des Buggys hinweg an. »Sie tun das, damit sie einander im hohen Gras sehen können. Zu Hause, ja, da hatten wir ein zahmes Warzenschwein. Es hat die ganze Zeit mit dem Schwanz gewedelt. Es hieß Flip.«

Der Vater fragte: »Zu Hause? Woher kommst du? Etwa aus Afrika?«

»Nein!«, sagte Will und murmelte dann: »*Ach, boora-guma!*« Sie reagierte immer falsch. Sie musste lernen, ihre Zunge zu hüten. Sie schüttelte den Kopf. »Nein! Nein. Nein. Ich bin von hier.«

»Aus dem Zoo?« Das Mädchen sah sie ehrfürchtig an.

»Nein! Nein, aus London. Ja.«

»Oh. Ich auch. Wo wohnst du denn in London?«

»Einfach in … London, ja. Ganz in der Nähe.«

»Du klingst aber nicht, als würdest du aus London kommen. Du klingst ausländisch.«

»Tja.« Will hatte die Nase voll davon, dies immer wieder zu hören. »Und du klingst eingebildet.«

»Sei nicht so frech, Jennie«, sagte der Vater.

Will sah den Mann stirnrunzelnd an, weil *sie* frech gewesen war, nicht das Mädchen. Erwachsene hatten keine Ahnung von Gerechtigkeit.

Wills Stirnrunzeln war sehr eindringlich. Der Mann ertrug es nur für ein paar Sekunden, dann sah er weg. Durch einen unglücklichen Zufall fiel sein Blick auf ihr nacktes Bein, das zwischen Stiefel und Shorts zu sehen war. Nun war er es, der die Stirn runzelte. »Ist alles in Ordnung mit dir? Lassen deine Eltern dich immer in diesem Aufzug vor die Tür? Oder hast du dich verlaufen?«

»Nein.« Will versuchte freundlich zu gucken. »Ich bin mit meinem Dad hier, Sir. Er ist …« Der Zoo schien sich zu leeren, und einzelne Erwachsene waren nicht in Sicht. »Er ist auf die Toilette gegangen.«

»So? Na dann.« Der Mann wirkte hilflos und eingeschüchtert – von dem fremden Mädchen und den Warzenschweinen, ja sogar, wie Will dachte, von seinen eigenen Kindern. »Soll ich warten, bis er zurückkommt? Was meinst du?«

»Danke, aber ich möchte Ihnen nicht zur Last fallen, ja. Am besten, ich gehe los und suche ihn …« Will trat mit leisen, vorsichtigen Schritten den Rückzug an. Der Mann sagte: »Nein, warte kurz«, und wollte ihren Arm packen, aber in diesem Moment ließ sein kleiner Sohn etwas fallen und jaulte dann wie ein Baby. Das Mädchen jaulte auch.

»Dad! Du musst ihn ausschimpfen, Dad! Das ist der zweite Hotdog, den er heute fallen lässt. Er macht das mit Absicht!« Sie klang wie ein Moskito. Die Warzenschweine ergriffen grunzend die Flucht.

»Nicht weinen, mein Schatz.« Der Vater war rot im Gesicht und wusste offenbar nicht, was er tun sollte. »Nicht nörgeln, Jennie. Ich kaufe einen neuen Hotdog. Ich kaufe euch beiden ein Würstchen. Kommt. Halt dich am Buggy fest, Jen. Ich glaube, du hast zu viele Tiere gesehen, Mikey.«

Sie verschwanden eilig. Das Mädchen drehte sich an der Ecke noch einmal um und winkte. Will winkte unbeholfen und mit gespreizten Fingern zurück und wartete angespannt, bis ihre Schritte nicht mehr zu hören waren. Dann schnappte sie sich das Würstchen im schneeweißen Brötchen. In diesem Moment erschien ein Mann. Er trug die Uniform der Zoowärter und sah sie misstrauisch an.

»Ich hoffe, Sie wollen das nicht essen, Miss.«

»Das essen?«, fragte Will wie ein Echo. Sie klang so dumm wie ein Papagei. Wenn die Leute einen für dumm hielten, ließen sie einen in Ruhe.

»Es ist dreckig. Das fressen nicht einmal die Tiere. Sei ein braves Mädchen und gib es mir.«

»Nein! Danke. Ich wollte es gerade in den Müll tun«, sagte Will. Sie bekam allmählich Übung im Lügen. Dann fügte sie edelmütig hinzu: »Ich möchte nicht, dass jemand darauf ausrutscht.«

Weil der Mann weiter mit vor der Brust verschränkten Armen dastand und sie im Auge behielt, tat Will den Hotdog in einen der schwarzen Mülleimer; sie legte ihn vorsichtig auf eine Zeitung, damit er nicht mit den Zigarettenschachteln und Bananenschalen in Berührung kam. Sie wartete geduldig, bis der Mann mürrisch lächelnd nickte und weiterging, fischte den Hotdog aus dem Mülleimer und lief an den Gehegen der Warzenschweine und Elefanten vorbei zum Affengehege. Dort setzte sie sich auf eine Bank, wobei sie darauf achtete, ihre nackten Beine zu verstecken, und schnupperte ausgiebig am Würstchen. Sie vergaß jede Vorsicht, atmete den Duft der gelben Soße tief ein und musste husten. Niemand sah sie. Der Zoo war jetzt fast menschenleer.

Der Hotdog schmeckte nicht nach Würstchen, sondern eher nach Blech und Wasser. Aber die gelbe Soße war lecker – süßer als echter Senf. Will verputzte alles mit vier Bissen und leckte zum Schluss ihre Lippen.

Als sie dasaß und die Soße von den Fingernägeln lutschte, ertönte ein Signal. Will wurde kurz von Panik erfasst und spürte, wie sich ihr Herz zusammenzog. Ein unsichtbarer Riese teilte ihr mit, dass der Zoo in einer Viertelstunde schließen werde. Sie solle bitte ihre Sachen nehmen und sich zum nächsten Ausgang begeben.

Will fragte sich, was sie tun sollte. Sie kauerte sich noch mehr zusammen und zog ihre Haare vor das Gesicht, um etwas Zeit zu gewinnen. Da blieben zwei Mädchen vor dem Affengehege stehen. Sie waren im gleichen Alter wie Will, aber so dick gegen die Kälte eingemummelt, dass sie wie Bälle aussahen.

»Jess! Sieh mal den Affen, der ganz oben auf dem Ast sitzt – was tut er da?«

»Er putzt sich. Ist doch klar.«

»Nein, stimmt nicht. Er isst etwas. Schau doch.«

»So machen das die Affen. Sie vertilgen gegenseitig ihre Flöhe.«

»Nein!«

»Doch! Das ist gesund.«

»Würdest du meine Flöhe essen?«

»Natürlich. Wozu hat man sonst eine beste Freundin?«

Das erste Mädchen lachte laut. Will, die die beiden von der Bank aus beobachtete, war erstaunt. Nicht alle Mädchen schienen wie Samantha zu sein.

»Ich wünschte, wir könnten sie streicheln.«

»Sie würden uns sicher beißen. Du könntest an Urwaldfieber sterben.«

»Ob man irgendwie reinkommt? Was meinst du?« Das Mädchen reckte einen Arm und strich über den Draht des Geheges.

»Jess! Lass das!«

»Schon gut. Ich geh da ja nicht rein. Schon gar nicht, um mir ein Affenbaby mitzunehmen.«

»Wie nennt man Affenbabys überhaupt? Heißen sie Affenjunge?«

»Nein. Nur Löwenkinder heißen Junge, glaube ich.«

»Mini-Affen?«

»Äffchen?«

»Komm, wir fragen jemanden …«

Sie rannten los – langsam, wie Will fand, denn sie wurden von den langen Mänteln und den Schals behindert – und steuerten auf eine Frau im grünen Overall zu.

Will sah ihnen durch ihre Haare wachsam nach, bis sie außer Sicht waren. Dann näherte sie sich langsam dem Gehege; Affen waren schreckhaft und kreischten schnell, und diese hatten bestimmt einen langen Tag hinter sich. Sie starrte in das Gehege.

Ihr Herzschlag beruhigte sich.

Während sie nachdenklich und reglos dastand, kamen ein Junge, eine alte Frau und ein Mädchen im Teenageralter zum Gehege. Will verbarg ihr Gesicht hinter den Haaren und starrte den Maschendraht an. Sie stellte fest, dass er gar nicht so dick war, wie sie gedacht hatte; aus der Nähe betrachtet war er dünn und feinmaschig. Ihr kam eine Idee, und Aufregung kribbelte in ihrem Magen. Sie strich mit einer Hand über den Draht.

Der Junge betrachtete sie. Er schaute auf seine Uhr und dann wieder zu Will, die nichts bemerkte. Der Junge gab seiner Schwester einen Klaps mit einem aufgerollten Comicheft und rief: »Lizzie. *Lizzie!*« Als sie ihn wegstieß, zog er am Riemen ihres Rucksacks und flüsterte: »Lizzie. *Guck* mal, Liz. Das Mädchen hat zwei Minuten und achtunddreißig Sekunden und ...« – er sah wieder auf die Uhr – »... sechs Zehntelsekunden nicht geblinzelt.«

Will hörte seine Worte. Sie starrte ihn an und blinzelte dann so nachdrücklich wie möglich. Ihre grimmige Miene schien den Jungen nicht einzuschüchtern, denn er grinste sie an. »Diese Uhr habe ich zum Geburtstag bekommen. Sie hat eine extra helle Beleuchtung für nachts. Sie zeigt sogar Zehntelsekunden an. Ich könnte dir noch tausend Meter unter Wasser sagen, wie spät es ist.«

»Oh«, erwiderte Will. »Und wie kannst du tausend Meter tief tauchen?«

»Keine Ahnung.« Er strich den Pony aus seinen Augen und betrachtete Will genauer. Sie erwiderte seinen Blick. Seine Haare sahen aus, als hätte er sie selbst geschnitten, und zwar im Dunkeln mit dem Fischmesser des Captains und im Schein der extra hellen Beleuchtung seiner tollen Uhr. Aber er hatte ein nettes Gesicht. »Wahrscheinlich in einem U-Boot.«

»Hast du ein U-Boot?«, fragte Will. Englische Kinder waren offenbar noch reicher, als sie gedacht hatte.

»Nein! Natürlich nicht. Das war ein *Witz*, verstehst du?«

»Aha. Vielleicht bekommst du eines zu deinem nächsten Geburtstag, ja?«

Er lachte. Sie grinsten einander an.

»Ich bin Dan. Und wie heißt du?«

»Will.«

»Echt? Ich habe einen Cousin namens Will. Er ist ein Junge.«

»Mädchen können auch so heißen.«

»Kein Grund zu brüllen. Das habe ich nie bestritten. Warum bist du nicht in der Schule?«

»Und warum bist du nicht in der Schule?« Will spürte, wie ihr heiß wurde.

»Wir müssen heute einen Aufsatz schreiben. Ich habe dich beobachtet. Du bist nicht mit einem Erwachsenen hier.«

Will überlegte, ob sie diesen Jungen nach Strich und Faden belügen musste oder nicht. Er war groß und schlaksig und hatte ein schmales, kluges Gesicht. »Ich habe heute frei, ja.« Das war nahe an der Wahrheit.

»Aha«, brummte er und sah über die Schulter zu der alten Frau, aber sie hörte nicht zu, sondern unterhielt sich mit seiner Schwester. »Falls du ausgerissen sein solltest, geht mich das nichts an. Aber du musst etwas anderes anziehen. Nicht einmal Penner tragen im Februar Shorts. Und dann deine Haare.«

»Meine Haare?« Sie wirkte betroffen, denn er klang wie die Leewood-Mädchen.

Er fügte hastig hinzu: »Nein! Ich meine das nicht böse. Deine Haare sind in Ordnung. Sie sind hübsch.« Er bekam rote Ohren. »Aber du solltest sie hochbinden. Oder unter einer Mütze verstecken. So fällst du auf wie eine Ratte in einer Handtasche.«

Das gefiel Will. Ihrer Meinung nach war dies die richtige Art zu reden. »Zu Hause hieß es immer ›wie ein Warzenschwein im Schuhgeschäft‹, ja.«

Er lachte leise. Wenn er grinste, zog sich sein Gesicht in die Breite, und seine Ohren standen ab wie die Türen des Toyota-Pick-ups. Das gefiel Will; es gefiel ihr sehr. »Wie ein Affe im Ballettröckchen«, sagte er.

»Ja! Ja, ja, wie …« Sie wollte etwas sagen, das ihn

wieder lächeln ließ. »Wie eine Giraffe auf einer Schaukel.«

»Wie eine Wildkatze im Klassenraum«, erwiderte er.

Will stockte der Atem. Sie starrte ihn an. Auf einmal wurden Angst und Misstrauen in ihr wach.

»Was ist denn?«, fragte er.

»Nichts … Gar nichts.«

»Okay«, sagte er. Seine Großmutter tippte lächelnd auf ihre Armbanduhr. »Ich muss los. Du … Hast du etwas zu essen? Geld, um dir etwas zu beißen zu kaufen?«

»Zu beißen?« Will versuchte vergeblich, wie jemand zu wirken, die einen randvollen Kühlschrank im Schlepptau hinter sich herzog.

»Ja, etwas zu beißen. Du weißt schon – was Essbares? Zeug, das dich wachsen lässt? Warte, geh nicht weg. Ich habe noch ein Mars. Hier. Du kannst die Hälfte haben.« Er zerbrach den Riegel, und dann teilte er seine klebrige Hälfte noch einmal. »Nimm drei Viertel. Und hier – das auch.« Er riss seinen Comic in der Mitte durch. »Du kannst die erste Hälfte haben. Ich habe sie sowieso schon gelesen.«

Seine Großmutter tippte ihm auf die Schulter. »Daniel, mein Schatz, wir verpassen den Bus. Verabschiede dich von deiner Freundin.«

Will war erstaunt, wie sehr ihre Brust schmerzte, als er ging. Sie wünschte sich zum neunhundertneunundneunzigsten Mal, dass in Leewood auch Jungen zur Schule gingen.

Inzwischen war kein Mensch mehr in Sicht. Nur ein Orang-Utan, der sie interessiert betrachtete, und ein Pavian, der sich am Knöchel kratzte, und die zwei Affen. Das Stroh im Affengehege wirkte warm und weich (obwohl Stroh nie so weich war, wie es aussah; das wusste Will aus den Nächten, die sie bei den Pferden verbracht hatte) und es roch nach zu Hause.

Will zog die Handschuhe mit den Zähnen aus und stopfte sie in die Tasche. Sie spuckte in die Hände, stieß sich unbeholfen vom Boden ab, reckte sich im gleichen Atemzug und hievte sich über die Mauer. Sie warf einen Blick über die Schulter – die Luft war rein. Sie kletterte mühelos am Zaun des Geheges hinauf – er glich jenem, mit dem der Captain seine Ziegen vor *nzunas* und Schakalen schützte. Aber der Ziegenpferch hatte ein rostiges Blechdach, während dieses hier ebenfalls aus Draht war. Sobald Will oben war, holte sie das Taschenmesser hervor. Sie hatte es in einem Haufen verrostender Werkzeuge am Ostrand der Farm gefunden, und die im Messer eingebaute Schere, zum Schneiden von Fleisch und Knochen gedacht, war scharf. Es war erstaunlich einfach, ein schulterbreites Loch in den Draht zu schneiden. Will dachte: *Wie gut, dass ich so klein bin.* Obwohl sie vor Aufregung zitterte, vergaß sie nicht, den Schal um ihre Hände zu winden, bevor sie die spitzen Drahtenden packte. Sie stachen trotzdem durch die Wolle in ihre Hände, und sie biss auf ihre Unterlippe, um keinen Mucks von sich zu geben.

Will hielt sich am gezackten Rand des Loches fest und

ließ ihre Beine in das Gehege hinab. Sie schüttelte die Stiefel von den Füßen in das Stroh, schwang die Beine wieder nach oben und klammerte sich mit den Zehen an den Draht. So hing sie kurz da, Arme und Beine in die Höhe gereckt. Bis auf ihren Kopf befand sich ihr ganzer Körper im Gehege. Sie wurde von einem stillen, unbändigen Lachen geschüttelt und biss sich auf die Zunge, um wieder ernst zu werden. »Hey! *Konzentration.*«

Will hangelte sich zur Vorderseite des Geheges und kletterte langsam nach unten. Das tat weh, denn jeder Finger steckte in einem anderen Loch, und durch ihr Gewicht schnitt der Draht in ihre Haut. Da krampfte sich ihr Magen zusammen, als würde Gefahr drohen. Im nächsten Moment hörte sie Schritte. Sie war noch nicht einmal halb unten, und deshalb kletterte sie mit schnellen Griffen weiter. Plötzlich stand die Welt kopf, und alles war schwarz und wie verwischt, und ein Affe kreischte, und sie fiel. Sie knallte im Stroh schmerzhaft auf ein Knie, und aus ihrer Lunge schien alle Luft auf einmal zu entweichen. Sie konnte kaum atmen, war wie geblendet und bebte am ganzen Körper, kroch aber instinktiv ins Stroh und verbarg den Kopf zwischen den Knien. Im nächsten Moment sagte eine Männerstimme: »Was soll das? Was ist hier los, hey?«

Will wartete. Sie biss auf ihre Lippe und schwieg. Vielleicht war sie gar nicht gemeint. Der Mann sprach in dem süßlichen Singsang, den die Leute in diesem Land für Babys und Tiere reservierten.

Dann sagte die Stimme wieder: »Was soll der Radau, Wilbur, alter Knabe? Hat dir jemand Cola gegeben, Wilbur? Hat man dich schon wieder mit Senf gefüttert?«

Eine zweite Stimme sagte: »Dämliche Kinder. Können sie das Schild denn nicht lesen? *Bitte nicht füttern.*«

»Offenbar nicht. Idiotische kleine Analphabeten.« Die beiden Männer lachten.

»Na, komm. Sandra will uns ein Bier spendieren.«

Die Schritte entfernten sich, und das Licht über dem Kiosk, der Essen und Getränke anbot, erlosch. Der Zoo füllte sich mit Dunkelheit, dem kehligen Gemurmel Hunderter Tiere und Wills lautem Herzschlag.

ZWANZIG

Diese Nacht war eine der schönsten in Wills Leben.

Als sie ihre Hand von ihrem Fußknöchel löste, raschelte das Stroh hinter ihr. Eine Hand – wie die eines Babys, aber mit scharfen Nägeln und schwarzem Fell – zog an ihren Haaren. Eine andere legte sich fest auf ihre Schulter, und dann tauchte ein wunderschönes, schwarzes Gesicht hinter ihr auf.

Will hauchte: »*Oh* ...« Und noch einmal: »*Oh* ...«

Der Affe leckte über ihre Augenlider.

Sie verstanden einander ohne Worte.

Will hatte das geräumige Gehege rasch erkundet. Es gab zwei Affen, eine Schaukel, ein Klettergerüst und sie selbst. Der größere Affe (Will nahm an, dass es Wilbur war, obwohl der Name viel zu förmlich für einen Affen klang; andererseits hatte man ihr in der Schule auch immer gesagt, dass Will ein komischer Mädchenname sei) saß in einer Ecke auf einem Ast und musterte den riesigen Eindringling verhalten und missmutig. Will ließ ihm so viel Raum wie möglich, denn sie wusste, dass ein wütender Affe kein angenehmer Schlafgenosse war. Sowohl Simon als auch sie hatten genug Narben davongetragen, um das zu wissen.

Aber der andere Affe war klein, und seine Arme waren so dünn wie die Zinken einer Gabel, und als Will aufstand, klammerte er sich an ihren Hals und ihre Arme. Er atmete Liebe in ihre Ohren, knabberte an ihren Augenbrauen und versuchte, die Zunge in ihre Nasenlöcher zu stecken.

»Hey!«, flüsterte Will. »Hey-hey … Ganz ruhig, mein Hübscher … Oh, oh, oh. Wenn ich hätte kämpfen wollen, wäre ich draußen geblieben, mein Guter. Ganz ruhig, ja? Ganz ruhig, mein Hübscher.«

Will kramte die Taschenlampe hervor, dämmte den Lichtstrahl mit ihren Haaren und suchte dann langsam und mucksmäuschenstill jeden Quadratzentimeter des Fußbodens nach Essen ab. Sie wusste allerdings nicht, womit die Affen hier im Zoo gefüttert wurden; sie hoffte auf Brot, Äpfel und Möhren, süßen Mais und Käse. Sie suchte eine halbe Stunde, fand aber nur Sonnenblumenkerne, eine halbe Mango und eine staubige, schwarze, von Fliegen umschwirrte Banane. Will war vor Hunger ganz erschöpft, und ihre Beine fühlten sich an wie Wackelpudding.

Nachdem sie sich wieder gegen die Wand gesetzt hatte, griff der Affe in ihren Schoß und fummelte an der Banane herum.

»Hey! *Sha*, hey!«, flüsterte sie. »Hast du vergessen, dass ich dir etwas von meinem Mars abgegeben habe?« Der Affe patschte mit einer winzigen Faust gegen Wills Mund. Sie gab ihm das letzte Viertel der Banane und die Hälfte der Schale zum Ablecken.

Hinten im Gehege, wo sie durch das Klettergerüst vor

den Blicken vorbeikommender Wärter geschützt zu sein meinte, schob Will das Stroh zu einem Haufen zusammen. Dann formte sie das weichere Heu zu einer Kugel und wickelte es in ihren Schal, um ein Kopfkissen zu haben. Sie stopfte auch Heu in ihre Stiefel, unter ihre Shorts und zwischen T-Shirt und Pullover. Langsam wurde ihr wärmer. Sie pustete auf ihre Hände. Überall im Zoo sangen die Nachtvögel zu den Sternen.

Will legte sich hin. Der Affe kuschelte sich an ihren Hals. Seine Augenlider flatterten wie die Flügel schwarzer Motten. Will genoss seinen Tiergeruch; es war der Duft leibhaftigen Glücks. Sie hatte viel zu schnell vergessen, wie herrlich die Welt war.

Beim Erwachen hatte Will Stroh im Mund und in den Ohren. Sie wusste anfangs nicht, wo sie sich befand, denn in ihrer Erinnerung klaffte eine große, pochende Lücke, aber es war warm und dunkel, und es roch vertraut. Dann zerrte jemand an ihren Haaren. Will schüttelte die Hand ab. Kurz darauf zog jemand an ihrem Ohr, und Will schlug die Augen auf.

Die Hand saß an einem Arm, der zu einem Kopf mit schwarzen Augen und einem samtigen Mund zu führen schien, und dieser Kopf saß auf einem Körper mit einem Schwanz, so lang wie Wills Rückgrat.

Wills Erinnerung kehrte schlagartig zurück. Sie war auf einmal glücklich, verspürte aber auch einen leisen Schauder der Angst.

Sie flüsterte: »*Penga.*« Und dann: »Idiotin. *Idiotin.*« Wie konnte sie nur vergessen, wie unglaublich wichtig es war, sich seine Freiheit zu bewahren. Im nächsten Moment musste sie sich zerknirscht eingestehen, dass sie dies nicht vergessen hatte. Sie hatte sich nur nicht daran erinnern wollen, und das war ein wichtiger Unterschied.

Der Affe schmiegte sich an Wills Brust. Sie vergrub ihr Gesicht in seinem seidigen Fell. Sie atmete seinen erdigen Geruch ein, und er schnatterte und zog an ihren Ohren, wobei er sich noch gemütlicher in ihre Arme kuschelte.

Während eines jener Geistesblitze, wie man sie nur um zwei Uhr morgens hat, hatte Will Pläne für ein Leben im Zoo geschmiedet. Sie würde hier bei ihren Affen im Stroh schlafen und vielleicht mit den Gorillas frühstücken – die vermutlich das beste Futter bekamen, weil sie am größten waren –, und den restlichen Tag würde sie vor dem Gehege der Warzenschweine verbringen. Sie würde Essen aus dem Kiosk stibitzen und den Zoowärtern ein Schnippchen schlagen.

Aber nun, in der Morgendämmerung und angesichts des kalten, ekelhaften Nieselregens, der durch den Draht wehte, wurde Will bewusst, dass ihr Plan nicht nur undurchführbar, sondern verrückt war. Hier arbeiteten sicher Tausende von Leuten, an jeder Ecke hing eine Über-wachungskamera, und vielleicht wurde sie schon von der Polizei gesucht. »Sehr unvernünftig, Will Silver«, sagte sie. Dann murmelte sie seufzend: »England ist die Heimat des gesunden Menschenverstands.«

Der Affe stimmte schnatternd zu. Sie rieb sein Fell zwischen den Fingern. Es war so glatt, als wäre es nass. »Was meinst du? Soll ich dich mitnehmen, ja?« Es wäre wunderbar, wieder einen Freund zu haben. An der Schule hatte sie keine Freundin gefunden, weil dort alles nutzlos war, worauf sie sich verstand. Dort interessierte es niemanden, dass sie auf Bäume klettern, springen und toben konnte. Die Mädchen fanden sie langweilig. »Sie hassen mich.« Aber sie konnte den Affen auf keinen Fall mitnehmen. Sie hoffte, sich allein ohne größere Probleme verstecken zu können, zumal sie so klein war – an der Schule wurde sie immer »wilde Zwergin« genannt –, aber für ein Mädchen und einen hungrigen Affen wäre es viel schwieriger.

Sie löste die Arme des Affen von ihrem Hals. Er schlang sie sofort wieder um ihren Nacken. Will küsste den Affen auf Augen und Nase. Dann löste sie das Schnürband aus einem Stiefel und band eine seiner Pfoten hinten an die Wand. Das würde ihn nur fünf Minuten aufhalten, aber hoffentlich verhindern, dass er ihr folgte. Da Will ihre Zehen zum Klettern brauchte, befestigte sie die Stiefel mit dem anderen Schnürband an einer Gürtelschlaufe.

Will drehte sich zum Draht um und zog daran. Draußen war es immer noch ziemlich dunkel. Wenn sie sofort aufbrach, konnte sie das Gehege auf dem gleichen Weg verlassen, auf dem sie hereingekommen war. Sie musste verschwinden, bevor der Zoo öffnete. Sie musste gleich los, obwohl es nicht einfach werden würde, denn ihr Fußknöchel war geschwollen, und ihre Arme taten weh. Und *oh*, es war so mühsam, ihre Finger zum Zupacken, Ziehen und Hochhieven zu bringen. Sie hatte sich noch nie so steif und so müde gefühlt.

Um ihre Angst vor einem Sturz zu verdrängen, versuchte Will, Pläne zu schmieden. Das war nicht einfach, während man an Händen und Füßen kopfüber in einem Drahtgehege hing, aber es war auch kein Ding der Unmöglichkeit. Zunächst einmal stellte sich die Frage nach einer Zuflucht. Wie sie von ihren Mitschülerinnen erfahren hatte, gab es im Zentrum von London Parks und auch Museen, in denen man sich aufhalten konnte, ohne Eintritt bezahlen zu müssen. Vor allem gab es dort reiche Leute. Will stöhnte vor Anstrengung, als sie sich durch das Loch im Dach zwängte. Wenn man Fleisch brauchte, begab man sich zu den Wasserlöchern oder auf das Grasland, weil sich dort die Tiere versammelten. Und wenn man Geld brauchte, musste man sich an einen Ort begeben, wo sehr viele reiche Leute zusammenkamen. Und London war ein solcher Ort.

Will ließ sich vor der Mauer auf den Boden fallen. Sie hatte eigentlich leise landen wollen, aber es misslang ihr. Ihr Plan kam ihr einleuchtend vor.

EINUNDZWANZIG

Will hatte die erste Straße, in die sie eingebogen war, erst zur Hälfte hinter sich gebracht, als sie einen weggeworfenen Schlafsack und eine halb volle Getränkedose fand. Sie roch an der Dose, die so etwas wie Bier zu enthalten schien. Da sie zuletzt gestern in den Toiletten des Zoos aus dem Wasserhahn getrunken hatte, nippte sie an der Dose, spuckte den Inhalt aber gleich wieder aus. Er schmeckte wie Brackwasser. Will kippte alles in einen Gully und wischte ihren Mund mit den Haaren ab. Sie beschloss, lieber durstig zu sein, als dieses Zeug zu trinken.

Zwei Stunden später, sie hatte sich hoffnungslos verlaufen, begann Will, ihre Entscheidung zu bereuen. Ihr Hals war rau und schmerzte, und ihr Magen knurrte immer lauter. Aber das Bier hatte sie auf eine Idee gebracht: Wenn die Leute ganze Getränkedosen wegwarfen, hatte die Welt sicher noch andere Reste zu bieten. Will blieb vor dem nächstbesten Mülleimer stehen, an dem sie vorbeikam. Sie sah sich um, konnte aber keine Zuschauer entdecken.

Der Mülleimer enthielt vor allem Zigarettenstummel und Plastikabfall, aber ganz unten entdeckte sie eine

Chipstüte, in deren Ecken noch ein paar Krümel und Bruchstücke der mit Essig und Salz gewürzten Chips saßen. Will fischte die Tüte heraus – sie wirkte ziemlich sauber – und griff hinein. Als sie die Krümel genussvoll von ihren Fingern leckte, schrie ein Junge mit rundem Gesicht: »Dad! *Dad!* Sieh mal! Das Mädchen isst *Müll!*«, und zog seinen Vater aufgeregt am Ärmel.

Will erstarrte mit der Zunge zwischen den Lippen. Der Vater des Jungen packte sie, doch sie wand sich und versuchte, sich aus seinem Griff zu befreien. »Loslassen!«, schrie sie und biss den Mann in die Hand. Er brüllte: »Komm zurück! Ich will dir doch nur helfen!«, aber die vor Schreck zitternde Will durchbrach eine Gruppe gaffender Touristen und ergriff die Flucht. Sie hielt erst an, nachdem sie bis dreihundert gezählt hatte. Zu diesem Zeitpunkt hatten ihre Verfolger längst aufgegeben.

Zehn Minuten später entdeckte sie den nächsten ergiebigen Mülleimer. Er befand sich in einer Gasse, so schmal wie die Pfade in ihrem heimischen Busch und von himmelhohen Gebäuden gesäumt. Abgesehen von einem Mann, der in einem Hauseingang schlief, war sie leer. Es roch nach Urin, und Will bemerkte den beißenden, widerwärtigen Gestank von Ratten.

Sie schob ihre Haare hinter die Ohren, machte sich gerade und flüsterte ein Gebet. Sie verschränkte die Finger – und öffnete sie wieder, weil sie nicht nur mit den Daumen im Müll wühlen konnte. Der Eimer quoll über von Blechdosen und Zigaretten, aber dann schlossen sich ihre Finger um etwas Hartes und Vielversprechendes: das letzte Stückchen einer Tafel Schokolade. Da war offenbar jemand auf Diät gewesen, dachte sie. Vor ihrer Ankunft in England war Diät kein Begriff für sie gewesen. Während sie die Schokolade aß, redete sie sich ein, dass dies nichts anderes war, als auf der Farm Zucker aus der Küche zu stibitzen oder Früchte aus dem Komposteimer zu fischen, und beides hatte sie fast täglich getan. Wenn ihr Vater sie dabei erwischt hatte, hatte er nur gelacht und ihr mit seinem Stock ein paar sanfte Schläge gegen die Beine verpasst. Will zitterte, aber diesmal nicht vor Kälte.

Will zwang sich zur Konzentration. Sie spürte, dass sie sofort etwas Vernünftiges essen musste, wenn sie nicht ohnmächtig in die gelbe Pfütze vor ihren Füßen sinken wollte. Sie angelte eine Sandwichrinde aus dem Mülleimer, auf der noch die Abdrücke von Zähnen zu erkennen waren. Die Rinde war nicht verschimmelt, aber Will spürte einen schmerzhaften Stich im Herzen, als sie sich an die Beschimpfungen der Mädchen in Leewood erinnerte. *Dreckige Wilde*, hatten sie immer gehöhnt. Und: *Schmutziges kleines Biest.*

Da näherten sich Schritte. Will verbarg sich instinktiv hinter dem Mülleimer. Nicht zittern, befahl sie sich selbst; ja nicht bewegen; sei so still wie der Bürgersteig. Sie hörte, wie etwas Schweres in den Mülleimer plumpste. Dann entfernten sich die Schritte wieder.

Doch Will rührte sich nicht vom Fleck. Ihre Beine taten so weh, dass sie kaum aufstehen konnte, und durch ihre

Adern schien Eiswasser zu fließen. Sie dachte: *Na los, Küken.* Das hätte ihr Vater gesagt. Und: *Nur nicht den Kopf hängen lassen!* Will zog sich am Rand des Mülleimers hoch. Dann holte sie vorsichtig einen Styroporkarton heraus. Er enthielt einen ganzen Berg Pommes frites, umringt von einem See roter Soße. Sie waren noch heiß.

Will schwindelte vor Freude – und wahrscheinlich auch vor Hunger. Sie warf die Sandwichrinde weg und setzte sich auf eine Türschwelle, um ihren Glücksfund zu verspeisen. Der Regen fiel jetzt in trüben Schleiern, und ihre Haare waren bald klitschnass, aber die Wärme der Pommes frites war wie ein Kuss. Kartoffeln, fand Will, lösten ziemlich viele Probleme.

Als Will gegen Abend um eine Ecke bog und das Hinweisschild zu einem Park entdeckte, war ihre Freude so groß, dass sie stehen bleiben und auf ihren Bauch fassen musste. Ihre Freude war noch größer als an dem Tag, als sie zum ersten Mal auf Shumba geritten war. Ihre Zehen wurden wieder warm, und sie fasste frischen Mut. Die kluge, geschäftige Großstadt flutete weiter dröhnend und spotzend, mürrisch und hektisch an ihr vorbei. Aber Will rief sich in Erinnerung, dass sie auch klug war.

Der Weg bis zum Tor des Parks war weit. (Hyde Park, wie ein Schild besagte, und Will hielt den Namen für ein gutes Omen, denn genau das musste sie jetzt tun: sich verstecken. Verstecken, planen, fliehen – genau in dieser Reihenfolge.) Will versuchte, gemächlich zu traben und bei jedem zweiten Schritt zu hüpfen, um ihren Knöchel zu schonen.

Es war nicht so kalt und schneidend, aber windiger als am Vortag. Das gefiel Will. Der Wind zerfetzte Regenschirme, blies ihr ungestüm die Haare ins Gesicht und übertönte sogar das Geigenspiel eines auf der Straße stehenden Mannes. Will bemerkte den Mann erst, als sie dicht vor ihm stand. Sie war wie gebannt, und zwar nicht nur von der Musik, die so flott war wie der Flug einer Libelle, sondern auch von den Leuten, die Kleingeld in seinen Hut warfen. Will wich zurück und beobachtete ihn aus sicherer Entfernung. Zu Hause tanzte oder sang niemand für Geld. Man tat es nur, wenn man vor Freude platzte oder wütend oder gelangweilt war. Es war wie Atmen. Will wäre nie in den Sinn gekommen, dass man für Tanzen oder Singen Geld bekommen könnte. Aber es schien eine geniale Idee zu sein.

Sie dachte: *Wenn ich einen Hut hätte* ... Aber vielleicht tat es ja auch ihr Schal. Will breitete ihn auf dem Bürgersteig aus und stellte sich dahinter. Eigentlich brauchte sie ein Schild, und sie sollte wohl auch etwas Geld auf ihren Schal legen, damit die Leute wussten, was sie von ihnen wollte, nur hatte sie keines. Als Ersatz sammelte sie einen Kronkorken, einen runden, flachen Kieselstein und den Verschluss einer Bierdose auf.

Will setzte sich vor einen Laternenpfahl, um ihr Schnürband zuzubinden, hielt Ausschau nach Polizisten und schwang die Beine dann für einen Handstand nach

oben. Das war nicht einfach. Zu Hause war sie immer barfuß gelaufen, und nun schwankten ihre schweren Stiefel
in der Luft, und sie hatte kein so gutes Gefühl für das
Gleichgewicht. Sonst konnte sie vier oder fünf Minuten
einen Handstand machen, aber jetzt rutschte der Pullover
über ihre Augen, und ihr nackter Bauch war dem Wind
ausgesetzt, und sie konnte nicht erkennen, ob Schaulus-
tige stehen blieben. Auf jeden Fall hörte sie keine klim-
pernden Münzen.

Will kam wieder auf die Beine. Nichts; nicht einmal ein
halber Dollar (nein, berichtigte sie sich: ein halbes Pfund).
Sie schob den Pullover in ihre Shorts und spuckte in die
Hände. Sie hatte kein Haarband, aber in der Nähe gab es
einige elastische Zweige. Dieses Mal hielt sie länger durch;
vielleicht zwei Minuten, dachte sie. Plötzlich sagte eine
Stimme von hoch oben: »Du bist ja ein Verkehrshindernis,
Mädchen.«

Will richtete sich auf. Sie wurde von mehreren Jungen
angestarrt, die einer alten Dame mit einer Einkaufstasche
auf Rädern den Weg versperrten.

Will errötete. »Entschuldigung! Entschuldigung, ja«,
hauchte sie, drückte sich gegen die Wand und setzte ihr
Sei-höflich-zu-Gästen-Lächeln auf. Die Jungen wichen
ein paar Schritte zurück und johlten höhnisch. Will ignorierte sie. Sie waren Hyänen, dachte sie. Sie flüsterte das
Wort: *Hyänen*. Hyänen waren die einzigen Tiere, die Will
nicht mochte. Sie stanken widerwärtig nach nassem Stroh
und altem Fleisch, fand sie. Laut sagte sie: »Hyänen. Nicht

diese Jungen.« Aber die Jungen stanken auch – nach kaltem Zigarettenrauch und verschwitzten Achselhöhlen.

Will wandte sich von ihnen ab und sah zum Himmel auf. Sie ließ sich nach hinten fallen, machte eine Brücke und lief wie eine Krabbe hinter ihrem Schal auf und ab. Der Boden war eiskalt, und sie konnte mit verdrehtem Kopf sehen, dass ihre Finger blau anliefen. Niemand tat Geld auf ihren Schal. Handstand und Brücke schienen diese Engländer nicht zu beeindrucken.

Will stand wieder auf. Sie zitterte im Nieselregen. Dann machte sie kurz entschlossen zwei ungelenke Überschläge, obwohl sie dies noch nie auf einem Bürgersteig probiert hatte. Ein heftiger Schmerz durchzuckte ihre Handgelenke, und beim dritten Überschlag griff sie mit einer Hand in Glasscherben. Eine dicke Frau glotzte sie an und blieb kurz stehen. Will biss in ihren Ärmel, denn sie wollte um keinen Preis aufschreien.

»Was *tust* du da?«, flüsterte Will sich selbst zu. Weil der Wind ihre Stimme übertönte, konnte sie laut reden, ohne dass jemand sie hörte: »Achtung! Komm zur Besinnung, Will Silver. England ist die Heimat des gesunden Menschenverstandes, hey.« Wenn sie in ein Krankenhaus musste, würde man sie sofort nach Leewood zurückschicken. Will spürte, wie sich ihre Haut bei diesem Gedanken vor Entsetzen anspannte. Also zog sie die Scherben aus ihrer Handfläche, wickelte einen Strumpf um die Hand (ihre Handschuhe waren irgendwann zwischen gestern und heute verloren gegangen) und machte einen Kopfstand.

Dann begann die kopfüber im Wind stehende Will zu singen.

Sie sang die südafrikanische Nationalhymne, »Nkosi sikelel' iAfrika«. Sie hatte gerade sprechen können, da hatte ihr Vater ihr das Lied beigebracht, denn es war schön, und er fand, dass man dabei eine Impala-Antilope vor Augen hatte, die aus einem Wasserloch trank. Als Nächstes sang Will die englische Nationalhymne, aber sie erinnerte sich nur an die erste Strophe und musste danach La-la-la singen. Sie verstummte, weil sie von einer Frau angestarrt wurde, die ihre Stirn in schienenstrangartige Falten legte. Will fragte sich, ob ihr Gesang ketzerisch war. Dann fielen ihr plötzlich die Lieder ein, die sie mit Simon abends am Lagerfeuer gesungen hatte.

»Ahne krane, wickle wahne!«, rief Will in den Wind.

Niemand blieb stehen. Will sang lauter.

»Wolln wir mit nach England fahren?

England ist geschlossen,

Schlüssel ist zerbrochen.

Wolln wir einen neuen machen?«

Viele Schuhe, alle verkehrt herum, blieben vor ihr stehen. Will hörte das Klicken von Kameras und rasche, lachende Worte in einer fremden Sprache. Vielleicht Chinesisch, dachte sie und sang lauter. Sie sah aus schmalen Augen, dass mehrere Kupfermünzen auf ihren Schal fielen; dann lachte eine Frau, und es folgte ein wahrer Hagelschauer von Münzen. Ein paar von ihnen, dachte Will, schienen die gedrungenen, kleinen Pfundmünzen zu sein.

»Danke! Vielen Dank, hey!« Die kopfstehende Will lachte beglückt und strampelte mit den Beinen in der Luft, bis ihr der Pullover wieder über ihre Augen rutschte. Sie gurgelte und keuchte und versuchte, durch den Stoff zu atmen, und dann japste sie, kippte zur Seite und sprang auf, wobei ihr Herz vor Freude über ihren Erfolg Purzelbäume schlug.

Sie stand noch nicht richtig, da hörte sie ein Schlurfen und im nächsten Moment Schritte, die sich eilig entfernten. Als Will sich die Haare aus dem Gesicht strich, sah sie, dass Schal und Geld verschwunden waren.

Eine Gruppe von Jungen rannte auf dem Weg zum Eingang des Parks.

Will konnte die Tränen nur kurz zurückhalten. Sie gab sich einen Ruck und folgte den Jungen schluchzend und zitternd. Irgendwann stolperte sie und schlug sich auch noch das zweite Knie auf. Die Jungen hatten ihre Verfolgerin nicht bemerkt; sie standen unter einem Baum und griffen nach etwas, das der größte Junge in der Hand hielt. Aber er streckte beide Arme so hoch über den Kopf, dass sie nicht herankamen.

»Habt ihr mein Geld?«, fragte Will. Sie hatte ihre Gesichter nicht gesehen und wusste deshalb nicht genau, ob sie es tatsächlich waren. Will biss auf die Innenseiten ihrer Wangen. In England gab es keine Gewissheiten. Genau das war das Problem. Alles war ihr fremd. Sogar *Jungen*.

»Ihr habt es!«

Der sommersprossige, größte Junge zog die Oberlippe angewidert bis zur Nase hoch. »Was? Was haben wir?«

»Meinen Schal. Er gehört *mir*. Er ist von meiner Farm, ja. Er hat meinem Dad gehört. Ihr habt meinen Schal und mein Geld.« Sie fühlte sich schlaff und hilflos. »Ihr habt die Sachen *geklaut*.« Gerechtigkeit gab es nur in Büchern. »*Bitte.*« Sie fand keine anderen Worte.

»Wir haben nichts getan. Verpiss dich.« Der Junge mit der hochgezogenen Oberlippe kam auf sie zu. Will wich einen Schritt zurück.

»Ja, verpiss dich.« Die anderen Jungen kamen näher.

»Ich habe *bitte* gesagt.«

Die Jungen fluchten. »Zieh Leine, klar?« Einer hob einen Stock auf und fuchtelte damit, als wäre sie ein Hund.

»Zisch ab, kapiert?« Die Jungen waren zu sechst oder zu siebt, und sie waren mehrere Jahre älter als sie. Sie ließen ihre Fingerknöchel knacken. Will starrte sie an. Nur Idioten ließen vor einem Kampf die Knöchel knacken. Sie wich nicht weiter zurück.

»Ich brauche die Sachen, ja.« Sie spürte, wie sich ihre Knie und Ellbogen kampfbereit anspannten. »Ich meine es ernst. Gebt sie mir wieder. Bitte.«

»Keine Ahnung, was du meinst.« Sie lachten.

»Oh! Nein, wartet, Leute. Ich weiß, was diese kleine Pennerin meint.« Ein Junge, dessen Nacken dicker war als Wills Taille, ein echter Bulle, holte eine Handvoll Pfundmünzen aus der Tasche. Er schwenkte sie vor ihrer Nase. »Meinst du das hier?«

»Ja!« Will streckte ihre Hand aus. »Das gehört mir.«

»Aber jetzt gehört es mir, verstehst du? Ich hab's schließlich gefunden. Da kannst du gleich etwas lernen, klar? Pass besser auf deine Sachen auf.«

Will verkrampfte sich vor Wut, und sie packte seinen Arm. Sie berührte Fremde nie. Er fühlte sich klamm und kalt an. »*Bitte*, ja. Bitte.«

Der Wind frischte wieder auf, aber die Jungen übertönten ihn mit ihrem Gebrüll. Sie äfften ihre Stimme nach und schrien: »Bitte! Jaaa! Bitte! Bi-hi-hitte!«

Will verstärkte ihren Griff um sein Handgelenk. »*Bitte!*«, wiederholte sie und drückte noch fester. Sie wollte keine Prügelei. »*Bitte.*«

»Pfoten weg!«, fauchte er und stieß ihr den Ellbogen mitten ins Gesicht.

Will war wie betäubt. Die Welt verdunkelte sich, und alles schwirrte. Sie wankte. Dann explodierte jedes aufgestaute Gramm Elend und Wut und jeder Schrei, den sie seit dem Tod ihres Vaters unterdrückt hatte, flammend heiß in ihrer Brust, und sie stürzte sich brüllend und kehlig schluchzend auf den dicken Jungen, schlug mit ihren Fäusten, ihrem Kopf und ihren Knien auf ihn ein. Er schrie und strampelte, wich ein paar Schritte zurück und ging dann spuckend zu Boden. »*Runter* mit ihr!«, schrie er. Ein paar Jungen versuchten vergeblich, sie wegzuzerren.

Will hatte noch nie so wild gekämpft. Jeder Schlag und jedes Spucken, die sie sich während der vergangenen zwei Wochen verkniffen hatte, kochten in ihr hoch. Sie trat einen Jungen gegen die Kniescheibe; als sie das Gesicht eines anderen ertastete, schob sie zwei Finger in seine Nasenlöcher und riss sie hoch. Er kreischte. Den anderen blieb das Lachen im Hals stecken; sie sahen wie erstarrt zu. Der Junge, der Wills Haar gepackt hielt, löste langsam seinen Griff.

Will stieß ihn weg und kam wackelig auf die Beine. »Her damit. Ich brauche es.«

Der größte Junge starrte sie an. »Mann! Kleine *Wilde*!« Er warf Geld und Schal in das Gras und versuchte, darauf zu spucken, konnte aber nur sabbern, weil sein Mund so trocken war. Er wich mit blutendem Gesicht zurück. »Du *kleine* …«

»Komm schon, Rob.«

»Du kleine … Wilde. Bist du wahnsinnig?« Die Jungen wichen weiter zurück, ohne sie aus den Augen zu lassen, beschimpften sie, spuckten auf den Boden. Zwei warfen mit Steinen nach ihr. Will konnte dem ersten ausweichen und fing den zweiten mit der unverbundenen Hand – das war reiner Instinkt, denn sie konnte nicht mehr geradeaus denken, geschweige denn schauen. Sie ließ den Stein fallen.

»*Scheiße* noch mal!« Das Mädchen war offensichtlich nicht normal. Sie hatte immer noch nicht geblinzelt. Die Jungen machten kehrt und rannten davon.

»*Sha*«, flüsterte Will. Sie ließ sich vor dem Baum zu Boden sinken und überkreuzte die Arme vor der Brust, wartete darauf, dass sich ihre zitternden Finger beruhigten. »*Sha*.« Unter ihren Händen spürte sie ihr Herz; es klapperte wie ein Besteckkasten während eines Erdbebens. Dann sagte sie zu einem eingebildeten Simon: »*Sha*, hey?« Wer hätte geahnt, dass sie so gut kämpfen konnte?

Aber sie hatte auch nicht geahnt, dass sie lügen konnte. Sie hatte nicht geahnt, dass sie so viele Menschen hassen konnte. Sie lernte immer mehr dazu. Der Wind blies ihr Haare in den Mund, und sie spie sie wütend aus.

Will zählte das Geld mit ihrer heilen Hand und sortierte die Münzen: Pfundstücke, Fünfziger, Zwanziger, Zehner. Ein ganzer Berg Kleingeld. Insgesamt besaß sie über acht englische Pfund. Immerhin ein Anfang. Für ein Bett im Hotel reichte es allerdings nicht, denn die Mädchen in der Schule hatten erzählt, dass ein Hotelzimmer Hunderte, ja Tausende Pfund kostete. Das war noch so etwas, das Will an England missfiel: Hier gab es nichts umsonst. Sie stopfte die Münzen tief in ihre Tasche.

Vielleicht konnte sie gleich hier im Gras schlafen, denn es war weich und duftete gut. Aber sie war schon jetzt ziemlich dreckig, und je dreckiger sie war, desto mehr Erwachsene wurden auf sie aufmerksam. Außerdem befürchtete sie, dass die Jungen versuchen würden, sich zu rächen, und sie fand den Gedanken unerträglich, in einen Hinterhalt zu geraten.

Ein Windböe und fallende Blätter ließen sie aufschauen. Der Baum, an dem sie lehnte, war ein ausladender Riese – wie die Baobab-Bäume, nur schmaler und belaubt –, und seine Äste waren kräftig. Sie würden sowohl Schutz vor dem Wind als auch vor Blicken bieten.

Will kam schwerfällig auf die Beine. Es dämmerte schon – der Tag war hier offenbar kurz –, aber es war noch so hell, dass sie erkennen konnte, wo die Rinde ihren Füßen einen Halt bot. In ungefähr drei Metern Höhe gab es eine Stelle mit zwei waagerecht gewachsenen Ästen. Sie setzte sich rittlings darauf und lehnte den Rücken gegen den Stamm. Dann schloss sie probehalber die Augen. Sie saß so fest wie auf einem Pferd, und sie war oft auf Shumbas breitem Rücken eingeschlafen. Aber wenn sie von Shumba rutschte, fiel sie nur anderthalb Meter tief.

Will hielt sich mit einer Hand an einem Zweig fest, der auf Höhe ihres Kinns wuchs, und zerrte mit der anderen an ihrem Schal. Nach vorsichtigem Hin- und Herrutschen stellte sie fest, dass sie den Schal einmal um den Stamm winden und dann wie einen Gürtel vor ihrem Bauch verknoten konnte. Er war gerade lang genug. Sie zerrte daran. Er wurde weder straffer noch lockerer, und das, hatte ihr Vater immer gesagt, bewies die Qualität eines Knotens. Seltsamerweise tat der Gedanke an ihren Vater nicht mehr ganz so weh; er löste auch kein eisiges Gefühl im Bauch aus, sondern wärmte ihre Wangen. Sie beugte sich probehalber zur Seite. Der Schal dehnte sich, hielt ihrem Gewicht aber stand.

Will zwängte ihr Kinn zwischen die Knie, um es wärmer zu haben, und legte die Arme vor die Augen. Dann schlief sie ein, fest an den Stamm gebunden und mit dem Geruch nach Rinde und frischer, rauer Luft in der Nase. Sie träumte von Mädchen mit schweren Stiefeln, die im Wind tanzten.

ZWEIUNDZWANZIG

Beim Erwachen merkte Will, dass sich ihre Arme und Beine gegen etwas Kaltes, Feuchtes und Hartes stemmten; ihre Muskeln schienen zuerst aufgewacht zu sein. Ihr Kopf war so schwer und schwummerig, als wäre er bis oben hin mit frischem Hefeteig gefüllt. Ganz in der Nähe zwitscherten Vögel; sie schienen direkt vor ihr zu singen. Will öffnete die Augen. Ihr wurde bewusst, dass sie hoch oben auf einem Baum saß. Im nächsten Augenblick wurde sie von Hunger, Schwindel und Angst überwältigt und musste sich übergeben, noch bevor sie richtig wach war.

Sie wischte sich benommen den Mund ab und spuckte noch einmal aus. Sie hatte offenbar länger geschlafen als geplant, denn die Sonne ging schon auf, und im Park liefen Leute, die komische, nach Plastik aussehende Kleider trugen. Es regnete nicht – wundersamerweise, wie Will dachte. Sie lächelte den Himmel an.

Dann rutschte sie so zurecht, dass sie sicherer saß. Der Wind rüttelte an den Ästen, aber wenn dieser Baum so beschaffen war wie die Bäume zu Hause, konnte ihr nichts passieren. Sie lehnte sich gegen den Stamm und stützte sich mit der heilen Hand ab; an den Fingern der anderen

Hand zählte sie ihre Alternativen ab. Vor allem brauchte sie Geld. Sie besaß acht Pfund und vierundneunzig Pence. Das würde nicht lange reichen. Ein Flugzeugticket war sicher teurer als acht Pfund. Woher sollte sie so viel Geld nehmen? Will hob einen Finger: Sie konnte stehlen; von Leuten oder, besser noch, aus Läden. Sie bildete sich ein, ein Talent dafür zu haben. Aber Stehlen war nicht gerade mutig; ihr Vater hatte immer gesagt, dass Diebe ein kaltes Herz und eine dumpfe Seele hatten. Vielleicht sollte sie sich einen Job suchen. Will hob noch einen Finger. Aber welchen Job? Sie konnte kaum in einem Pferdestall arbeiten, denn in London gab es keine Pferde. Und für das, was sie konnte, wurde man nicht bezahlt: Sie konnte eine Meile ohne Pause laufen, sie konnte mit dem Luftgewehr schießen, und sie konnte ihre Füße hinter den Kopf ziehen, aber sie wusste nicht genau, ob ihr diese Fähigkeiten bei der Jobsuche helfen würden. Und zu guter Letzt – Will ballte die Hand zur Faust und biss auf einen Knöchel – konnte sie betteln.

Will kannte sich mit Betteln aus. Sie erinnerte sich an die jungen Frauen mit den auf den Rücken gebundenen Babys in Harares Straßen. Ihr Vater hatte immer Berge von Kleingeld in die Taschen gesteckt, bevor er in die Stadt gefahren war; außerdem hatte er in Butterbrotpapier gewickeltes Straußen- und Impalafleisch mitgenommen. Cynthia Vincy hatte die Bettler weggewedelt wie Moskitos, als sie damals mit Will eingekauft hatte.

Will biss auf ihren Schal, um nicht mehr mit den Zähnen zu klappern. Cynthia hatte gesagt, dass ein Flugzeug-ticket tausend amerikanische Dollar kostete; das hatte sie ständig, ja fast gebetsmühlenartig wiederholt. Das waren fünfhundert englische Dollar *(nein*, berichtigte sich Will: *Pfund)*. Wenn sie täglich einen Dollar – ein *Pfund* – verdiente, konnte sie in fünfhundert Tagen heimfliegen. Wenn sie fünf Pfund am Tag verdiente, würde es (Will sah aus schmalen Augen zu den Blättern auf und zählte an den Fingern ab) vier Monate dauern. Bei zehn Pfund wä-ren es zwei Monate. Bei zwanzig Pfund am Tag konnte sie schon nach einem Monat zurückfliegen. Ein Monat hatte nur dreißig Tage. Sie flüsterte:»Kopf hoch, Küken«, und ihr Herz schlug wieder zuversichtlicher. Sie konnte es in dreißig Tagen schaffen.

Über ihr schwankte der Baum – wie ein Falke im Wind, dachte sie –, und sie hielt sich mit der verletzten Hand am Stamm fest und wartete darauf, dass das Laub wieder zur Ruhe kam. Unter der Socke, die sie als Verband um die Hand gewickelt hatte, brannten die Schnitte. Sie zuckte zusammen. Dreißig Tage. *Das ist machbar,* redete sie sich ein. Sie würde tagsüber betteln und nachts auf dem Baum schlafen. Sie könnte Streichhölzer für ein Feuer auftreiben, nur: Wie entzündete man ein Feuer auf einem Baum? Das hatte noch nie jemand probiert, soweit sie wusste, aber das bedeutete natürlich nicht, dass es nicht funktionierte. Sobald sie das Geld beisammenhätte, würde sie heimlich, still und leise in ein Flugzeug steigen, vom Flughafen nach Harare trampen, dort den Bus nach Mutare nehmen und dann den zweitägigen Fußmarsch nach Two Tree Hill antreten. Wem die Farm jetzt gehörte, war ihr egal, selbst wenn die Madisons die neuen Besitzer waren. Hauptsache, Simon, Tedias und Lazarus lebten noch dort. Sie würde sich eine Hütte bauen, Felsenkaninchen jagen und Suppen aus Mais und Kohl kochen. Das wäre natürlich zeitraubend, aber ohne die Schulglocke, die jeden Tag in quälend kurze Abschnitte zerlegte, hätte sie viel Zeit, und außerdem würde es Früchte, Sonnenschein und Kezia geben. Kezia wäre dann groß genug, um richtig dressiert zu werden. Das lohnte das Betteln, dachte Will.

Der Baum schwankte wieder. Blätter fielen auf ihr Gesicht, und Rindenstaub wurde in ihre Augen geweht. Will merkte, dass ihr Zittern auch nicht nachließ, nachdem sich der Baum beruhigt hatte; das bedeutete, dass sie dringend etwas essen musste. Außerdem wurde es hell. Sie pustete auf ihre Hände und ließ sich auf den Boden fallen. Ihre Stiefel waren durchnässt, und ihr Knöchel schmerzte bei jedem Schritt, aber sie konnte gehen – und rennen, falls nötig, dachte sie. Außerdem war sie immer noch frei. Ihre Gefühle bestanden zu drei Vierteln aus Aufregung und zu einem Viertel aus Angst.

Will verließ den Park durch den Ostausgang. Sie musste einen Bahnhof, ein Museum oder eine betriebsame Straße finden; einen Ort, an dem sie nicht auffiel. Sie wusste nicht, wo die Engländer ihre Bahnhöfe errichteten, aber die Sonne ging im Osten auf, und diese Richtung kam ihr von allen am vielversprechendsten vor.

Sie beschloss, vor allem Frauen anzubetteln, denn sie gingen nicht so schnell wie die Männer (wegen der hochhackigen Schuhe, wie sie grinsend dachte; sie hatte mit Simon über Cynthia Vincys Schuhe gelästert, und das abscheulichste Paar – aus Chamäleonleder, denn Miss Vincy hatte offenbar nicht gewusst, wie langsam, lustig und weise Chamäleons waren – hatten sie im Komposthaufen versteckt), und die meisten Frauen, die sie sah, trugen Taschen, die vielleicht voller Kleingeld waren. Wo die Männer ihr Geld aufbewahrten, wusste sie nicht genau.

Will versuchte, nicht zu humpeln, während sie weiterging. Schließlich erreichte sie eine Straße, in der alle stinkreich aussahen. Die Haare schimmerten. Die Frauen eilten auf hohen Hacken klackernd dahin. Die Männer wirkten nicht so kräftig wie Wills Vater, sahen aber alle geleckt aus – und gefährlicher. Will rümpfte bei ihrem Anblick die Nase und schlang die Arme um ihren Oberkörper, bis sich der Schauder in ihrer Brust gelegt hatte.

Sie fuhr mit den Fingern durch ihre Haare. Sie wusste nicht, wie sie aussah; wahrscheinlich dreckig und verwahrlost. Ihre Gelenke waren über Nacht vor Kälte steif geworden, und sie hatte einen dünnen Schnurrbart aus Schnodder. Trotzdem konnte sie lächeln; man hatte ihr gesagt, dass sie ein schönes Lächeln hatte, und sie würde sich Passanten mit weichen und sanften Gesichtszügen aussuchen.

Will versuchte es drei Mal vergeblich. Sie sprach nicht laut genug, und sie war zu klein, und die Leute eilten vorbei, noch bevor sie über die erste Silbe von »Entschuldigung« hinausgekommen war.

Aber die vierte Frau blieb lächelnd stehen. »Ja, meine Kleine?«

»Entschuldigen Sie bitte, Ma'am«, sagte Will. »Haben Sie vielleicht etwas Kleingeld?« Das hatten die Männer in den Hauseingängen immer gesagt, und Will glaubte, es ihnen gleichtun zu müssen.

»Hast du deine Mutter verloren, meine Süße?« Die Frau lächelte immer noch. Ihr Lächeln war sehr gütig.

»Nein.« Das entsprach der Wahrheit. »Ich weiß, wo sie ist. Haben Sie etwas Kleingeld übrig?«

»Wie alt bist du denn? Du kannst doch nicht älter als acht sein.«

Will biss die Zähne zusammen. Sie wiederholte: »Haben Sie vielleicht etwas Kleingeld übrig, Ma'am? Ich muss nach Hause.«

»Aber natürlich, meine Kleine.« Sie legte Will eine Hand auf die Schulter. »Warum begleitest du mich nicht? Komm mit. Du siehst ja ganz durchgefroren aus. Ich bringe dich an einen sicheren Ort.«

Wenn die Leute »sicher« sagten, hieß das, dass man in der Falle saß. Will zuckte zurück. Irgendetwas an ihrer Bewegung – vermutlich etwas Unenglisches oder *Wildes*, wie die Mädchen in der Schule immer gesagt hatten – veranlasste die Frau, ihren Griff zu verstärken und Wills Gesicht genauer zu betrachten.

»Warte kurz ... Bist du etwa das Mädchen aus der Zeitung? Ich glaube fast – mein *Gott!* Ja, du bist es! Da stand auch etwas von einem Zoo ...« – Will wurde sich auf einmal eines Strohhalms in ihren Haaren und ihres Geruchs nach Tieren bewusst – »... und dass die halbe Polizei auf der Suche nach dir ist. Wie heißt du, Schätzchen?«

Ihre Finger krallten sich aufgeregt in Wills Kapuze. Will antwortete: »Samantha Ronald.«

»Samantha? Nein – das war ein anderer Name.«

»Ich heiße Samantha, ja!«

Die Frau verengte ihre Augen. »Was hast du gesagt? Bist du fremd, meine Kleine?«

»*Nein*«, sagte Will. Das stimmte in gewisser Weise, sie befand sich nur im falschen Land.

»Na schön. Wollen wir nicht dahin gehen, wo es warm ist?« Die Frau wollte den Blick eines Polizisten auffangen. Aber zu Wills Erleichterung versuchte der Mann gerade, eine hübsche Blondine auf sich aufmerksam zu machen, die durch die Straße eilte. »Warum gehen wir nicht einfach ...«

Die Kapuze saß nur mit ein paar losen Fäden am Pullover. Will hatte sie selbst angenäht, nachdem die alte Naht aufgeribbelt war, aber sie war ungeduldig gewesen, und Simon hatte im Stall nach ihr gepfiffen. Cynthia Vincy hatte ihre Arbeit *schlampig und schäbig* genannt. Das fiel Will jetzt wieder ein, und sie war heilfroh. Sie zischte und spuckte, damit die Frau zurückwich, und sprang dann zur Seite. Stoff riss, ein Schrei gellte, und im nächsten Moment rannte Will durch die Menschenmassen der Großstadt davon. Ein paar Leute drehten sich auf den Ruf der Frau hin um – »Aufhalten! Haltet das kleine Mädchen auf!« – und wollten nach ihrem Schal und ihren wehenden Haaren greifen, aber Will lief in ihrer Verzweiflung, was die Beine hergaben. Der Wind pfiff in ihren Ohren, und sie hörte, wie Leute schrien und schimpften, wenn sie mit ihnen zusammenstieß, aber sie rannte blindlings weiter. In ihrem Kopf war nur Platz für zwei Wörter: *Wegrennen* und *Polizei*.

Will sah sich erst wieder um, nachdem sie zwanzig Straßen zwischen die Frau und sich gebracht hatte, aber sie konnte niemanden entdecken, der sie verfolgte. Sie brach hustend vor einer Mauer zusammen; sie hatte Seitenstiche, und ihr Mund war trocken. Leute, die schicke Lederkoffer mit Griff und kleine Kaffeebecher in der Hand hielten und schwarze, rundliche Autos heranwinkten, liefen an ihr vorbei. Will würgte und keuchte. Schließlich kam sie wieder zu Atem, aber ihre Hände hörten nicht auf zu zittern.

An einer Bushaltestelle stand ein Mann auf, um sie besser betrachten zu können. »Alles in Ordnung mit dir? Was hast du denn?«

Will wurde rot und spürte, wie sich ihr Magen verkrampfte. »Nichts. Ich sitze hier nur.«

Er runzelte die Stirn. »Warte mal. Bist du nicht …«

Will sprang auf, schüttelte den Kopf und versuchte zu lächeln. »Nein. Nicht Engliiisch. Französin.«

»Wie bitte?«, sagte er. »Was redest du da? Nein, warte –

komm mal her …« Er hantierte mit seiner Zeitung und tippte dann auf die dritte Seite. »Ist das hier nicht …«

»Ich nicht spreche Englisch, ja.« Will wich mit grimmiger Miene zurück und wartete darauf, dass er sich schulterzuckend abwandte. In diesem Augenblick kam der Bus, und der Mann kramte in seiner Jacke nach der Brieftasche. Will schätzte, dass sie ihm jetzt gefahrlos den Rücken zukehren und weiterhumpeln konnte. Sie merkte, dass die in Mäntel, Mützen und Kapuzen gehüllten Passanten auf ihre nackten Knie starrten, und als sie ein geöffnetes Museum fand, trat sie erleichtert ein. Sie brauchte eine dunkle Ecke, in der sie sich ausruhen und nachdenken konnte.

DREIUNDZWANZIG

In diesem Museum gab es unzählige Vitrinen mit Schmuck und Uhren und Kleidern auf Bügeln, die aussahen, als wären sie aus massivem Silber. Sie waren wunderschön, aber Will fand sie ungewöhnlich. Zu Hause hatte sie alle Kleiderbügel selbst aus Draht oder Holz gebastelt. Will verdrängte ihren Wunsch, die Kleider zu berühren – in Museen durfte man nichts anfassen, das war die Grundregel –, und schleppte sich steifbeinig eine Treppe hinauf. Ihre Füße waren wund, und angesichts der hohen Decken fühlte sie sich winzig klein. Sie berührte das Treppengeländer mit einem Finger – es war aus echtem Silber, ja es roch sogar danach.

Oben entdeckte Will einen Raum mit Lüstern und noch mehr Schmuckvitrinen. Er war menschenleer, und sie sank in einer Ecke auf den Boden. Richtig dunkel war es hier nicht, denn das ganze Museum war auf eine zarte, fast weibliche Art beleuchtet, aber in der Ecke war es immerhin dunkler als im restlichen Raum. Will zog ihre Oberschenkel gegen die Brust. Sie kniff die Augen zusammen, kaute am Nagel ihres Mittelfingers und dachte nach: Sie wurde von der Polizei gesucht, und das Betteln hatte sich als Schuss in den Ofen erwiesen. (Sie war insgeheim froh darüber, denn Wildkatzen bettelten nicht.) Was nun?

Der Teppich war dick und wunderbar weich, und sie hatte das Gefühl, auf dem Baum kein Auge zugetan zu haben, und hier war es so *warm*. Seitdem sie Afrika verlassen hatte, war es nirgendwo mehr so warm gewesen … Will versuchte, ihre Gedanken zu ordnen, aber sie entglitten ihr immer wieder …

Als Will erwachte, ragte eine Frau über ihr auf und fragte: »Kann ich Ihnen helfen, Miss?«

Die Miene der Frau war nicht so freundlich wie ihre Worte. »Miss?«, wiederholte sie. Sie schien die Blätter und den Dreck auf Wills Knien anzureden.

Will blinzelte. »Ich … bitte …«

»Wo sind denn deine Eltern?«

»Ja! Sie sind … Sie sind dort hinten.«

»Wo?«

»Der Mann … in Schwarz …« Will zeigte auf den reglosen Rücken einer weiter hinten im Raum stehenden Gestalt.

»Die *Schneiderpuppe*?« Die Stimme der Frau erinnerte Will an einen höhnisch verzogenen Mund.

»Nein! Irgendwo da hinten, meine ich …«

»*Verstehe*. Sehr schön.« Ihr Gesicht drückte das genaue Gegenteil ihrer Worte aus. »Ich schlage vor, dass du mich begleitest.«

»Nein! Er ist gerade um die Ecke gebogen.« Will bemühte sich, das Gesicht eines Leewood-Mädchens aufzusetzen. Sie blähte arrogant die Nasenlöcher auf. »Ganz ehrlich, ja.« Sie konnte sich in einem der hohen Spiegel sehen – wenn sie eine solche Miene gezogen hatte, hatte ihr Vater sie immer mit einer Prinzessin verglichen, die ein Geschwür am Mund hatte.

Die Frau blinzelte. Sie wirkte zwar genervt, rührte sich aber nicht vom Fleck. »Du kommst jetzt mit, kleine Miss. *Sofort*, wenn ich bitten darf. Und dann werden wir telefonieren.«

»Nein, das werden wir nicht.« Will spürte, wie sich ihre Lippen bewegten, aber die Stimme, die aus ihrem Mund drang, war die von Samantha. »Vielen Dank. Ich möchte allein bleiben. Mein Vater ist sehr reich. Wenn ich ihm erzähle, dass Sie mich schikaniert haben, wird ihm das nicht gefallen.« Will machte auf einem schmutzigen Absatz kehrt und stolzierte – jeder Zoll ein Leewood-Mädchen – um zwei Ecken und an einem Tisch mit Ledertaschen vorbei, bis sie außer Sichtweite der Frau war. Dann begann sie zu rennen. Sie lief an endlosen Reihen von Schmuck und Hüten vorbei, schlängelte sich zwischen Glasvitrinen durch und suchte fieberhaft nach der Treppe. Neben einer Juwelen-Ausstellung entdeckte sie endlich eine und eilte die Stufen hinab. Sie hatte zehn Stufen genommen, als sie zu ihrem Entsetzen merkte, dass sich die Treppe von selbst nach oben bewegte und sie zu der Frau hinaufbeförderte, die mit vor der Brust verschränkten Armen und starrem Blick auf sie wartete. Die atemlose Will sprang und stolperte panisch die restlichen Stufen hinunter, ohne sich um die schreienden, protestierenden Leute zu kümmern, die ihr entgegenkamen. Sie stürmte an drei Kassen und unzähligen Einkaufstüten vorbei auf die Straße.

Dort erstarrte sie. »Oh.« Es war gar kein Museum. Auf dem Schild über dem Gebäude stand *Harrods*. Da glitt die Tür erneut auf, und die Frau trat ins Freie. Will machte kehrt und rannte weg.

Sie blieb erst sechzehn Straßen weiter stehen. Sie schüttelte keuchend Arme und Beine aus, ohne dass ihre Anspannung verflogen wäre. Sie flüsterte: *Penga, hey.* Sie musste besser aufpassen. Sie fluchte erst auf Englisch, dann auf Shona.

Aber die Sache hatte auch etwas Gutes gehabt. Schlaf und Angst hatten sie hellwach werden lassen und sie wusste, was zu tun war. Es war wie bei der Jagd im Busch: Bevor man irgendetwas tat, musste man die Gefahren abschätzen. Will ballte ihre schmutzigen Fäuste. Zuerst – bevor sie etwas aß oder wieder schlief oder einen Ort fand, wo sie ihre Hände waschen konnte, deren Haut sich rings um die Abdrücke ihrer Fingernägel gelb verfärbte – musste sie die Zeitung finden, von der die Frau gesprochen hatte.

Sie ging weiter, wobei sie sich auf der Straße wachsam umsah. Auf dem Bürgersteig und an den Bushaltestellen lagen jede Menge Zeitungen, aber wie sich zeigte, war keine wie die andere. Die Londoner schienen eine ungeheuer große Auswahl an verschiedenfarbigen und unterschiedlich großen Zeitungen zu haben. Manche hatten vierfarbige Bilder, die Frauen in Spitzenunterwäsche zeigten; manche schienen nur aus Zahlenblöcken und Tabellen zu bestehen. Keine war die richtige. Will verbrachte fast zwei Stunden mit vergeblichem Suchen und musste sich immer wieder in Hauseingängen verstecken, bis sie die Zeitung schließlich fand. Der Artikel stand auf der dritten Seite einer großformatigen, gräulichen Zeitung, *The Independent*. (Will war froh, dass es diese war; der Name klang wie ein gutes Omen. Besser *Independent*, also unabhängig, als die andere Zeitung, die die Mülleimer verstopfte, *Guardian*; denn das hieß Wächter und stand für Miss Vincy, Leewood, all jene Vorschriften, gegen die sie unwissentlich verstoßen hatte, und die endlos lange Reihe von Frauen und Mädchen, die sie verabscheuten.)

Die Überschrift lautete: *Affen aus Londoner Zoo entflohen: Bezug zu vermisster Schülerin*. Die Straße, in der sich Will gerade aufhielt, war von Häusern gesäumt; sie zwängte sich zwischen eine Steinmauer und eine Mülltonne aus Plastik und versteckte ihr Gesicht hinter der Zeitung.

Der Artikel nahm die halbe Seite ein. »Wie festgestellt wurde, entkamen zwei seltene und wertvolle Affen durch ein Loch in der Decke ihres Geheges.« Eine wütende Mutter bezichtigte einen der Affen des Diebstahls ihrer Handtasche; der andere Affe hatte einem kleinen Mädchen das Sandwich entrissen, und gemeinsam hatten beide einen Jungen eine halbe Stunde lang durch das Reptilienhaus gejagt, bis sie endlich eingefangen werden konnten. Will grinste.

Es gab ein Interview mit dem Zoodirektor. Auf dem

Foto, das mit abgedruckt war, wirkte er reumütig. Er versicherte, dass die Gehege aller gefährlichen Tiere mit hochmodernen elektronischen Schlössern gesichert seien. Einer seiner Sätze war fett gedruckt: »Wir können mit hundertprozentiger Sicherheit garantieren, dass der Öffentlichkeit keine Gefahr droht, wenn der Zoo morgen wieder seine Tore öffnet. *Mit hundertprozentiger Sicherheit.*« Auf Will wirkte der Mann allerdings keineswegs hundertprozentig sicher.

Im zweiten Absatz war von ihr die Rede. Im Gehege hatte man einen Kinderhandschuh mit dem eingenähten Namensschild »Wilhelmina Silver« entdeckt. Will fluchte halblaut und biss sich auf die Lippe. »*Oh, nein, nein, nein. Oh, sha! Nein!*« Wildkatzen weinten nicht, denn sie hatten keine Tränenkanäle.

Will schniefte, dann las sie weiter, wobei sie darauf achtete, nichts auf die Schrift tropfen zu lassen. Ein ganzer Absatz war ihrer Beschreibung gewidmet: »Wilhelmina Silver, Schülerin des renommierten Leewood-Internats, gilt seit zwei Tagen als vermisst.« Man hatte ihr verschwommenes Passfoto abgedruckt, das sie mit grimmiger Miene zeigte. Dann folgte eine Liste mit *besonderen Kennzeichen*: ungewöhnlich große, dunkle Augen; südafrikanischer Akzent; auffällig zerkratzte Knie. »Laut der Schule ist Wilhelmina leicht an ihren Haaren zu erkennen, die stark verfilzt sind und bis über ihre Knie reichen.« Ganz unten stand: »Die Polizei bittet um Hinweise unter folgender Rufnummer.«

Wills Herz begann vor Schreck wie wild zu pochen. Da war das Wort wieder: *Polizei.* Die Notwendigkeit, sich verstecken zu müssen, schnürte ihr die Brust zu, und sie suchte die Straße in beiden Richtungen unruhig mit Blicken ab. Die Häuser ragten über ihr auf; alle waren graugelb und standen viel zu eng nebeneinander. (Ganz ähnlich, dachte Will, wie die dritten Zähne des Captains, die das Nikotin schwarz und orange verfärbt hatte. Sie biss sich auf die Zunge. Sie wollte nicht an die Farm denken.)

Vor jedem Haus stand eine große grüne Plastikmülltonne. Sie waren groß genug, um als Versteck dienen zu können. Will hob einen Deckel; Müllgestank schlug ihr entgegen.

»*Sha!*«

Will wich zurück. Sie würde hineinpassen, wenn sie sich auf einen der Beutel legte. Sie versuchte, sich selbst zu überreden – so sanft, wie Lazarus immer auf die Pferde eingeredet hatte –, auf die schwarzen Beutel zu klettern. Aber ihre Beine spielten nicht mit. Sie rührten sich nicht vom Fleck. Na schön. Wenn sie sich nicht verstecken konnte, musste sie sich irgendwie verkleiden. Viele der äußeren Kennzeichen, die im Artikel genannt wurden, konnte sie nicht ändern: »hellbraune Haut«, »klein und schmal für ihr Alter« (das hatten die Leewood-Mädchen gemeint, wenn sie sie als *Winzling* beschimpft hatten) und »wahrscheinlich sehr verwahrlost« (was wohl ungewaschen bedeutete). Aber eines konnte sie ändern, und zwar sofort, denn es stand in ihrer Macht, und als Will daran dachte, spürte sie, wie in ihrer Brust so etwas wie Hoffnung aufkeimte. Ihr Vater hätte gesagt: *Gib dir selbst einen Ruck, dann richtet sich die Seele wieder auf;* und der Captain hätte daraufhin ausgespuckt und mit geschlossenen Augen genickt.

Sie hockte sich vor der Tonne auf die Hacken und kramte das Messer des Captains aus den Tiefen ihrer Hosentasche. Dann bündelte sie ihre Haare über der Schulter und versuchte, sie mit der im Messer eingebauten Schere zu schneiden. Aber es segelten nur vereinzelte Strähnen auf den Bürgersteig, weil die Klingen durch das Kappen des Zauns im Zoo stumpf geworden waren. Will klappte mit ihrem abgekauten Daumennagel die Messerklinge aus, packte ihre Haare mit der geschwollenen Hand und schnitt sie über den Augen ab. Das funktionierte. Büschel brauner Haare fielen auf den Boden. Will sah weg. Es wäre eine Schande, wenn sie wegen ihrer Haare heulte.

Nachdem Will alles auf Schulterlänge gestutzt hatte, strich sie mit den Fingern über ihren Kopf. Ihre Haare fühlten sich seltsam leicht und glatt an, kamen ihr aber immer noch zu lang vor. Sie hätte gern einen Spiegel gehabt. Wahrscheinlich war ihre neue Frisur keine sehr gute Verkleidung. Sie sah sicher nicht viel anders aus als vorher.

Will schloss die Finger so fest um ihr Messer, dass die Knöchel weiß wurden. Es war schwierig, die Haare dicht am Kopf zu schneiden, aber sie biss die Zähne zusammen und säbelte so lange weiter, bis sie meinte, dem Jungen aus dem Zoo zu gleichen: Sie hatte alles auf gut sieben Zentimeter Länge gestutzt; nur über dem linken Ohr gab es eine kahle Stelle, weil die Klinge abgerutscht war. Sie fuhr noch einmal mit den Fingern durch ihre Haare und zupfte daran. Ihr Nacken fühlte sich seltsam leicht an. Wenn sie in die Hände spuckte und den Speichel in ihren Haaren verrieb, würden sie aufragen wie die Stacheln eines Stachelschweins oder die Nackenhaare einer Katze. Will grinste. *Wildkatzenhaar*, dachte sie. Das Gras auf der Farm war länger gewesen.

Inzwischen gingen in manchen Häusern die Lichter an. Will sank wieder gegen die Mülltonne. *Was nun?*, dachte sie. *Denk nach!* Aber das Nachdenken fiel ihr schwer, weil der immer kälter werdende Wind durch ihre Haut zu blasen und ihre Knochen mit Frost zu überziehen schien.

Etwas weiter weg stand ein roter Kasten, der Will an die Kabinen in den Schultoiletten erinnerte, nur dass er Fenster und eine durchgehende Tür hatte. Ein Fenster war kaputt; trotzdem war es in dem Ding bestimmt wärmer als auf dem Bürgersteig. Will stopfte ihre abgeschnittenen Haare in die Taschen und humpelte hin.

Der Kasten stank nach toten Nagetieren und Urin. Außerdem gab es – zu Wills Erstaunen – ein Telefon darin. Das brachte sie auf eine Idee, und sie kramte in ihren Taschen nach den Münzen, die sie von den Touristen bekommen hatte. Wenn sie es schaffte, die im Artikel genannte Nummer zu wählen und ihre Stimme zu verstellen, könnte sie behaupten, sich selbst irgendwo anders gesehen zu haben. *Ich muss die Polizei auf eine falsche Fährte locken*, dachte sie. Sie musste ihre Spuren verwischen wie bei der Jagd auf Impala-Antilopen am Wasserloch.

Blieb nur die Frage, wo sie sich gesehen haben könnte. Sie kannte keine Namen englischer Städte, und sie war nie auf die Idee gekommen, ihren Vater danach zu fragen. Es gab so vieles, was sie nie gefragt hatte, dachte sie verärgert – zum Beispiel, ob Geld wirklich so wichtig war; oder ob man den Hass, der einem entgegenschlug, einfach ignorieren sollte; oder wie man in dieser schmerzhaften Kälte überlebte. Will musste husten und schob diesen Gedanken beiseite. Ihr Vater hatte oft ein Lied gesungen, in dem es hieß, dass es bis Tipperary sehr weit sei. Leider wusste sie nicht, ob es diesen Ort tatsächlich gab. Vielleicht war »Tipperary« ja auch ein Zustand.

Will fand ein paar alte Kupfermünzen, aber das war sicher zu wenig. Sie wusste, dass sie mehr Geld bekommen hatte, und sie durchwühlte ihre Hosentaschen, leerte sie ganz aus: das Messer, ein paar Strohhalme, ein Comicheft – Will starrte es an. In einer Ecke stand ein Name: *Daniel James*. Darunter, zwischen Kritzeleien von Löwen und Superhelden, hatte jemand notiert: *Privatbesitz von Daniel James. 117 Clement Avenue. London. England. Erde. Universum*. Und wiederum darunter stand in Blockbuchstaben: WER DIESEN COMIC KLAUT, IST TOT (Der Tod Wird Sehr Qualvoll Sein).

Will flüsterte: »*Unanki*. Ausgezeichnet.« Und im nächsten Moment begriff sie etwas Grundsätzliches: In dieser Welt hatte man es leichter, wenn man nicht allein war.

Will stürmte aus dem róten Kasten – der Anruf war jetzt überflüssig geworden – und humpelte und hinkte durch die Straßen, bis sie auf einen kleinen Laden mit Zeitungen im Fenster stieß. Der Laden war so schmuddelig und unordentlich wie die Geschäfte in Mutare und hatte nichts mit den prächtigen Steingebäuden gemeinsam, an denen sie im Laufe des Tages vorbeigekommen war und die eher an afrikanische Krankenhäuser erinnerten. Als sie den Laden betrat, sah der dicke Mann hinter dem Tresen nicht einmal auf, er las einfach weiter in der Zeitung.

Will fand nach kurzer Zeit eine gelb-rote Biskuitrolle und eine Plastikflasche mit Cola. Zu Hause gab es nur Glasflaschen. Will war verblüfft, wie leicht diese war, und warf sie in die Luft. Der an der Kasse sitzende Mann schrie: »Heh! Du! Die musst du jetzt kaufen, klar?« Will zuckte zusammen. Sie wurde so rot wie das Etikett auf der Colaflasche und verkroch sich zwischen den nächstbesten Regalen. Dort entdeckte sie grobe Erdnussbutter und geriet sehr in Versuchung, aber das Glas kostete zwei Dollar – *Pfund*, berichtigte sie sich. Damit sie es nicht wieder vergaß, murmelte sie vor sich hin: »*Pfund*, hey.« Außerdem musste sie noch einen Stadtplan kaufen. Am Tresen suchte sie den günstigsten Schokoriegel aus und legte ihre Einkäufe dann ordentlich nebeneinander.

»Ich hätte gern einen Stadtplan«, sagte sie. »Bitte, ja?«

Der Mann fragte: »Möchtest du einen mit Straßenverzeichnis?«

Will blinzelte.

»Also, einen mit Straßenverzeichnis? Oder ein Touristenteil?«

»Ich bin keine Touristin. Ein normaler Plan ist besser.«

»Gute Einstellung.«

»Außerdem ...«

»Ja?«

»Außerdem würde ich gern wissen, in welcher Straße wir hier sind.«

»In welcher Straße?« Er lächelte. »Und du bist wirklich keine Touristin?«

Will versuchte, sein Lächeln zu erwidern. »Ja. Wirklich.«

»Wir sind in der Sunnyfield Road. Du findest sie auf Seite zweiundvierzig, falls es dich interessiert.«

Will nickte. Seite zweiundvierzig. »Das ist alles. Danke.«

»Das macht neun Pfund und achtundneunzig Pence.«

Will starrte die Münzen in ihrer Hand an. Das Geld reichte nicht für alles. Sie legte den Kuchen wieder weg, wobei sie knallrot wurde.

Der Mann trommelte ungeduldig mit den Fingern auf den Tresen. »Brauchst du eine Tüte, Söhnchen?«

»Was? Äh ... *ja*.« Söhnchen. Sie hatte ganz vergessen, dass sie ihre Haare abgeschnitten hatte. Will versuchte, mit tieferer Stimme zu sprechen, um wie ein Junge zu klingen. »Ja. Eine große, bitte.«

»Was sagst du?«

»Ja, bitte.« Die Worte klangen halb wie ein Knurren und halb wie ein Rülpsen. Will probierte es noch einmal: »*Ja*.« Sie hörte sich an wie ein stotternder Motor.

Der Mann musterte sie misstrauisch. Er übersah ihre ausgestreckte Hand und legte das Wechselgeld auf den Tresen. »Alles in Ordnung, Söhnchen?« Er warf einen Blick auf die auf dem Stuhl liegende, aufgeschlagene Zeitung und sah dann wieder zu Will. »Oder hast du Probleme?«

Will errötete wieder und schüttelte den Kopf. *Halt bloß den Mund, Küken*, dachte sie. Das Schweigen war jetzt ihre beste Verteidigung. Schweigen und Schnelligkeit. Sie sprang die Treppe hinunter und lief mit ihrer Tüte auf die Straße.

Draußen wurde es dunkel, aber die Straßenlaternen begannen, den Himmel stellenweise aufzuhellen. Will fand, dass sie wie übergewichtige Glühwürmchen aussahen. Sie hatte noch nie so viele und so eng beieinanderstehende Häuser gesehen. Sie hatte auch noch nie einen Stadtplan in der Hand gehabt, aber sie war schnell von Begriff und hatte den Orientierungssinn eines Falken – mein wilder, kleiner Falke, hatte ihr Vater oft gesagt. Deshalb fiel es ihr nicht schwer, den Weg zu finden. Sie wandte sich nach Westen und humpelte zielstrebig durch die Stadt, das Comicheft fest in der Faust.

VIERUNDZWANZIG

Als Will endlich vor dem Haus stand, stellte sie fest, dass es allen anderen Häusern glich, an denen sie vorbeigekommen war. Eine schmale Straße trennte es von den Nachbarhäusern, die sich ebenfalls glichen wie ein Ei dem anderen. Will hatte auf ihrem zweistündigen Fußmarsch keine sehr hohe Meinung von der englischen Architektur bekommen.

Es hatte eine Weile gedauert, bis sie die richtige Adresse gefunden hatte. Die Hausnummern waren nicht so geordnet, wie sie es für richtig gehalten hätte. Ihrer Meinung nach hätte man alle Häuser auf einer Straßenseite der Reihe nach durchnummerieren und dann auf der anderen Seite genauso weitermachen müssen. Aber die geraden Zahlen fanden sich auf der einen, die ungeraden auf der anderen Seite, und manchen war aus unerfindlichen Gründen ein A oder B hinzugefügt worden. Will fand diese Nummerierung undurchschaubar. Es war wie in der Schule: von oben verordneter Irrsinn. Sie erblickte ihre grimmige Miene in einer Autoscheibe und zitterte. Die Kälte nagte an ihrem Herzen.

Sie drückte mit einem Finger auf die Klingel der Nummer 117.

Nichts tat sich.

Sie klingelte noch einmal, nun mit allen fünf Fingern, und hämmerte dann mit beiden Fäusten gegen die Tür. Ein Paar, das Arm in Arm auf dem Bürgersteig vorbeiging, starrte sie an und murmelte miteinander. Oder bildete sie sich das nur ein? Will versuchte, ihr Gesicht zu verbergen, aber wegen der kurzen Haare und der fehlenden Kapuze war das so gut wie unmöglich. Sie wurde immer verzweifelter und rüttelte am Knauf der verriegelten Tür. Sie wollte gerade zum siebten Mal klingeln, als Daniel öffnete.

»Ja, bitte?«

»Ich …« Sie wurde rot und kam ins Stottern, was sie maßlos ärgerte. »Ich. Ich habe mich gefragt, ob … ja …«

Er schirmte die Augen mit einer Hand gegen das gelbe Flurlicht ab. »Heulende Höllenhunde! Du bist das!«

Er hatte beeindruckende Schimpfworte auf Lager, fand Will, und er stieß eines nach dem anderen mit fast ehrfürchtiger Überraschung aus. »Du! Was willst du denn hier? Hast du den Zeitungsartikel nicht gelesen? Ich wusste, dass du es warst! Lizzie wollte mir nicht glauben. Aber ich wusste es! Du wirst überall von der Polizei gesucht, ist dir das klar?«

»Ja, ich weiß. Ich möchte …« Will ballte ihre Fäuste so fest, dass sich die Nägel durch die Comicseiten in die Haut ihrer Handfläche bohrten. »Ich brauche Hilfe.«

»Was für Hilfe?« Er konnte nicht ahnen, wie viel Überwindung sie diese Worte gekostet hatten.

»Deine Hilfe. Ich muss irgendwo schlafen, ja, und ich muss irgendwo in Ruhe nachdenken.«

»Oh.« Er drehte sich zum Flur um. »Verstehe. Die Sache ist nur die, dass …«

»Bitte.«

»Meine Oma würde mich umbringen, weißt du? Und meine Schwester Lizzie ist oben. Sie hat so ungefähr dreitausend Freundinnen bei sich. Sie rufen sofort die Polizei, wenn sie dich sehen.«

»Warum? Warum sollten sie das tun?«

»Keine Ahnung. Unten in der Straße ist ein Polizeirevier, und sie himmeln einen der Beamten an.« Dann fügte er hinzu: »Was ist mit deinen Haaren los? Wo sind sie?«

»In meiner Tasche. Ich habe auch einen Schokoriegel für dich.« Sie tastete danach. »Kann sein, dass alles ein bisschen durcheinandergeraten ist.« Will beschloss, ihm nichts von ihrer Flucht und ihrer Erschöpfung zu erzählen. »Als Junge ist es leichter, sich unsichtbar zu machen.«

Daniel nickte. Er schien dies als Kompliment an sein Geschlecht aufzufassen.

Sie sagte: »Ich habe deine Frisur nachgeahmt. Als …« – wie hieß das noch? – »… Tribut, ja«.

»Ja? Echt?« Daniel lachte lauter, als sie erwartet hatte. Dann fragte er: »Verfolgt dich jemand?« Als Will den Kopf schüttelte, fügte er hinzu: »Dann solltest du wohl besser reinkommen. Oma holt Pommes frites vom Imbiss. Wir haben fünf Minuten. Sie geht langsam.«

Will folgte ihm. Sie gingen an einem Fahrrad und einem Rucksack, einem Berg von Schulhemden und einem Fußball vorbei und betraten die Küche durch eine schmale Tür.

»Hast du Hunger?«, fragte Daniel. »Will? Was isst du denn so?« Als eine Antwort ausblieb, wiederholte er: »Will?«

»Was?« Will stand wie gebannt in der Küche. »Wie bitte? Oh – egal, was. Ja.« Sie riss sich von etwas los, das wie ein interessantes Folterwerkzeug aussah. Auf der einen Seite stand in unechter Schreibschrift und unechten Goldbuchstaben *Supa-Wizz, der Elektromixer.* »Habt ihr Biltong? Das haben Simon und ich immer gegessen, wenn wir müde waren. Es ist gesalzenes Fleisch.«

»Nein. Wir haben nur Dosenwürstchen.«

»Darf ich sie in deinen Elektromixer tun?«

»Nein.«

»Wieso nicht? Was könnte passieren?«

»Meine Oma würde es bemerken. Man darf ihr nicht dumm kommen. Sonst wird sie ungemütlich.«

»Aha«, sagte Will. Und dann: »Diese Stühle … Sind sie bequem, ja?«

»Ich glaube schon.«

»Kann man darauf schlafen?«

Er lachte. »Nette Idee.«

»Was?«

»*Du* könntest es jedenfalls nicht. Tut mir echt leid, aber das würde meiner Oma *bestimmt* auffallen. Du verschmilzt nicht gerade mit den Möbeln.«

»Oh. Und wer schläft im Stall?«

»In welchem Stall?«

»Der neben eurem Haus, ja?«

»Das ist die Garage. Dort steht das Auto. Es wird aber nicht mehr benutzt. Jedenfalls seit dem Tod meines Großvaters. Er ist vor einem Monat gestorben.«

»Dann schlafe ich dort«, sagte Will. Sie sah, wie Daniel die Augenbrauen hochzog – sie hatte versucht, schmeichelnd und bestimmt zugleich zu klingen, aber sie hatte sich angehört wie Mrs Robinson. Etwas milder fügte sie hinzu: »Bitte, Daniel. Hey?«

»Das geht nicht. Dort gibt es kein Licht.«

»Doch, es geht. Bitte. Ich habe eine Taschenlampe. Hier – siehst du? Bitte. Du musst es mir erlauben. Es ist wichtig. Die Sache ist ernst.«

»Aber ich kann doch nicht …« Daniel verstummte. Oben in seinem Zimmer hatte er mehrere Plastikindianer. Einer davon stand angriffsbereit mit gezücktem Messer da. Will war genau wie dieser Indianer – sie sah aus, als könnte sie jeden Moment angreifen.

»Na gut.« Er kramte in einer Schublade nach Kerzen und Streichhölzern. Sie würden nicht viel nützen, aber vielleicht etwas Wärme spenden. »Ich kann dir keine Decke geben. Meine Oma merkt sofort, wenn eine fehlt. Du musst dich mit deinem Mantel zudecken.«

»Super. Das ist super. Jetzt gleich, ja?«

»Wo ist er denn? Dein Mantel?«

Will spürte, dass sie rote Ohren bekam. »Ach, das geht

schon. Ich brauche nur ein Dach über dem Kopf und etwas Schlaf. Und ich muss nachdenken. Aber im Regen kann ich nicht nachdenken. Er ist eiskalt.«

»Wie bitte? Du hast gar keinen Mantel?« Er hatte noch nie ein so dünnes Mädchen gesehen. Außerdem hatte sie blaue Lippen. Sie würde erfrieren. »Wieso hast du keinen Mantel?«

Will musste sich zusammenreißen, um ihm den Elektromixer nicht an den Kopf zu werfen; es fiel ihr überraschend schwer. »Keine Sorge! Zeig mir einfach den Weg, ja? Bitte. Und schnell. Bevor deine Oma wieder da ist.«

Er sagte: »Nicht hetzen. Das mag ich nicht. Warte mal – du kannst den Mantel meines Großvaters anziehen, wenn du möchtest. Er hängt dort am Haken. Nein, nicht den. Der gehört meiner Schwester.«

Will ließ ihn fallen, als wäre es eine tote Schlange.

Daniel starrte sie an. »Was hast du denn?«

»Ich mag keine Mädchensachen. Ich mag keine Mädchen.«

»Ist ja lächerlich.« Er hob den blauen Mantel auf und nahm den anderen vom Haken. »Du bist doch selbst ein Mädchen, oder etwa nicht? Nur Feiglinge hassen sich selbst, sagt meine Oma.« Als Will ihn daraufhin nur stumm aus ihren braunen Augen ansah, ohne mit einer Wimper zu zucken, wandte er sich ab und sagte: »Hier – das ist der Mantel meines Großvaters.«

Der Mantel war riesig und roch nach Zigarettenrauch und Staub. Will zog ihn an; sie konnte sich zwei Mal darin einwickeln. Obwohl sie es eilig hatte, musste sie grinsen. Sie hatte das Gefühl, durch den Mantel wieder frischen Mut zu schöpfen.

Daniel sah ihr zu, und als sie über das kleine, steinige Quadrat des Hinterhofes gingen, fragte er: »Hast du während der letzten Tage nicht gefroren?«

»Na klar. Mir war eiskalt. Vor allem nachts.«

»Hast du Angst gehabt?«

»Nein.«

Er sah sie skeptisch an. »Aha.«

»Ich hatte Angst, geschnappt zu werden, ja. Aber das war alles.«

Daniel führte sie über ein kleines Fleckchen Gras zur Tür der Garage. »Die Angeln quietschen.« Er zog mehrmals an der Tür. »Hörst du? Das wird dich warnen. Ich klopfe zwei Mal, damit du weißt, dass ich es bin. Wenn du ein Quietschen ohne Klopfen hörst, ist es ein Fremder. Dann musst du hinten durch den Garten verschwinden. Kannst du aus dem Fenster klettern?«

Eine Antwort wäre unter Wills Würde gewesen. Fenster waren ihr Spezialgebiet. Sie sagte: »Danke. Ich brauche Wasser. Ich glaube, ich habe mir einen Knöchel verrenkt. Und meine Blasen sind wund.« Die Blasen hatten sich in braune Stellen mit loser Haut verwandelt. Sie beunruhigten sie mehr, als sie zugeben mochte. »Und ich habe mich an einer Hand geschnitten. Die Wunden eitern.«

»Sie eitern?«

»Ja. Gibt es in England keinen Eiter? Er ist wie … ich

weiß auch nicht … gelbes Blut. Es ist immer ein Zeichen für eine Entzündung.«

»Gut. Okay.« Daniel klang verwirrt und sehr jung, als er da im Dunkeln stand. »Ich muss jetzt gehen. Oma kann jede Minute zurückkommen, und ich muss heute den Tisch decken. Wenn ich das nicht tue, riecht sie Lunte. Sie kann ungemütlich werden, meine Oma.«

»Ja. Das hast du schon gesagt.« Seine Oma würde ihr gefallen, dachte Will.

»Wirklich? Tja, aber so *ist* sie. In einer guten Stunde bringe ich dir Wasser und etwas zu essen, okay?«

Er blieb in der Tür stehen. »Ach, übrigens: Du bist jetzt ein Junge, richtig? Wie soll ich dich nennen?«

Die in den schweren, muffigen Cordmantel gehüllte Will hob den Kopf. Ihre Brust entkrampfte sich allmählich. Nach einer gefühlten Ewigkeit konnte sie zum ersten Mal wieder richtig lachen. »Nenn mich Will«, sagte sie.

Als Will in der Garage allein war, dämmerte sie abwechselnd ein, wachte auf, dämmerte wieder ein, erkundete den Raum. Es war vollkommen still, und nachdem sie ihren warmen Atem unter den Mantel gepustet hatte, war ihr nicht mehr so unerträglich kalt. Es gab eine Kiste mit Schraubenschlüsseln, ein paar Fahrradlampen, die offenbar kaputt waren, und eine Kiste mit feuchten Comicheften.

Sie holte ein paar heraus und versuchte, eines im Licht ihrer Taschenlampe zu lesen. Zu ihrer Verwunderung merkte sie, dass sie zu glücklich zum Lesen war. Ihr wurde bewusst, dass das Gefühl, ständig beobachtet und von allen gehasst zu werden, plötzlich weg war; auch das Gefühl, immer alles falsch zu machen, war wie weggeblasen, und die Einsamkeit, die ihre Brust wie mit schwarzem Teer verkleistert hatte, schien auch verflogen zu sein. Warum, fragte sich Will, tat es so weh, wenn man gehasst wurde? Sie ahnte, dass dies eine wichtige Frage war, aber bevor sie über eine Antwort nachdenken konnte, wurde die Garagentür mit einem Knall aufgestoßen.

Die Tür war noch nicht halb offen, da sprang Will schon durch den Raum und verbarg sich hinter dem Auto – vergeblich.

»Ich kann deine Füße sehen«, sagte Daniel.

»Tja.« Will stand auf. »Das ist deine Schuld. Du hast nicht geklopft.« Ihre Stimme verriet, dass sie grinste. »Hier gibt es keine Verstecke«, fügte sie hinzu. »Und ich passe nicht in den Werkzeugkasten.«

»Ich bringe dir später einen Pappkarton. Aber du bekommst zuerst etwas zu essen.« Er klang nicht mehr so verwirrt wie zuvor, dafür schien ihm vor Aufregung der Atem zu stocken, als er sich neben sie hockte.

»Was ist das?«, fragte Will.

»Bohnen auf Toast. Magst du Bohnen?«

Will schnupperte daran. Es roch lecker – ja, geradezu herrlich, salzig und süß zugleich –, aber sie zögerte. Sie hätte einen Apfel oder trockenes Brot bevorzugt. Dies konnte sie nicht essen, ohne zu kleckern. Sie hatte das

Gefühl, wie in Leewood essen zu müssen. Das war ihr sehr, sehr wichtig, denn sie wollte, dass Daniel sie mochte. Hätte er doch nur ein paar Papierservietten mitgebracht. Sie tastete im Dunkeln.

»Was tust du da? Was soll das?«, fragte Daniel.

»Ich suche nur … Sie müssen doch hier irgendwo sein … Messer und Gabel, meine ich.«

»Habe ich nicht mitgebracht.« Er klang wütend. »Das würde auffallen, verstehst du? Wir horten schließlich keine Berge von Silberbesteck.«

»Oh!« Sie hatte etwas Falsches gesagt. »Nein. Ja. Es ist nur so … ja … dass ich keine Sauerei machen möchte.«

»Ich hätte nicht gedacht, dass du *so* ein Mädchen bist. Lizzie ist so ein Typ. Sie will immer absolut makellos sein.«

»Nein!« Will stellte den Teller mit einem dumpfen Knall auf den Boden. Wenn es Simon gewesen wäre, hätte sie ihn längst bei den Haaren gepackt. »An der Schule, ja, da haben sie immer gepredigt: *Gute Manieren sind eine Art, sich zu bedanken.*«

»Machst du Witze? Das gilt doch nur für Erwachsene. Ist mir schnurzpiepegal, ob du dein Gesicht mit Soße einsaust. Oder meinetwegen deine blöden *Ohren.*«

»Oh. Das hat mir noch nie jemand gesagt, ja. Niemand hat mir das gesagt.«

»Schön, dann habe ich es jetzt gesagt.« Sie hörte an seiner Stimme, dass er im Dunkeln lächelte. Das gab ihr neue Kraft.

218

»Iss etwas«, sagte er.

Die Bohnen waren noch sehr heiß, aber Will hatte großen Hunger. Sie verbrannte sich den Gaumen und spürte, wie sich die Haut abzupellen begann, aber die Bohnen waren so süß und sättigend und so herrlich fest … Sie sah auf, weil Daniel lachte. »Was ist denn?«, fragte sie.

»Du hast Soße in den Augenbrauen.«

Will bewarf ihn mit einer Bohne. Sie traf sogar in diesem Dämmerlicht; zu Hause war sie eine absolut treffsichere Schützin gewesen. »Du jetzt auch«, sagte sie.

FÜNFUNDZWANZIG

Will überhörte das Auto, das kurz vor Mitternacht vor dem Haus hielt.

Daniel hörte es. Er hatte kein Auge zugetan, weil er unentwegt an das verwahrloste Mädchen denken musste, das allein in der Garage war. Er hätte ihr seine Bettdecke geben sollen, dachte er. Oder seine Vorhänge; sie waren leicht abzunehmen, und sie hätte sich daraus ein Zelt bauen können. Draußen heulte der Wind, und sie starb vielleicht vor Kälte. Er wollte gerade aus dem Bett springen, als an der Haustür geklingelt wurde. Als er oben auf dem Treppenabsatz stand, sah er, wie seine Großmutter ein Auge auf den Spion drückte.

»*Daniel!* Daniel, schwing deine jungen Beine nach unten!«

Er trat neben sie, und als er durch den Spion sah, erblickte er zwei Polizeihelme.

Das Herz rutschte ihm in die Hose. Er knickte in den Knien ein.

»Daniel!« Seine Großmutter riss ihn wieder auf die Beine. »Dies ist nicht der passende Zeitpunkt, um sich für eine Tasse Tee auf dem Fußboden niederzulassen.« Dann flüsterte seine Großmutter mit vor Angst heiserer Stimme: »Was hast du angestellt? Ich warne dich: Wenn du dich wieder mit diesen Rowdys herumgetrieben hast, setze ich dein Taschengeld aus, bis du reif für die Rente bist.«

»Habe ich nicht! Seit Monaten nicht mehr, Oma. Das habe ich dir doch schon gesagt.«

»Wenn es doch so sein sollte, mein Junge …« Sie starrte ihn drohend an, als sie die Tür öffnete.

Aber darum ging es gar nicht. Der gedrungenere der beiden Polizisten hielt ihnen ein verschwommenes Foto hin. »Wir haben einen Hinweis darauf erhalten, Madam, dass sich die vermisste Schülerin – Sie haben sicher von ihr gelesen – möglicherweise in Ihrer Garage versteckt hält.«

»Wie bitte?«, sagte Daniels Großmutter.

»Die vermisste Schülerin – Wilhelmina Silver.«

»Was soll das heißen?« Mrs James versuchte, ihre Angst hinter Zorn zu verbergen. Sie stellte sich schützend vor Daniel. »Wollen Sie damit sagen, dass ich eine Kidnapperin bin?«

»Nein, Madam. Aber ein Herr und eine Dame haben am frühen Abend eine Person vor Ihrer Tür gesehen, auf die die Beschreibung wenigstens teilweise zutrifft. Sie haben offenbar lange darüber diskutiert, ob sie uns anrufen sollen oder nicht.«

»Lange diskutiert? Warum?«

Dem Beamten schien nicht ganz wohl zu Mute zu sein. »Dem Mädchen scheinen nach seinem Verschwinden die Haare ausgefallen zu sein.« Die alte Frau brummte skeptisch, und er fuhr fort: »Trotzdem haben sie ihr Gesicht eindeutig erkannt. Die Augen des Mädchens seien unverwechselbar, haben sie gesagt.«

»In diesem Haus gibt es keine ausgerissene Schülerin, Herr Wachtmeister. Ganz egal, ob sie kahl ist oder einen Vollbart oder einen Schnurrbart trägt.«

»Ja, natürlich. Aber laut der Schule ist das Mädchen wie ein wildes Tier. Sie könnte durch ein Fenster eingebrochen sein.«

»Und sie lebt in der Garage? Was, bitte schön, sollte sie dort essen? Den Weihnachtsbaumschmuck? Oder die Kneifzange?«

»Bitte mäßigen Sie sich, Madam. Geben Sie uns einfach den Schlüssel.«

»Ich werde Ihnen gar nichts geben.«

Die Polizisten tauschten einen Blick. »Schön. Vielleicht könnten Sie uns begleiten und die Garage aufschließen, Madam?«

»Wir haben einen Durchsuchungsbefehl.« Das sagte der drahtige, aggressive Polizist.

»Ja, ich denke, das könnte ich tun. Du bleibst hier, Daniel.«

»Was? Nein! Ich komme mit.«

»Daniel! Du bleibst hier, habe ich gesagt.« Aber sie klang nicht sehr verärgert, und deshalb glaubte Daniel, das Risiko eingehen zu können, und folgte den Erwachsenen mit drei Schritten Abstand in die Nacht.

Seine Großmutter riss die Garagentür sperrangelweit

auf. Die Polizisten drängten brummend hinein. Und Daniel machte sich zur Flucht bereit.

»Sehen Sie. Niemand da.«

Daniel starrte ungläubig ins Dunkel der Garage. Es stimmte, obwohl es hier kein einziges Versteck gab. Und auch eine afrikanische Ausreißerin konnte sich nicht in einer Keksdose voller Schraubenzieher verbergen, egal wie klein sie war. Die Männer schwenkten den Lichtstrahl ihrer Taschenlampen verärgert durch den Raum.

»Sieh unter dem Auto nach«, sagte der mit der strengen Miene. Aber sie fanden nur eine Öllache. Daniel spürte, wie seine Zuversicht wuchs. Er wollte schon erleichtert lachen, als der drahtige Beamte fragte: »Könnten Sie bitte den Kofferraum öffnen, Madam?«

Die alte Frau bedachte die beiden mit einem stechenden Blick. »Nein, das kann ich nicht. Das Schloss ist kaputt. Man muss dagegentreten.« Als sich einer der Polizisten in Bewegung setzen wollte, sagte sie: »Nein. Vielen Dank. Daniel wird das tun.«

Daniel flüsterte: »Oh, nein. Nein, *nein*.« Denn er wusste auf einmal ganz genau, wo Will sich versteckt hatte. Er hatte einen Geschmack im Mund, als müsste er sich übergeben, und trat mit einem großen Zeh vorsichtig gegen die Stoßstange. »Geht nicht. Der Deckel klemmt.«

»Komm schon, Junge. Streng dich an.«

Daniel trat etwas kräftiger, zielte aber auf die falsche Stelle. »Sehen Sie? Kaputt. Wie sollte Will sich darin verstecken, wenn der Deckel wie zugeschweißt ist?«

»Will? Wer ist Will?«

Der drahtige Polizist leuchtete Daniel mit der Taschenlampe ins Gesicht. »Was hast du gerade gesagt?«

Daniel guckte erschrocken. »Ich …« Seine Großmutter warf ihm einen warnenden Blick zu. »Haben Sie nicht … ich dachte … So haben Sie das Mädchen doch genannt, nicht wahr?«, stotterte er.

»Ich glaube schon.«

»Tja.«

»Aus dem Weg, bitte.« Die Polizisten steuerten auf Daniel zu.

»Weg da, Junge. Wir müssen einen Blick in den Kofferraum werfen.«

Daniel wurde bewusst, dass ihm keine Wahl blieb. Er kniff die Augen zusammen und trat wuchtig gegen den Deckel, der mit rostigem Quietschen aufsprang.

»Oh«, sagte der eine Polizist. Und der zweite Polizist fügte hinzu: »*Ah*.« Im Kofferraum lagen zwei Plastiktüten und ein Berg ausgelaufenen Seifenpulvers.

»Sieh mal einer an«, brummte Daniels Großmutter. »Reicht Ihnen das, meine Herren? Oder meinen Sie, uns heute Nacht noch länger vom Schlafen abhalten zu müssen? Sollen wir auch die Gullydeckel für Sie aufhebeln? Oder den Fußboden umgraben? Vielleicht noch die Nationalhymne singen?« Daniels Großmutter, nur anderthalb Meter groß, hatte eine ganz eigene Schönheit, wenn sie zornig war, und als sie die Polizisten hinausführte, hörte er, wie sie sagte: »Und Sie, mein Bester, sollten mal Ihre

Stiefel polieren. Können Sie mir verraten, wozu wir Steuern zahlen?«

Daniel folgte ihnen aus der Garage und knallte die Tür hinter sich zu. Er wartete; die Polizisten entschuldigten sich immer zerknirschter, während sie von seiner Großmutter mit leiser, aber wütender Stimme zusammengestaucht wurden. Dann fiel die Haustür ins Schloss, und ein Auto sprang an. Daniel öffnete die Garagentür wieder und spähte ins Dunkel. Ohne die Taschenlampen der Polizisten war es drinnen eisig und schwarz.

»Will?« Da er nicht zu rufen wagte, zischte er: »*Will? Bist du da?*«

»Daniel? *Daniel?*« Ihre Stimme war nicht mehr so melodisch wie vorher, sondern gepresst und verängstigt. »Ich sitze fest.«

Die Stimme erklang draußen vor dem offenen Fenster. Es ertönte ein Scharren wie von Vogelfüßen auf einem Dach, und dann erschien Wills Gesicht kopfüber im Mondschein. »Daniel! Gott sei Dank, hey. Ich stecke in einer Art Rinne fest, glaube ich. Bitte hilf mir! Das Ding knirscht ständig. Ich bin zu schwer.«

»Was hast du denn *gemacht*, Will?«

»Ich wollte auf das Dach klettern, aber mein Schnürband hat sich verheddert. Ich weiß nicht, was ich tun soll.« Will sah ihn aus ihren sanften Augen an. »Kannst du es durchschneiden?«

Er stellte sich auf einen Stuhl. Sie lag auf der Regenrinne, war von vermodernden Blättern bedeckt und von nistenden Tauben umringt. Er machte große Augen: Warum waren die Vögel nicht geflohen? Sie hätten die Polizei mit ihrem Gurren auf sich aufmerksam machen können. Auf jeden Fall hing Will ziemlich hoch über dem Boden. »Warte«, sagte er. »Ich hole die Küchenschere. Halt durch, okay?«

»Ich schaffe das nicht. Nein! Bleib hier. Ich habe ein Messer in der Tasche«, sagte Will. »Halt mich an den Schultern fest – ja – so komme ich ran.« Sie musste ihr Gewicht verlagern, um die Hand in die Tasche stecken zu können, und dabei ächzte und stöhnte die Regenrinne. Die Tauben starrten sie vorwurfsvoll an.

Will hielt den Atem an. »Ich … Warte mal … *Penga* …« Die Regenrinne knarrte nicht mehr, war aber mehrere Zentimeter abgesackt. Will pustete zweimal erleichtert. Dann klemmte sie sich das Messer zwischen die Zähne und nuschelte: »Kannst du mich losschneiden? Kommst du ran?«

Es bedurfte fünf endlos langer Minuten des Schneidens und Wartens und Horchens, bis Will endlich frei war. Aber sie klammerte sich immer noch an das Dach. »Warte! Ich liege hier so komisch schief.« Sie klang angespannt und atemlos. »Keine Ahnung, ob ich wieder durch das Fenster reinkomme.« Ihre Stimme hörte sich an, als müsste sie die Tränen zurückhalten. »Mein Knöchel ist irgendwie lädiert. Aber er ist nicht gebrochen …«

»Vielleicht ist es ein Bänderriss?« Daniel hatte in Biologie immer gut aufgepasst.

Will starrte ihn an. »Bitte fass mit an, ja?«

»Kein Grund zur Aufregung. Jetzt kann dir nichts mehr passieren. Halt durch. Geht es? Ich halte dich fest.« Daniel streckte den Arm noch weiter aus. »Gib mir dein Handgelenk. Ja. Gut. Immer sachte. Jetzt den Ellbogen.« Er zog an ihren Ärmeln, und Will glitt auf die Fensteröffnung zu. Sie stieß sich mit einem Fuß von der Regenrinne ab. Daniel ergriff sie hinten am Mantel und ließ sie langsam nach unten, bis sie wieder in der Garage war.

Daniel war genau wie sie selbst, dachte Will: stärker, als er aussah.

Sie saßen nebeneinander auf dem nackten Estrich.

»Wie spät ist es jetzt?«

Will sah zum Himmel auf. »Nach Mitternacht. Aber noch vor zwei Uhr.«

»Ich muss ins Bett. Oma merkt sonst etwas. Ist dir warm genug?«

»Ja, danke.« Will betrachtete ihn in der stockdunklen Garage. »Vielen Dank«, sagte sie noch mal.

Wahrscheinlich, dachte er, galt dieser zweite Dank etwas anderem. »Gern geschehen«, erwiderte er. »Du solltest jetzt schlafen. Ich werde versuchen, dir morgen früh einen Tee und etwas zu essen zu bringen. Ich singe in einem Chor, aber vielleicht kann ich schwänzen.« Er drehte sich in der Tür noch einmal um: »Du trinkst doch Tee, oder?« Das Mädchen wirkte eher wie eine Katze als wie ein Mensch – sie war so geschmeidig und sprungbereit. »Möchtest du lieber Milch? Ich kann bestimmt eine Untertasse auftreiben. Oder hast du schon mal aus einem Becher getrunken?«

»Ja! Klar. Tee wäre super. Zu Hause haben wir immer Tee aus roten Blättern getrunken – Roibusch. Schon mal gehört?«

Nein, Daniel hatte noch nie davon gehört. Aber er versprach, im Küchenschrank nachzuschauen. Dann fügte er hinzu: »Schlaf gut. Und bitte lauf nicht weg. Du bist doch morgen noch hier, oder?«

»Was? Aber ja. Lass dich nicht von Moskitos stechen. Schlaf auch gut, hey.«

Aber Will hatte gelogen. Sie bekam allmählich Übung darin. Zu Hause hatten Simon und sie nie gelogen. Sie hatten Peter verachtet, weil dieser stets unsinnige Lügenmärchen erzählt hatte, und das auch noch schlecht. Aber wie es schien, konnte man nur ehrlich sein, wenn man glücklich war.

Sie wuchtete sich auf die Füße – auf *den* Fuß, um genau zu sein. Aber sogar der unverletzte Fuß fühlte sich so angeknackst und wund an, als hätte sie ihn bis auf die Knochen durchgelaufen. Dann humpelte sie zum Fenster. Die Fensterbank bestand aus rauem, ungestrichenem Holz, und sie biss sich auf die Zunge, um nicht wegen der Splitter zu weinen, die sich in ihre Haut bohrten. Sie zog sich halb hinauf, aber dann gaben ihre Arme nach, und sie sackte wieder auf den Boden. Sie schaffte es nicht; ohne den wilden Adrenalinstoß, den die Panik auslöste, saß sie hier fest.

Sie sank in eine Ecke, legte beide Hände auf ihre kurzen Haare und zwang sich, ihre Gedanken zu ordnen. Was sie brauchte, war ein guter, vernünftiger Plan. Sie konnte nicht länger durch London irren. Dies war kein Spiel. *Denk nach, Will,* sagte sie zu sich selbst, und weil sie am ganzen Körper zitterte, fügte sie noch hinzu: *Nur Mut, Küken.* Sie richtete in Gedanken Spalten ein; in der Spalte »Nachteil« hielt sie fest: Die Polizei ist klug; sie wird wiederkommen. Davon war sie überzeugt. Denn dies war ja kein Roman, und die Polizei gab nicht einfach auf und fuhr nach Hause. Außerdem war sie ein Kind, und sie war allein. In der Spalte »Vorteil« stand: Daniel ist nett, lustig und nicht auf den Kopf gefallen. Der Nachteil: Er würde ihr sicher kein Flugticket besorgen können. Außerdem wirkte er wie ein Junge, der bei einem Kampf nervös wurde. Ein weiterer Nachteil: Inzwischen wäre es vollkommen unmöglich, in ein Flugzeug zu steigen, selbst wenn sie das Geld für ein Ticket hätte; am Flughafen wurde jeder kontrolliert, und – noch ein Nachteil – man würde Ausschau nach ihr halten. Außer – bei diesem Gedanken hellte sich ihre Miene auf und sie strahlte im Dunkeln – sie könnte sich einen falschen Pass besorgen. Die Frage war nur, wo eine fast kahlgeschorene Schülerin einen solchen Pass bekam. Außerdem wäre es Betrug. Es war ein Ding der Unmöglichkeit. Die Welt war schlecht.

Welche Wahl blieb ihr? Mit dem dicken Fußknöchel, der entzündeten Hand, dem Auge, das allmählich blau anlief, und den kahlen Stellen auf dem Kopf war sie nicht gerade eine Wunschkandidatin für eine Adoption. Was noch? Sie dachte so angestrengt nach, dass sie keine Luft mehr bekam. Sie hatte das Gefühl, mit der Brust immer wieder gegen eine unüberwindliche Backsteinmauer zu rennen. Schließlich schlief Will in der Ecke auf dem Estrich ein. Das Fenster klapperte im Wind, und ihr letzter wacher Gedanke galt ihrem eigenen Zimmer zu Hause und dem Tanz, den der Staub aufführte, und dem Fenster ohne Scheibe. Sie wäre nicht überrascht gewesen, wenn ihr Kopf im Schlaf vor Sehnsucht angeschwollen und geplatzt wäre.

Als Will die Augen öffnete, war die Welt dunkel, und ihr Herz schlug noch. So finster konnte keine Nacht sein. Sie schloss die Augen wieder. Als sie sie erneut öffnete, schien sie sich immer noch im Nichts zu befinden, und als sie Luft holte, bekam sie etwas in den Mund. Sie würgte und strampelte. Irgendetwas krachte zu Boden, Geschirr ging in Scherben, und jemand lachte leise. Panisch riss sich Will den Mantel vom Kopf und stellte fest, dass es taghell war. Neben ihr lag ein kaputter Becher. Außerdem stand da ein Teller mit Toastscheiben, die einen dicken, bräunlichen Aufstrich hatten. Aber Will hatte nur Augen für die Frau, die in einer Pfütze verschütteten Tees saß. Ihr Gesicht, ihre Hände, ihre Kleider – alles schien aus Runzeln zu bestehen. Sie sah aus wie ein Bett, morgens nach dem Aufstehen, dachte Will.

Die Frau sagte lächelnd: »Hallo, Will.«

Will sprang auf. Ihre Beine verhedderten sich im Mantel, und sie stolperte über ihre eigenen Knie, keuchte: »Ah, *sha*!«, und knallte auf den Estrich.

Die Frau hatte sich nicht gerührt. »Hört sich an, als hätte es wehgetan, Will.«

»Nein! Ich heiße nicht Will«, japste die auf dem Fußboden liegende Will. »Ich bin eine Freundin von Daniel. Ich heiße …« Sie brauchte dringend einen Jungennamen. Ihr fiel keiner ein. »Wilbur.« *Wilbur?*

»O nein, so heißt du nicht, meine Kleine. Du heißt Wilhelmina Silver.« Die alte Frau mochte winzig sein, aber ihre Stimme war kräftig. Kräftig genug, um ein Leben darauf aufzubauen, rau und tief und melodisch. Will wusste nicht, wie man eine solche Stimme nannte; die alte Frau hätte sie als irisch beschrieben, mit einem Hauch von Südlondon und einem leichten schottischen Unterton.

»Bitte.« Will blieb die Luft weg. Sie flüsterte: »Bitte rufen Sie die Polizei nicht, ja?« Sie wischte die Tränen wütend weg, die über ihre Wangen liefen. »Bitte.«

»Na, na, meine Kleine. Setz dich erst einmal. Beruhige dich. Iss deinen Toast. Und wickel dich gut ein.«

Will starrte sie an, tief in den Mantel geduckt. Das Haar der Frau war dünn und spärlich; an manchen Stellen war sie fast kahl. Aber ihre Augen waren so grün wie Ginflaschen oder Bananenblätter. Sie begriff, warum Daniel einen so hohen Respekt vor dieser Frau hatte.

»Iss etwas, Will. Mit vollem Bauch sieht die Welt rosiger aus. Du bist sicher hungrig.«

Nun, da Will darüber nachdachte, merkte sie, wie groß ihr Hunger war – schon seit Wochen: Sie hatte ein Dutzend unterschiedliche Arten Hunger kennengelernt. Sie verschlang einen Toast mit drei Bissen und ohne zu kauen. Die Frau lächelte weiter.

»Was ist das?« Will schwenkte eine zweite Scheibe. »Auf diesem Toast?«

»Haselnusscreme.«

Die Creme schmeckte hoffnungsvoll: nach tiefer, nussiger Hoffnung.

»Möchtest du noch einen?«

»Ja! Ja, ja. Bitte.«

»Wir gehen gleich ins Haus. Aber erst musst du aufessen. Und bitte hetz dich nicht.«

Will fand, dass das genaue Gegenteil von Hetzerei aus der Stimme der Frau sprach. Ihr Klang erinnerte Will an den Geschmack der Haselnusscreme.

»Du kannst bestimmt auch noch ein bisschen Marmelade vertragen, und in der Küche wartet ein gekochtes Ei auf dich, meine Kleine.«

»Vielen Dank«, sagte Will. »Ich bin sehr weit gelaufen.« Ihre Knochen fühlten sich an wie ausgehöhlt.

»Das ist wahr! Wie hast du uns gefunden?«

»Das war einfach. Ich habe mir in einem Laden einen Stadtplan gekauft.«

»Erstaunlich! In deinem Alter hätte ich meine eigene Haustür nicht einmal mit einem Kompass wiedergefunden, mein Kind.«

Will grinste in sich hinein. Sie versuchte, nicht geschmeichelt dreinzuschauen.

Die Frau sagte: »Na, dann los. Erzähl mir alles von Anfang an. Ich möchte deine Geschichte hören. Eine Geschichte ist eine gute Gegengabe für ein Frühstück.«

Will fand das fair. Sie schlang ihre Arme um die Brust, spürte die warme Haut auf ihrem Rückgrat und erzählte der Frau alles. Zuerst langsam und schließlich so schnell, dass sich ihre Worte überschlugen: von Cynthia Vincy (die den Tod ihres Vaters verschuldet hatte) über die Schule (wo die Mädchen immer zu zweit nebeneinandersaßen und sie verhöhnten und wo alles so starr und zerbrechlich war, »beides zugleich, ja«, wie Porzellanpuppen) bis zu ihrem letzten Fluchtort, der Garage.

»Und nun sitze ich in der Falle, ja«, sagte Will und konnte nicht verhindern, dass ihre Brust ein wenig bebte. »Ich kann nicht nach Hause, weil ich kein Geld habe, um mir einen gefälschten Pass zu besorgen. Außerdem weiß ich nicht … Ich weiß nicht, wie es funktioniert – Flugzeuge und Geld und all das.« Sie sah grimmig zu Boden, weil sie auf keinen Fall in Tränen ausbrechen wollte. »Und ich will nicht wieder zur Schule.«

Die Frau stand auf. Das dauerte eine Weile, aber Will mochte ihr keine Hilfe anbieten, weil sie sie damit vielleicht beleidigt hätte.

»Komm mit ins Haus, liebes Kind. Dort bekommst du einen neuen Becher Tee. Nein, lass die Scherben liegen. Daniel fegt sie weg, sobald er wieder da ist.«

»Daniel!« Sie hatte ihn ganz vergessen. »Wo ist Daniel?«

»Er singt im Kirchenchor. Heute findet eine Hochzeit statt, und ich habe ihn gebeten, dich schlafen zu lassen. Ich habe ihm versprochen, dass er dich bald wiedersehen wird. Er hat gekämpft wie eine Wildkatze, aber ich habe ihm gesagt, dass ich mich um dich kümmere.«

»Hat er Ihnen verraten, dass ich hier bin?« Will war auf einmal wütend. »Er hat versprochen, nichts zu sagen.«

»Nein, das hat er nicht. Ich kann schneller denken, als es den Anschein hat. Lass dich nur nicht von meinem Klappergestell von Körper täuschen.«

»Oh. Und woher wussten Sie es?«

»Wenn mein Junge lügt, merke ich das. Das ist eine Gabe, die einem im Alter zuwächst. Als bescheidener Ausgleich für die körperlichen Unzulänglichkeiten.« Die alte Frau führte Will durch den verwahrlosten Garten hinter dem Haus. Schließlich betraten sie die Küche. »Hier. Mach es dir auf diesem Stuhl bequem. Ich werde jetzt einen Blick auf deinen Knöchel werfen.«

Will starrte sie verblüfft an. »Woher wissen Sie …« Sie hatte der Frau nichts von ihrem Fuß erzählt.

»Das habe ich doch schon gesagt, mein Schatz. Ich weiß, wie wichtig Achtsamkeit ist. Und ich vermute, du weißt es auch. Man muss immer die Augen offen halten. Zieh deine Stiefel aus, Mädchen.«

Nachdem Will ihren Fuß in einen Eimer mit warmem Wasser gesteckt hatte, sagte die Frau: »Iss nur, mein Kind. Möchtest du jetzt einen Toast mit Marmelade haben? Gut.« Während sie Will den Rücken zuwandte und mit dem Messer hantierte, fügte sie hinzu: »Darf ich dir einen guten Rat geben, Will?«

Will sah zu Boden.

»Nein? Wirklich nicht, meine Kleine? Darf ich dir wirklich keinen Rat geben?«

»Ich … ich möchte nicht unhöflich sein, ja. Bitte denken Sie nicht, dass ich unhöflich bin …« Will spürte, dass ihre Haut langsam wieder warm wurde.

»Aber? Jetzt folgt ein ›aber‹, nicht wahr?«

»Ich glaube … ich glaube, dass Sie mir nichts raten können, woran ich nicht selbst schon gedacht habe, ja. Sie werden mir raten, wieder zur Schule zu gehen.«

»Ah.«

»Aber Sie kennen …«, Will wollte in ihre Haare fassen, griff aber nur in Luft und rieb stattdessen ihr Gesicht mit ihren spitzen braunen Knöcheln, »… Sie kennen die Sonne zu Hause nicht.« Sie suchte nach Worten, um zu erklären, wie es war, wenn jeden Tag die Grillen zirpten, wenn immer die Sonne schien, wenn einen das Gefühl von Unendlichkeit erfüllte.

»Ich weiß nicht … Ich kann es nicht beschreiben – Sie müssen sich vorstellen, dass es nur Bäume gibt, ja, und Gras und Jungen und Fledermäuse, ja, und Warzenschweine und Libellen. Und niemand hasst einen. Und man kann meilenweit laufen oder reiten, ja, und wenn man sich verirrt, geben einem die Frauen einfach Mangos und Aspirin und zeigen einem den Weg – und einmal, nachdem ich von einem Baum gefallen war, haben sie mir einen Hund mitgegeben, einen Ridgeback, und ich durfte ihn *behalten*, ja – Sie können nicht *wissen*, wie das ist.« Will merkte, dass ihr Gesicht vom vielen Reiben rot geworden war. Sie schob ihre Hände unter den Hintern. »Es war wie ein Leben in Himmelblau.«

Die Frau schwieg. Sie sah Will nur an und nickte lächelnd.

Will fühlte sich plötzlich schlaff und hilflos. »Ich will nicht wieder zur Schule. Diese Mädchen ... sie sind keine echten Menschen, ja ... Sie scheinen sich die ganze Zeit vor ihrer eigenen Zerbrechlichkeit zu fürchten. Sie sind ganz anders als die Jungen auf unserer Farm.«

»Aber, Will, meine Kleine ... Magst du Erdbeermarmelade, Kind? Gut. Nein, bleib sitzen. Ich mache das schon. Was ich sagen wollte – bist du ganz sicher? Denn wir irren uns oft in den Menschen, weißt du? Freundlichkeit hat viele Gesichter.« Die alte Frau lächelte. »Wenn du uns mit einem verstauchten Knöchel und einem Stadtplan gefunden hast, kannst du doch sicher auch etwas Gutes in diesen Mädchen finden.«

»Nein! Sie verstehen das nicht. So funktioniert die Schule nicht.«

»Wirklich nicht? Ganz sicher?«

»Ja! Außerdem bin ich nicht so hübsch wie die anderen – ich wäre nur dazu da, ihnen zu bestätigen, dass sie ganz toll aussehen, und ich würde immer hässlicher werden und irgendwann nicht mehr glauben, dass das Leben auch schön sein kann.«

»Ach, mein Kind ...«

»Ja. Und deshalb«, unterbrach Will sie, »deshalb kann ich keinen guten Rat annehmen. Wenn ich hier nicht bleiben kann, werde ich wieder wegrennen.« Sie stampfte im Eimer mit dem Fuß auf und versuchte zu lächeln. »Aber – Ma'am – ich möchte wirklich nicht unhöflich sein.«

Die alte Frau musste lächeln. Dann sagte sie: »Nur keine Sorge. Sei so unhöflich, wie du magst.«

Will starrte das Marmeladenglas an. Sie wollte der alten Frau nicht ins Gesicht sehen, denn sie wusste nicht, was passieren würde, wenn sie das tat.

»Du hast Recht, Will. Ich wollte sagen, dass du wieder zur Schule musst. Obwohl ich dich sehr gern bei mir behalten würde. Ich wollte dir sagen, dass Daniel und ich dich an den Wochenenden besuchen könnten. Du kannst uns adoptieren, wenn du willst. Aber du musst wieder zur Schule. Ja, du hast genau genommen keine andere Wahl. In diesem Land gilt die Schulpflicht, mein Schatz. Weißt du, was das heißt?«

»Ja. Aber – ach! In diesem Land ist alles Pflicht.«

»Wie meinst du das?«

»Vorschriften …« Will war so traurig, dass sie kaum ein Wort hervorbrachte. »Ihr lebt hier nur nach Vorschriften.«

Die alte Frau hob Wills Fuß aus dem Eimer und legte ihn in ihren Schoß. »Sag mir Bescheid, wenn es wehtut. Dies ist ein Desinfektionsmittel. Es wird ein bisschen brennen. Hör zu, kleine Will. Ich wollte dir Folgendes raten: Kehr an deine Schule zurück.« Als Will heiser schluchzte, wenn auch nicht wegen des Desinfektionsmittels, sagte sie: »Ja, es brennt, ich weiß.« Dann fügte sie hinzu: »Darf ich dir sagen, warum ich dich zurückschicke?«

Will reckte trotzig ihr Kinn. »Das haben Sie schon gesagt. Wegen der Vorschriften.«

»Nein, mein Schatz. Vorschriften kann man umgehen. Ich schicke dich zurück, Will, weil ich glaube, dass du zu mutig bist, um wegzurennen.«

Das hatte Will nicht erwartet. Sie sagte: »Ich … wie bitte?«

»Das wahre Leben erfordert wahren Mut, kleine Wildkatze. Die Schule ist sehr schwierig, ja, denn sie erfordert Geduld und Zähigkeit. So ist das Leben nun einmal, mein Schatz. Es ist zwar schön, aber es ist auch sehr schwierig.«

Will blinzelte überrascht. »Das hat Captain Browne auch gesagt. Er hat immer gesagt: *Das Leben ist nicht nur ein Zuckerschlecken*, ja.«

»Dann ist er ein kluger Mann, obwohl er einen grauenhaften Geschmack zu haben scheint, was Frauen betrifft.«

Will spürte, dass ihre Mundwinkel zuckten.

»Wenn du weiterhin wegrennst, wirst du nur dein eigenes Herz auslaugen. Ich verspreche dir – das schwöre ich beim Leben meiner Enkelkinder –, dass das Leben am schönsten ist, wenn man nicht versucht, sich zu verstecken. Auf dieser Welt gibt es nichts Schlimmeres als die Panik.«

Will wusste, dass das stimmte. Sie wandte ihren Blick von dem Marmeladenglas ab.

»Ich weiß, wie mühsam die Schule sein kann, mein Schatz. Ich habe sie auch gehasst. Wenn du zurückkehrst, wird es sicher nicht wie Radschlagen im Sonnenschein sein. Sondern eher wie Radschlagen im Wind.«

»Bei Sturm«, sagte Will. »Während eines *Orkans*.«

»Ja, manchmal. Aber es wäre die denkbar beste Übung. Denn es würde deine Arme stärken.«

Will sagte: »Oh. Ich verstehe. Ja.«

»Und dein Herz. Du könntest dir das Herz einer radschlagenden Wildkatze antrainieren.«

»Ja.« Will schluckte.

»Das würde doch einen Kampf lohnen, nicht wahr? Wäre das nicht eine Rückkehr wert?«

»Ja. Ich glaube schon.« Will spürte, wie ihr Herz gegen die Rippen hämmerte. »Ja.«

»Ich glaube das auch. Kannst du mir das Desinfektionsmittel reichen – neben dir? Nein, das ist der Ahornsirup. Danke. Darf ich deine Hand untersuchen? Wir wollen doch beide, dass du für das Radschlagen in Form bist.«

SIEBENUNDZWANZIG

Wills Tisch in der ersten Reihe war wie eine wunde Stelle gewesen. Niemand mochte ihn berühren. Aber ein paar abergläubische Mädchen legten Opfergaben darauf: einen vierfarbigen Stift, eine neue Federmappe, einige Zettel mit Botschaften. »Sie ist nicht *tot*«, sagte Samantha. »Wir haben sie nicht *getötet*. Das ist doch lächerlich.« Aber sie sah sich eisigem Schweigen gegenüber.

Louisa tat eine Handvoll Schokoladenmünzen auf den Tisch. Dabei mochte sie niemandem in die Augen schauen. Joanna sagte: »Wenn jemand etwas auf den Tisch legen sollte, dann Sam. Sie ist schuld an allem.«

Samantha lachte blechern.

Zoe sagte: »Lach endlich richtig, um Himmels willen.«

»*Was* hast du gesagt?«

»Das ist ein falsches Lachen. Wie ein falscher Schnurr-bart«, erwiderte Zoe, und Hannah fügte hinzu: »Nur dümmer. Ich gehe raus. Komm mit, Zoe.«

Die Zwillinge gingen nach draußen, um Radschlagen zu üben. Die anderen folgten ihnen nach einer Weile.

Als das Auto kam, saßen die Mädchen oben auf den Heiz-
körpern am Fenster. Sie sahen, wie ein kleines, fast kahles
Kind ausstieg; es hielt etwas, das wie der letzte Happen
eines Marmeladensandwiches aussah. Sie sahen, wie sich
das Kind zu der alten Frau am Steuer umdrehte – eine
Frau, deren Nase kaum bis über das Lenkrad reichte – und
sie mehrmals küsste.

»Wer ist das?«, fragte Samantha. »Dürfen jetzt auch
Jungen in Leewood zur Schule gehen?«

Das Kind schüttelte die Beine aus – es trug eine Jeans
für Jungen, die mehrere Nummern zu groß war –, aß den
letzten Happen des Sandwiches, rieb die Augen mit den
Knöcheln seiner verbundenen Hand, drehte sich um –
grinste, rief etwas und winkte noch einmal – und humpelte dann zum Büro der Schuldirektorin.

Kurz bevor der Neuankömmling den Haupteingang
erreichte, sahen die Mädchen, wie die Tür aufgestoßen
wurde. Miss Blake stürzte heraus. Das Kind wurde von
den Füßen gerissen und so wild herumgeschwenkt, dass
seine Beine in der Luft einen Kreis beschrieben, der an eine
Hutkrempe erinnerte. Ein Lachen, in das sich Schluchzer
mischten, schallte zum Fenster hinauf. Dann wurde das
Kind wieder abgesetzt und innig auf die Stirn geküsst;
wild bei den Ellbogen geschüttelt; wieder hochgerissen
und auf den Armen in die Schule getragen.

Samanthas Mund hing weit offen, schlaff vor Schreck.
Sie klappte ihn zu und fragte: »Ist das etwa die Wilde?«

»Das kann nicht sein.«

»Doch«, sagte Zoe.

»Unmöglich. Sie hat keine Haare.«

»Sie ist es«, sagte Hannah.

»Unmöglich. Sie haben gesagt, dass sie nicht zurückkehrt.«

»Sie ist es.«

Samantha suchte Will während der zweiten Pause. Will hockte unter dem Lehrertisch. Tags zuvor war ein Brief von Simon angekommen, und Will wollte ihn ganz in Ruhe lesen. Ihre Hände bebten vor Freude, als sie das mit Erde beschmierte Blatt auseinanderfaltete.

Da ertönte Samanthas Stimme: »Will? Bist du hier?«

Ein Teil von Will wollte stumm und reglos sitzen bleiben. Niemand übertraf sie im Stillhalten. Aber sie rief sich in Erinnerung, dass sie nicht zurückgekehrt war, um sich zu verstecken. »Ja. Warte kurz.« Will knallte mit dem Kopf gegen den Schreibtisch. »Aua. *Sha.*« Sie schob den Brief hinter ihren Rockbund, um ihn später zu lesen. Während sie mit ihrem verletzten Fuß voran unter dem Schreibtisch hervorkrabbelte, versuchte sie, jedes bisschen Mut zusammenzuraffen, das sie besaß.

Samantha stand verlegen und mit starrer Miene in der Tür. »Ich soll mich bei dir entschuldigen.«

Will wusste nicht recht, was sie erwartet hatte. »Oh. Ja.« Ein Teil von ihr – der gleiche, der lieber unter dem Schreibtisch geblieben wäre – wollte den Groll nicht loslassen. Ein Teil von ihr hätte am liebsten ausgespuckt. Aber wenn sie

Groll mit sich herumtrug, dachte Will, war das so, als wäre eine ihrer Taschen voller Glasscherben. Das war ein gutes Bild, und sie musste lächeln. *Mit Glas in der Tasche kann man kein Rad schlagen*, dachte sie.

Zu ihrer Verblüffung erwiderte Samantha ihr Lächeln. »Nicht nur wegen der Badewanne. Mir tut alles leid. Auch die Sache mit deinem Vater und so. Das konnten wir nicht ahnen.«

Will sagte: »Ja. Ist schon gut.« Wie sich herausstellte, war das Vergeben leichter als geglaubt. Andererseits galt das auch für einen Einbruch in den Zoo. Wenn man etwas ausprobierte, dachte Will, war es meist einfacher als geglaubt.

Mrs Robinson fand die Schuldirektorin nach langer Suche im Büro. Sie setzte eine verkniffene Miene der Entschlossenheit auf, als sie vor Miss Blake stand, denn sie war gekommen, damit der Gerechtigkeit Genüge getan wurde. »Was wirst du wegen Wilhelmina unternehmen, Angela?«

»Unternehmen?«

»Bei jeder anderen Ausreißerin würden wir ernsthaft einen Schulverweis erwägen, Angela. Mir ist natürlich bewusst, dass in diesem Fall ungewöhnliche Umstände vorliegen. Trotzdem …«

»Sehr richtig, Roslyn. Sie ist ungewöhnlich.«

»Mag sein. Aber keinesfalls außergewöhnlich, Angela.«

»Hast du sie je lächeln sehen?«

Mrs Robinson wich einer direkten Antwort aus. »Auf mich wirkt sie wie ein sehr verstocktes Kind.«

»Tatsächlich?«

»Sie ist überraschend ungebildet für ihr Alter. In geistiger Hinsicht scheint sie stark unterentwickelt zu sein. Ich frage mich, ob sie in einer Sonderschule nicht besser aufgehoben wäre.«

»Verstehe. Tja, Roslyn, sie ist sicher noch sehr kindlich für ihr Alter. Jedenfalls in mancher Hinsicht. In anderer Hinsicht ist sie meiner Meinung nach sehr erwachsen. Hättest du ohne jede Hilfe überleben können? Im afrikanischen Busch? Oder auf den Straßen einer Großstadt? So etwas können eigentlich nur Krieger, meinst du nicht auch?«

Mrs Robinson vermied wieder eine direkte Antwort. »Ich frage mich, ob hier eine Psychotherapie angebracht wäre.«

»Hm …«

»*Hm?* Was soll das heißen, Angela? Ja oder nein?«

»Hast du nie gesehen, wie sie lächelt?«

»Worauf willst du hinaus, Angela?«

»Ihr Lächeln. Es könnte Eis zum Schmelzen bringen.« Miss Blake fuhr nachdenklich mit der Hand durch ihre Haare. Das Lächeln dieses Mädchens glich einer Liebeserklärung an die Welt. »Will ist nicht verstockt, Roslyn.«

»Bitte entschuldige, wenn ich deine Meinung nicht teile. Sie ist dickköpfig, und ihr ständiges Schweigen überschreitet die Grenze zur Grobheit. Ich finde es äußerst schwierig, so etwas wie Zuneigung für sie zu entwickeln.«

»Gut möglich, dass das auf Gegenseitigkeit beruht. Was mich betrifft, so finde ich sie schön.«

»*Schön?*«

»Ja. Schön.«

»Das Kind war sicher nie dazu bestimmt, Schönheits-königin des Großraums London zu werden, Angela. Aber jetzt? Sieh dir ihre *Haare* an!«

»Hm.«

»Was soll *das* denn nun schon wieder heißen?«

»Ich überlege nur, Roslyn, wie erstaunlich blind die Menschen sein können. Vielleicht solltest du einen Termin bei einem Optiker deines Vertrauens vereinbaren.« Die Brillengläser von Mrs Robinson bestanden aus einfachem Glas; sie trug die Brille nur, um Autorität vorzutäuschen. Vielleicht war das der Grund, wie Miss Blake später dachte, dass ihre Stellvertreterin mit so giftiger Höflich-keit reagierte.

»Ich erinnere dich daran, *Angela*«, zischte sie, »dass du diese Schule nicht besitzt. Eine Direktorin ist keine Eigen-tümerin. Ich arbeite hier fast doppelt so lange wie du, und falls du andeuten willst, dass ich meine Pflichten gegen-über Wilhelmina in irgendeiner Hinsicht vernachlässigt habe, möchte ich dich bitten, eine schriftliche Beschwerde beim Verwaltungsrat einzureichen. Und zwar *sofort!* An-deutungen und Verleumdungen …« – sie klang immer schriller – »… werde ich nicht dulden.«

»Um Himmels willen, Roslyn! Ich habe das nicht per-sönlich gemeint. Ich wollte nur sagen – und das ist wohl nicht gerade eine umwerfende Neuigkeit! –, dass die Schule ein einsamer Ort sein kann.« Angela Blake seufzte.

»Bitte entschuldige. Ich wollte nicht kindisch sein. Aber Will ist nicht verstockt. Ihr ist nur elend zu Mute. Und das dürfte ein weitverbreitetes Gefühl sein.«

»Hört sich an, als wäre es ansteckend.«

»Wirklich? Tja, Roslyn, dann kann ich nur hoffen, dass sich die Seele dieses Mädchens als ansteckend erweisen wird.«

Am Vormittag blieb Will während des ganzen Unterrichts stumm. Sie spürte, dass sie von allen beobachtet wurde. Gut möglich, dachte sie, dass die Mädchen glaubten, sie würde aus Rache über sie herfallen. Um ihnen das Gegenteil zu beweisen, blieb sie ganz still sitzen. Ihre Mitschülerinnen waren wie Impala-Antilopen, fand sie. Wenn sie ihnen Angst machte, würde sie sie verscheuchen.

Beim Mittagessen huschte sie zu ihrem alten Platz am leeren Kopfende des Tisches. Fünf Mädchen starrten hartnäckig in ihren Schoß, als sie an ihnen vorbeiglitt.

Will schnupperte an der Suppe, die geschmacklos und absolut undefinierbar roch. Vielleicht Kartoffeln, dachte sie, tauchte einen Finger hinein, rührte um und pustete. Dann merkte sie, dass sich ihr Mund nicht weit genug öffnen wollte, um die Suppe zu essen.

Da knallte etwas. Es knallte ein zweites Mal. Und als Will aufsah, erblickte sie die Zwillinge, die ihr Tablett links und rechts von ihr auf den Tisch gestellt hatten.

»Dürfen wir uns zu dir setzen?«

»Oh.« Will sah zu ihnen hoch. Sie hatten lang gezogene,

kluge und nicht ganz einfache Gesichter. »Ja. Ich meine – natürlich. Sehr gern.«

Die beiden setzten sich verlegen, wobei sie über ihren Stuhl stolperten.

»Tja …«, sagte ein Zwilling.

Und ihre Schwester fügte hinzu: »Ich …«

Und Will sagte gleichzeitig: »Habt ihr …«

Und dann sagten alle drei wie aus einem Mund: »Oh, ich wollte dich nicht unterbrechen …«

»Dann bist du also wieder da, was?«, fragte ein Zwilling.

Das musste Zoe sein, dachte Will, denn sie hatte etwas längere Haare, und ihre Fingernägel waren abgekauter. »Ja«, erwiderte sie.

»Dumme Frage, Zoe. Das siehst du doch.«

Will rutschte tiefer auf ihren Stuhl. Warteten sie darauf, dass sie etwas sagte? Ihr Herz krampfte sich zusammen, denn sie hätte gern etwas erzählt – egal, was –, aber sie fand keine Worte, weder auf Englisch noch auf Shona, ja nicht einmal irgendeinen *Laut*.

Das Schweigen wurde immer unangenehmer.

Dann: »Weißt du, dass man wegen dir eine Versammlung einberufen hat?«

»Nein.« Will wusste nicht genau, was eine Versammlung war.

»Ja! Sie haben befürchtet, dass man dich gekidnappt haben könnte. Sie haben die Polizei benachrichtigt. Und dann hat Louisa gesagt, dass du vielleicht abgehauen bist …«

»Und Miss Blake hat gesagt: ›Wie konntet ihr so etwas tun?‹ Und dann …«

»Sie hat im Nordflügel so laut gebrüllt, dass man es in der ganzen Schule hören konnte …«

»Ja, bis zum Nord*pol*. Sie ist rot angelaufen.«

»Wir dachten schon, dass du nach Afrika zurückgekehrt bist.«

»Mit einem Boot oder so …«

»Oder dass du dich vielleicht in einem Flugzeug in den Gepäckfächern über den Sitzen versteckt hast.«

»Samantha hat gesagt, das sei verrückt – und wir haben erwidert, nein, das sei nicht verrückt. Denn du gehörst zu den Mädchen, die zu allem fähig sind.«

»*Ich* habe das gesagt.«

»Ja«, sagte Will. »Ich wollte gern zurück – ich wäre sehr gern heimgekehrt – aber …«

»Wir sind froh, dass du noch hier bist, Will.«

Und ihre Schwester sagte: »Mehr wollten wir dir eigentlich gar nicht sagen. Nur, dass wir froh sind.« Und bevor Will etwas erwidern konnte, fügten sie wie aus einem Mund hinzu: »Echt froh – ja.«

Sie hatten sich offenbar fest vorgenommen, ihr dies zu sagen.

»Oh«, stotterte Will. »Oh. *Ndatenga hangu*. Ich meine … *Tatenda*, ja? Danke. Ich … ja. Vielen Dank.«

Ihr fehlten die Worte.

Will grinste. »*Sha.*«

Plötzlich waren alle drei Mädchen außerordentlich

stark mit ihrer Suppe beschäftigt. Will hatte das Gefühl, als wäre ihre Brust merkwürdig aufgequollen; viel zu groß für ihren Körper.

»Ähm … Die Suppe ist lecker«, sagte sie. Das war gelogen, aber sie hatte immerhin etwas gesagt.

»Ja. Finde ich auch«, sagte Hannah.

Und Zoe sagte: »Ich glaube, es ist Lauchsuppe.«

»Oder Kartoffelsuppe.«

»Oder Möhrensuppe.«

»Es könnte alles Mögliche sein«, sagte Zoe. »Dieses Zeug schmeckt wie Brackwasser.«

»Ja!« Will grinste. »Aber wie leckeres Brackwasser. Wie Brackwasser allererster Güte.«

»Zoe behauptet, dass wir einmal Katzensuppe gegessen haben.«

»Echt?«, fragte Will.

»Ja, echt! Im Ernst, Will. Es war eindeutig Katze. In der Suppe schwammen sogar Katzenhaare.«

»Das hat sie sich nur ausgedacht, Will. Hör nicht hin.«

Auf Wills Platz erklang ein knurrendes, rumpelndes Geräusch. Die Zwillinge glaubten, dass es Wills Magen war. Sie lächelten sie verhalten an, sagten aber nichts weiter. Sie waren offenbar zu höflich, um darauf einzugehen.

Aber Will spürte, dass es nicht ihr Magen war. Nein, es war das Geräusch ihres Herzens, dachte sie: Es war die Hoffnung, die spotzend und stotternd zum Leben erwachte.

ACHTUNDZWANZIG

Will las Simons Brief im Laufe des Tages immer wieder, wenn sich eine Gelegenheit ergab. Er hatte auf liniertem, von rotem Staub bedecktem Papier geschrieben. Sie musste grinsen und rieb den Staub zwischen ihren Fingern. Er hatte offenbar den zum Farmhaus führenden Weg als Schreibtisch benutzt.

»Liebe Wildkatze,

ich habe Erde mit in den Umschlag getan, damit Du weißt, dass alles in bester Ordnung ist. Es ist Erde von der Farm; denn ich bin immer noch dort. Lazarus und Tedias und acht andere Männer haben ihr Geld zusammengetan, um die Farm zu kaufen. Wahrscheinlich hat es nicht gereicht, aber der Captain hat trotzdem an sie verkauft. Cynthia hätte ihn um ein Haar mit dem Deckel einer Soßenpfanne erschlagen. Ich glaube, es war ihm egal.

Ich halte neben meinem Bett im Stall immer einen Platz für Dich frei. Bis zu Deiner Rückkehr darf ihn niemand betreten.

Ich merke, dass Kezia Dich vermisst. Shumba vermisst Dich.«

Unter dieser Zeile hatte Simon einen Affen gezeichnet,

der auf einem Pferd saß. Wills Augen schmerzten bei diesem Anblick vor Glück. Weder Simon noch sie hatten jemals Pferde zeichnen können. Hier war der Schweif viel zu lang und sah aus wie ein fünftes Bein. Darunter hatte Simon geschrieben:

»Aber ich vermisse Dich am meisten.

Schreib mir so bald wie möglich. Ich möchte gern wissen, wie es in England ist.

Simon«

Will stellte ihr Biologiebuch senkrecht hin, damit Mrs Boniface nicht merkte, dass sie schrieb (sie hatten eigentlich die Aufgabe, das Verdauungssystem zu zeichnen, aber Will konnte beim besten Willen nichts Interessantes daran finden). Sie riss ein Blatt aus ihrem Übungsheft. Ihre Hand zitterte vor Glück, während sie zu schreiben versuchte.

»Lieber Simon,

vielen Dank für Deinen Brief. Ich vermisse Dich mehr, als ich auf Papier ausdrücken kann.

England ist ganz anders als Afrika. Es gibt keine Libellen. Trotzdem gibt es auch Gutes.«

Das stimmte. Es gab Mädchen wie die Zwillinge. Es gab Bücher. Es gab Miss Blake. Will schrieb weiter.

»Ein Gutes ist zum Beispiel Daniel. Er will mich an diesem Wochenende besuchen. Er bringt seine Comichefte mit. Du würdest ihn mögen. Wenn ich zur Farm zurückkehre, werde ich versuchen, ihn mitzubringen, und dann werdet ihr euch kennenlernen. Er ist fast so groß wie Du.

Er kann auf zwei Fingern pfeifen, aber er kann nicht schwimmen.«

Will biss auf das Ende ihres Füllers. Dann schrieb sie:

»Ich werde zurückkommen, Simon. Ich werde zur Farm und zu Dir zurückkehren. Ganz bestimmt. Das schwöre ich.«

Sie unterstrich die letzten drei Wörter mit roter Tinte und malte drei Sterne darum herum. »Aber ich muss noch eine Weile hierbleiben, mein Freund. Ich lerne gerade, wie man bei Gewitter ein Rad schlägt.

Bis dahin schicke ich Dir meine Liebe. Alle Liebe, die ich in mir trage. Viel, viel mehr, als in diesen Umschlag passt, ja. Außerdem …«

Da ertönte die Klingel. Will faltete den Brief zusammen und schob ihn zur Sicherheit in ihren Stiefel. Sie würde ihn später beenden. Aber sie hatte schon fast alles geschrieben, was sie sagen wollte.

Briefe, dachte Will, waren wie Bücher: Sie drehten sich meist um Liebe.

Eine märchenhafte Suche auf den Dächern von Paris

Katherine Rundell
Sophie auf den Dächern
256 Seiten
Gebunden
ISBN 978-3-551-58319-2

Seit einem Schiffsunglück im englischen Kanal ist Sophie Waise. Davon sind zumindest alle anderen überzeugt. Aber Sophie ist sich sicher, dass ihre Mutter noch lebt und folgt der einzigen Spur, die sie von ihr hat – nach Paris. Dort lernt sie Matteo kennen und eine Handvoll Kinder, die auf den Dächern von Paris leben, direkt unter dem Himmel. Eine aufregende Suche beginnt, doch wird Sophie ihre Mutter wirklich finden?

www.carlsen.de

CARLSEN

Dinge passieren einfach

Sarah Lean
Ein Geschenk aus dem Himmel
192 Seiten
Taschenbuch
ISBN 978-3-551-31336-2

Callys Mutter ist bei einem Unfall ums Leben gekommen, und doch meint Cally sie zu sehen. Die Frau im roten Regenmantel, die ihr so lieb zulächelt, ist ganz sicher ihre Mutter und sie scheint quicklebendig zu sein. Aber wie soll Cally das ihrer Familie erklären? Zumal ihr niemand wirklich zuhört. Deshalb beschließt Cally, einfach nicht mehr zu sprechen. Immerhin gibt es noch Matlo, einen wilden Wolfshund, der immer wieder auftaucht und sie tröstet. Er ist für sie wie ein Geschenk aus dem Himmel, das Cally zeigt: Sie ist nicht allein.

www.carlsen.de

Bis ans Ende der Welt

Der siebenjährige Koumaïl ist ständig auf der Flucht vor den Schrecken des Kaukasus-Krieges. Sein einziger Lichtblick ist das Versprechen seiner Ziehmutter Gloria, ihn in seine eigentliche Heimat Frankreich zurückbringen. Der Weg dorthin ist lang und gefährlich. Doch dank seiner nie enden Hoffnung schafft Koumaïl es – nur Gloria ist plötzlich fort. Und mit ihr das Geheimnis seines Lebens, das er aufspüren muss ...

Anne-Laure Bondoux
Die Zeit der Wunder
192 Seiten
Taschenbuch
ISBN 978-3-551-31285-3

www.carlsen.de